숲에서 —— 1년

ÅRET I SKOGEN by Torbjørn Ekelund

This translation has been published with the financial support of NORLA.
이 책은 노르웨이 해외문학 지원재단의 번역 지원을 받아 출간되었습니다.

숲에서 —— 1년

떠나고 싶은
도시인을 위한
자발적 휴식
프로젝트

토르비에른 에켈룬 지음 | 장혜경 옮김

심플라이프

자연: 인간이 만들지 않은 것.

유기적 진화로 생겨난 것. 문명의 반대말.

_노르웨이 국어사전에서

숲을 탐사하다

요즘엔 탐험을 하는 사람들이 많다. 1990년대 초에 활동했던 모험가들은 그때가 지금과 많이 달랐다고 말한다. 탐험을 하겠다는 말만 해도 신문 1면을 장식하던 시절이었다. 사람들은 소파에 앉아 탐험의 과정을 마음으로 함께했고 돌아온 모험가들은 존경과 숭배를 받았다. 하지만 요즘엔 인터뷰 요청도 없다. 직접 고생해서 블로그에 경험담과 사진을 올려야 하고, 그마저도 비슷한 수백 개의 다른 블로그들과 경쟁을 해야 한다.

그래도 '탐험'이라는 말에선 여전히 위대함과 숭고함의 숨결이 느껴진다. '미션'을 연상시키는 무언가도 숨어 있다. 다른 사람들을 대신하여 공익을 위해, 인류를 위해 유익한 일을 한다는 이미지가 슬쩍 끼어든다.

다윈은 과학의 이름으로 탐험에 나섰다. 아문센은 아무도 가본 적 없는 곳에 첫발을 내딛고 싶었다. 그리고 그들 모두는 많건 적건 유익한 깨달음을 안고 집으로 돌아왔다. 하지만 지금의 인류에겐 발견

되지 않은 곳이란 거의 남아 있지 않다. 우리가 사는 행성은 이미 구석구석까지 탐사가 다 끝났고, 개인적 만족 이상의 목표를 추구하는 탐험이란 손에 꼽을 정도로 적다.

탐험은 항상 목표가 있다. 어디로 가려는지 정확히 안다. A에서 출발하여 B로 가야 하며, A와 B 사이엔 수많은 난관이 가로막혀 있다. 배가 고프고 추위가 닥치며 맹수가 나타나고 자연 재해를 만난다. 시간도 중요한 요인이다. 목표에 도달했다고 해도 정한 시간을 넘길 경우 탐험은 실패다.

오스트레일리아 원주민들은 우리와 다른 말을 쓴다. 그들은 워커바웃(workabout)이라는 말을 쓴다. 워커바웃이란 간단히 말해 숲을 방랑하는 것이다. 정해놓은 목표도, 기한도, 루트도 없다. 발길 닿는 대로 내가 원하는 만큼 숲을 돌아다닌다. 그러니까 한마디로 서구적 탐험의 정반대 개념인 것이다. 바로 그 콘셉트가 내 마음을 무지무지 사로잡았다.

…

어릴 적엔 늘 자연으로 나가고 싶었다. 무엇을 하건 늘 자연이 함께했다. 아무리 사소한 것에도 자연이 깃들어 있었다. 모기 때문에 잠 못 들던 여름밤, 비 내리는 가을날 진동하던 낙엽 썩는 냄새, 금속 기둥에 혀를 댔다가 안 떨어져서 어쩔 줄 모르던 그 충격의 순간, 내 곁에는 언제나 자연이 있었다.

세월이 흘렀다. 나는 유명한 탐험가가 되겠다는 꿈을 꾸었다. 미지의 땅에 처음으로 발자국을 남기는 강하고 과묵한 남자가 되고 싶었다. 그래서 자연을 떠돌았다. 낚시를 하고 텐트에서 잠을 잤으며 보트를 타고 호수를 건넜고 높은 산에 올랐다. 나이가 들면서 탐험의 반경도 점점 더 넓어졌다. 사막과 우림, 화산과 석호를 보았고, 숨이 막힐 듯 거대한 기암괴석도 보았다. 그럼에도 이런 자연 체험은 어릴 적과 달리 짙은 인상을 남기지 못했다. 이유를 고민한 결과, 나와 자연 사이에 거리가 있었기 때문이라는 결론에 도달했다. 나는 자연 바깥에 서서 눈 덮인 산봉우리와 김이 무럭무럭 나는 열대 우림을 지켜보았다. 나는 손님이었다. 어릴 적과 달리 자연과 하나가 되지 못했다.

어릴 땐 멀리 떠난 적이 없었다. 그래도 하루하루가 탐험이었다. 나는 오직 내 것이라고 생각한 자연에만 있었다. 노르웨이 저지의 혼합림, 너도밤나무 숲, 그 숲으로 난 오솔길, 활엽수에 앉은 작은 새, 구릉의 소나무, 늪과 호수, 봄의 지빠귀, 여름밤의 모기, 쉬지 않고 물 위로 올라오는 송어……. 자연에 있다는 그 느낌이 그리웠다. 내 모든 추억에는 자연이 깃들어 있다.

이제 나는 어른이 되었다. 어린 시절과 달리 숲에 들어갈 일도 거의 없다. 숲을 아예 잊고 산 시간도 길었다. 늘 숲보다 더 중요한 것이 눈앞에 있었기 때문이다. 직장 때문만이 아니었다. 사람이나 물건을 데려가고 데려오고, 생일과 회의와 파티와 봉사 활동을 챙기고, 물건을 정리하고 계획을 세우고 보고서를 작성하고 친구들을 집으로 불러 식사를 함께 했다. 나는 프리랜서로 일한 기간이 대부분이다. 최근

7-8년 동안은 아예 집에서 일을 하거나 육아 휴직을 했다. 글 쓰는 일과 집안일에 치여 다산의 여신 같은 몸매로 부풀어 올라서 부엌을 휘저었고 전화를 하고 빨래를 하고 아이들을 안아 재웠다.

정말로 아름답고 멋진 시간이었다. 행복했고 적성에도 맞았다. 하지만 그러는 사이 숲은 과거의 공간으로 밀려나버렸다.

…

우리가 사는 세상은 대략 두 곳으로 나눌 수 있다. 인간이 만든 곳과 인간의 손이 닿지 않은 곳, 즉 문명과 자연으로 나눌 수 있다. 한쪽에는 인간의 기술과 산업과 지성이 만든 것들이 있다. 다른 쪽에는 인간이 없어도 절로 태어나 성장하고 살아가는 유기적인 것들이 있다. 그리고 누구나 한쪽에 있으면 다른 쪽이 그리운 법이다.

자연을 조화와 평온의 원천으로 보는 관점은 아마 문명 자체만큼이나 오래되었을 것이다. 그리고 그건 사실 진부하기 이를 데 없는 생각이다. 고요한 숲을 그리워하려면 먼저 자연과 우리의 결별을 몸으로 느껴야 한다. 자연이 우리와 다르며 우리가 자연의 일부가 아니라고 느껴야 한다.

인간이 만든 문명의 최고 목적은 인간에게 물리적으로나 심적으로 안락한 장소를 마련하는 것이다. 부족하지 않은 양식과 따뜻한 잠자리를 제공하며, 한 걸음 더 나아가 안전과 유흥과 정신적 자극을 보장하는 것이다.

그러나 그것이 다 보장된 지금에도 우리는 여전히 자연을 향한다. 다시금 그 문화에서 멀어지고 싶은 욕망을 느끼기 때문이다. 왜 그럴까? 자연이 문명과 다른 것을 선사할 것이라는 믿음 때문이다.

문명은 스트레스를 주지만 자연은 평온을 준다.

문명은 답답하지만 자연은 앞이 확 트였다.

문명은 인간을 외톨이로 만들지만 자연은 자유와 해방을 준다.

이런 식의 생각이 우리 의식 깊이 뿌리를 내려 자연관의 일부로 굳게 자리 잡았다. 우리는 숲 나들이를 고통의 치료제로 내미는 시대에 살고 있다. 숲의 치유 효과를 믿고, 숲이 우리를 처음으로 돌려놓을 수 있으리라 기대한다.

나도 예외가 아니었다. 나도 평생 숲에서 혼자 살면 정말 좋을 것이라는 낭만적 생각에 푹 빠져 살았다. 그러나 몇 번 안 되는 실제 경험은 너무 달랐다. 놀랄 정도로 불편했고, 뭐 하러 이런 짓을 하나 싶을 정도로 무의미하다는 생각이 든 적도 여러 번이었다. 그런데도 숲을 향한 낭만적 동경은 사라지지 않았다. 우리는 자연에 있지도 않은 특성을 억지로 끼워 맞춘다. 왜 그럴까? 그래서 뭐가 좋을까? 자연의 본성이란 대체 무엇일까?

…

처음으로 이런 생각이 들었을 때는 여름이었다. 온 가족이 4주 동안 우리의 오두막 별장에서 휴가를 보냈다. 하루가 가면 그만큼 마음이 더 가벼웠다. 소박하고 실용적인 생활이었다. 자연이 정해주는 대로 흘러가는 생활. 날씨가 어떤지 바람의 방향이 어느 쪽인지, 기온이 높은지, 물고기가 많은지, 산딸기와 버섯이 있는지에 따라 달라지는 일정. 밤이면 모기에게 뜯겼고 낮이면 말벌에 쫓겼다. 휴가가 끝날 무렵 나의 계획도 서서히 여물기 시작했다.

숲으로 들어가면 어떨까?

며칠 집을 떠나 휴대폰도 끄고 세상사를 다 잊어보면? 앞으로 1년 동안 겨울, 봄, 여름, 가을, 사계절을 자연에서 맞이해보면?

오랫동안 품어왔던 탐험의 꿈을 마침내 실천해보는 것이다. 꼭 대단한 탐험이어야 할 이유가 어디 있는가? 작은 탐험도 충분히 멋지고 아름다울 수 있다. 노르웨이는 사방이 숲이다. 원하기만 하면 언제든지 어렵지 않게 숲에 갈 수 있다. 이런 생각이 나를 사로잡았다. 한번 머리에 둥지를 틀고 나니 도무지 그 생각에서 헤어날 수가 없었다. 밤마다 숲을 생각하며 잠이 들었고, 아침에 눈을 뜨자마자 숲을 떠올렸다.

숲에서 1년! 한 달에 하루, 열두 번의 밤을 노르마르카(Nordmarka, 오슬로 시의 외곽 녹지로서 스포츠, 농업, 임업 등 일부를 제외한 모든 행위가 금지된 지역이다-옮긴이)에서 보내는 것이다. 나는 혼자 속삭였다. 크게 말하기엔 너무 허황되거나 위험한 생각인 양. 아무에게도 말하지 않았다. 사람들이 어떤 반응을 보일지 겁이 났다. 미쳤어? 뭐 하러 그런 짓을 해? 다들 그렇게 말할 것 같았다.

...

모두가 북극을 가거나 에베레스트 산을 오를 수는 없다. 내겐 아이들과 아내가 있고, 나는 밥벌이를 해야 한다. 오래 집을 비울 수도 없거니와 그러고 싶지도 않다. 그래서 내 여건에 맞는 탐험을 맞춤 제작하기로 결심했다. 내 개인의 야망과 조건에 맞는 마이크로 탐험을 하기로 말이다. 다가올 한 해 동안 매달 하루를 비우기로 했다. 오전에 일을 하고 점심을 먹고 숲으로 들어가서 다음 날 아침에 다시 집으로 돌아올 예정이었다.

많은 시간은 아니겠지만 그래도 아무것도 안 하는 것보다는 대단한 일일 것이다. 그런 기회를 통해 자연을 조용히, 가까이에서 관찰할 수 있을 것이다. 추위와 더위를 느끼고 어느 결에 찾아온 계절의 변화와 빛의 변화를 몸으로 느낄 수 있을 것이다. 계절의 변화는 자연에 들어가야 또렷이 느낄 수 있다. 도시에선 왔나 하면 홀연히 가버리고 아차 하면 놓치고 만다. 아침에 불어온 따스한 미풍은 봄을 알리고 메마른 낙엽을 쓸어 가는 바람은 가을을 예언하지만, 마감에 쫓겨 모니터에서 눈을 떼지 못할 때는, 무거운 장바구니를 낑낑대며 차 트렁크에서 부엌으로 나를 때는 그런 순간들을 감지하지 못한다. 여유가 있어야, 온전히 집중해야, 주변을 향해 마음을 활짝 열어야 자연의 변화가 보인다.

…

여름휴가가 끝나고 집으로 돌아왔을 때 나는 식구들에게 계획을 알렸다. 앞으로 1년 동안 매달 하룻밤을 혼자 숲에서 보내겠다고. 그것이 내게 얼마나 중요하며, 그를 위해 내가 어떻게 할 것인지. 처음엔 모두들 눈을 동그랗게 뜨고 거기 들어가서 대체 뭘 할 거냐고 물었다. 그냥 아무것도 안 하고 숲을 돌아다닐 것이라고 대답했지만 식구들은 여전히 납득하지 못했다.

나는 다른 뜻이 있는 게 아니라 그저 숲에 자주 가고 싶어서 이런 계획을 세운 것이라고 몇 번이나 다짐했다. 절대로 너희 때문이 아니라고. 한참을 설득한 끝에 겨우 아내와 아이들도 내 뜻에 동의해주었다.

늦여름이 가고 가을이 찾아왔다. 나는 슬슬 준비에 들어갔다. 할 일은 많지 않았다. 차바퀴에 스노타이어를 끼우고 가파른 산을 오를 것도 아니고, 냉동 비상식량을 만들어 짊어지고 갈 것도 아니었으니까 말이다. 나는 등산 장비를 점검하고 필요할지도 모를 몇 가지 물건을 종이에 적었다. 밤이면 지도를 들여다보면서 이런저런 가능성을 타진했다. 너무 멀리 갈 수는 없었다. 시간이 모자랐다. 처음엔 부족한 시간이 단점이라고 느꼈지만 몇 주가 흐르자 시간은 중요하지 않다는 생각이 들었다. 멀리 가건 가까이 가건, 깊은 숲으로 들어가건 집 근처 숲에 가건, 그건 중요하지 않았다. 1월의 어느 밤에 혼자 숲에서 텐트에 앉아 있으면, 인가가 45분 거리에 있건 사흘을 가야 하는 곳에 있건, 지상에 남은 마지막 인간이 된 것 같은 기분이 들 테니까 말이다.

바로 그것이 탐험의 핵심이라고, 나는 생각했다. '숲에서 1년'은 모든 것이 작은 탐험이 될 것이다. 경험도, 거리도, 숲에서 머무는 시간도, 그 무엇도 도저히 감당할 수 없을 듯한 기분이 들 정도로 대규모여서는 안 될 것이다.

나는 '마이크로 탐험'과 '지상의 마지막 인간'이라는 키워드를 노트에 적고 다시 지도를 들여다보았다. 그리고 마침내 주차장에서 걸어서 한 시간 거리에 있는 작은 숲속의 호수를 목표로 선택했다. 예전에 한 번 가본 적이 있는 호수였다. 주변의 더 이름난 호수에서 아무것도 낚지 못하고서 혹시 그 호수에는 물고기들이 물 위로 올라오는지 살피러 간 적이 있었다.

그곳은 이 지역의 전형적인 호수로, 노르웨이 저지에 있는 대다수 혼합림에서 흔히 볼 수 있는 호수다. 한쪽은 울창한 너도밤나무 숲이 둘러싸고 있지만 반대쪽은 식생도가 훨씬 낮아서, 키 크고 비쩍 마른 소나무와 자작나무가 섞여 자라는 탁 트인 황무지와 늪지가 펼쳐진다. 그 사이사이로 매끈하게 깎인 바윗덩이가 듬성듬성 놓여 있다. 호수 가장자리에는 구멍 같은 작은 늪과 떠다니는 이탄(소택지나 호수 등의 습윤지에 퇴적한, 분해가 불완전한 식물 유체의 퇴적물-옮긴이)이 호수를 에워싸고 있다. 여름과 가을에는 거기서 황새풀이 자라고, 가끔은 호로딸기도 눈에 띄며, 조금 더 떨어져 바닥이 딱딱해진 곳에선 빌베리가 자라기도 한다. 송어도 산다. 숫자가 많지 않고 크기가 크지도 않지만 어쨌든 송어를 만날 수 있다. 또 물이 고인 가장자리에선 수련이 꽃을 피운다.

숲속의 호수는 나의 마이크로 탐험에 완벽한 장소였다. 나는 지도에 표시를 하고 열두 번의 밤 중 대부분을 그곳에서 보내기로 결심했다.

…

탐험을 떠나는 인간의 목표는 놀랍도록 구체적이다. 수학적으로도 설명이 가능하다. 정해진 한 장소에서 다음 장소로 가기만 하면 된다. 두 지점의 최단 거리는 직선이다. 원칙적으로 고려해야 할 것은 그것뿐이다. 물론 탐험이 간단하다는 말은 아니지만 탐험이란 것이 생각처럼 복잡한 것도 아니라는 말이다.

숲에서 보낼 나의 1년은 일종의 반(反)탐험인 셈이다. 나는 늘 같은 장소를 찾을 것이며, 그마저 누구나 쉽게 접근할 수 있는 곳이다. 내가 가기 전에도 이미 많은 사람들이 가서 보았던 곳이며, 사실 아무도 크게 관심을 기울이지 않았던 곳이다. 보통의 탐험가들은 목표를 향해 직선으로 나아가겠지만 나는 원을 그리며 걸을 것이다. 또 나를 유명인으로 만들 수도 있는 숭고한 목표를 추구할 것도 아니다. 나는 인류나 학문을 위해 탐험을 하려는 것이 아니다. 사랑하는 가족을 위해서도 아니다. 오직 나만을 위해, 나 자신만을 위해 호수를 찾을 것이다. 그럼에도 탐험을 통해 다른 사람들에게도 의미 있는 무언가가 나올 것이라고 확신했다.

…

나는 오슬로 북쪽의 노르마르카로 결정했다. 그곳의 숲이 내가 사는 곳에서 가장 가깝기 때문이었다. 어릴 적 내가 놀던 숲은 아니었지만 헷갈릴 정도로 닮았고, 그리고 어차피 새로운 장소를 발견하려는 것도 아니었다. 나는 1년 동안 같은 장소를 반복하여 찾을 예정이었다. 같은 것도 정성껏 살피면 매번 다른 느낌으로 다가온다는 사실을 잘 알았기에.

차를 타면 숲은 우리 집에서 멀지 않았다. 이 나라에 사는 모든 사람이 누리는 특혜다. 물론 정작 이곳에 사는 사람들은 그런 특혜를 고마워할 줄 모른다. 고개만 돌리면 어디에나 숲이 있기 때문이다.

나는 앞으로 경험할 12일을 내게 주어진 보호 구역이라고 생각했다. 한시적으로 주어진 내 인생의 보호 구역. 끊임없이 일상이 그 경계를 침범할 테지만 그럼에도 끝까지 지켜내겠다고 굳게 다짐했다.

그것이 나의 계획이었다.

1월의 어느 화요일 정오, 나는 컴퓨터를 끄고 배낭을 메고 첫 탐험길에 올랐다.

차례

여름
{ summer }

가을
{ Autumn }

겨울

{ winter }

1
월

고요의 소리

황무지 땅에 깊은 침묵이 깔렸다. 생명도 움직임도 없는 땅, 너무나 고독하고 추워서 슬프지조차 않은 땅 (…) 그곳에선 누구도 알 수 없는 무자비한 영원의 지혜가 생명과 그 노력의 무익함을 비웃었다. 그곳은 진정한 황야였다. 길들지 않은 무정한 북방의 황야였다.

_잭 런던, 『늑대개』

1월 하순. 어느 화요일 낮 12시 직전. 평범한 주중의 하루였지만 내겐 그렇지 않았다. 나는 가문비나무가 머리에 눈을 이고서 줄지어 선 숲길을 걸었다. 키 높이의 눈 더미가 호위 무사처럼 길 양편을 지키고 있었다. 눈이 하얗게 반짝였다. 아무도 없었다.

길은 내내 오르막이었다. 노르마르카는 원래 그렇다. 이런 숲으로 들어갈 때는 오르막길을 예상하고 마음을 다잡아야 한다. 대신 돌아올 때는 편하겠지, 나는 그런 생각으로 마음을 달랬다.

등에는 큰 배낭을 짊어졌다. 가을 내내 준비한 여러 장비 중 하나였다. 그 안에는 앞으로 24시간 동안 필요할지도 모를 온갖 물건들이 들어 있었다. 침낭과 매트, 텐트는 당연했고, 그 밖에도 큰 칼, 상당량의 비상식량, 각종 옷가지, 헤드램프, 버너, 책 한 권, 수건, 카메라, 카메라 받침대, 벙어리장갑, 칫솔, 등산 방석, 커피 냄비가 들어 있었다.

배낭은 엄청나게 무거웠고 걸을 때마다 소리가 났다. 발에는 방한 등산화를 신었는데, 판매원은 그 유명한 알래스카의 개썰매 경주 '아이디타로드'에서도 신는 신발이라고 강조했다. 등산화 역시 소리가 났다. 삐걱삐걱. 삐걱삐걱. 마른 눈을 밟을 때마다 신발이 소리를 냈다.

나는 숲길을 걸으면 많은 생각이 날 거라고 기대했다. 원대한 생각이, 적어도 서재에 있을 때보다는 더 대단한 생각이 떠오르리라고 확신했다. 하지만 막상 앞을 보며 걷는 순간에는 배낭과 등산화의 소리에만 귀를 기울였을 뿐, 아무 생각도 떠오르지 않았다. 또 내 숨소리와 맥박 소리가 들렸다. 덕분에 대도시에서 몇 번 본 적 있던 거리 연주자들의 리듬과도 같은 박자가 탄생하였다. 그들은 악기 열네 개를 동시에 연주했는데 그중에서 열 개에서 열두 개는 직접 제작했다고 했다.

나는 숲의 오케스트라였다.

숲길이 왼쪽으로 급하게 커브를 그리더니 경사가 훨씬 완만해졌다. 나는 걸음을 멈추고 허리를 젖혀 배낭을 눈길에 떨어뜨렸다. 물병을 찾아 꺼낸 후 배낭에 걸터앉았다. 삐거덕대던 배낭 소리가 멈추었다. 사방이 고요했다.

물을 마시는 동안 처음으로 슬며시 생각이 고개를 들었다. 자연이 위대한 인식의 현장일 것이라는 기대는 낭만적 허구다. 어쩌면 정반대일지도 모른다. 홀로 숲을 걸을 때는 아무 생각도 나지 않는 게 정상일지 모른다. 머리가 비어야 비로소 해방감이 느껴지는 것 아닐까? 설사 생각이 떠오르더라도 대단한 것이 아니라 지극히 단순한 것들이다. 춥다, 덥다. 무겁다, 가볍다. 신난다, 슬프다. 배고프다, 배부르다. 피곤하다, 개운하다.

나는 배낭에 걸터앉아 있었다. 지난 몇 달 동안 바로 이 순간을 위해 많은 시간을 보냈다. 이 순간 어떤 일이 일어날지 온갖 상상을 했다. 추위와 어둠, 숲속의 고독. 예전에도 숲에 혼자 있었던 적은 많다. 하지만 이런 방식은 아니었다. 밤새 숲에 있었던 적은, 그것도 1월에 그랬던 적은 한 번도 없었다. 그렇지만 나는 준비가 완벽하다고 자신했다. 배낭과 등산화의 다채로운 배경 음악은 미처 예상하지 못했지만, 그건 비난할 일이 아니다. 자기 검열에도 한계가 있는 법이다. 아무리 탐험길에 오른 사람이라 하더라도.

물병을 다시 배낭에 집어넣고 끙끙대며 배낭을 둘러멨다. 범벅이던 땀이 앉아서 쉬는 동안 식어 추웠다. 계속 걸었고 이내 다시 삐걱삐걱 소리가 났다. 오케스트라가 연주를 시작했고 여정은 계속되었다.

잠시 시간이 흐르자 다시 몸이 더워졌고 나는 쾌적하고 활기찬 속도를 유지하였다. 몸이 튼튼해진 기분이 들었지만 또 한편 살짝 미친 짓이라는 생각도 없지 않았다. 굳이 그래야 할 이유도 없는데 1월에 혼자서 숲에서 잠을 자겠다니 말이다. 하룻밤을 잔다고 해서 크게 달라질 것도 없었다. 몇 달, 몇 년씩 혼자 자연에서 사는 사람들도 많다. 그래도 나는 좁은 숲길을 걸어가는 나 자신이 흡족했다. 엄지손가락

을 배낭의 어깨끈 밑으로 넣고 고개를 치켜들고 사방을 둘러보았다. 하늘엔 살짝 구름이 드리웠고 바람은 잤으며 기온은 영하 7-8도였다. 나무 사이로 눈이 반짝거렸다. 일을 할 때는 이곳으로 올 생각에 좋았다. 이 순간 나는 몸에 딱 달라붙는 양복바지를 입고 사무실에 앉아 있는 사람들을 비웃었다. 어제의 나를, 내일의 나를 비웃었다.

30분이 지나자 땅은 더 평평해졌고 눈앞으로 빽빽한 너도밤나무 숲이 펼쳐졌다. 북쪽으로 울창한 언덕이 청명한 하늘을 향해 우뚝 솟아 있었다. 숲길의 서쪽은 눈 덮인 호수였다. 호수의 북쪽으로 걸어갔다. 그리고 그곳에서 점심을 먹으려고 걸음을 멈추었다. 배낭에서 크넥케브뢰(납작하고 식감이 딱딱한 과자 같은 스웨덴 전통 빵-옮긴이) 네 조각과 튜브 치즈를 꺼냈다. 보는 사람도 없으니 조각마다 치즈를 듬뿍 발랐다.

내가 앉은 자리 밑으로 호수로 들어가는 작은 강이 흘렀다. 그 강어귀는 아직 얼지 않아서 나는 그곳으로 내려가 물병을 채웠다. 여름이었다면 물 표면에서 헤엄치는 송어를 볼 수 있었을 것이다. 하지만 지금은 한겨울이고 추웠다. 사람이라고는 그림자도 없었고 눈에 찍힌 발자국도 없었다. 오후 1시를 막 지난 시간이었다. 두 시간 후면 어둠이 내릴 것이다. 어둠이 내리기 전에 텐트를 치지 못할까 봐 살짝 걱정이 되었다. 그래서 얼른 남은 빵을 입에 밀어 넣고 길을 재촉했다. 내내 오르막이고 계속해서 언덕이 나타났다. 길을 떠나 숲으로 들어가고 싶었지만 워낙 눈이 많이 쌓여 있어서 설피나 스키가 없으면 나아갈 수가 없었다.

2시 반에 목표였던 야영지에 도착했다. 작은 숲속 호숫가였고 이제 앞으로 1년 동안 나의 베이스캠프가 될 장소였다. 나는 무슨 원칙을 갖고 이 호수를 택한 것이 아니었다. 그냥 사람이 잘 오지 않는 아름다운 장소이기 때문이었다. 또 새벽 3시부터 서두르지 않아도 다음 날 제때에 집에 도착할 수 있을 정도의 거리이기 때문이었다.

땀으로 목욕을 한 터라 배낭에서 보송보송한 울 스웨터를 꺼내 젖은 것을 벗고 갈아입었다. 그 순간에는 너무 더워서 밤에도 추울 것 같지 않았다. 배가 부르면 다시 배가 고파질 거라는 상상을 잘 못하는 것이 우리 인간이다. 우리 뇌는 그렇게 작동한다. 그래서 빨리 배우는 것도 많지만 평생 절대로 배우지 못하는 것도 많다.

눈에다 배낭을 내려놓고 물건을 꺼내기 시작했다. 텐트, 침낭, 매트, 버너, 헤드램프, 여벌 속옷, 여벌 양말, 바람막이 점퍼와 바지, 크넥케브뢰, 튜브 치즈. 저녁으로 먹을 감자 퓌레와 햄, 아몬드 한 봉지, 밀크초콜릿, 커피, 잠이 안 올 때를 대비하여 가져온 약간의 위스키. 텐트는 튼튼했고 매트도 새것이었지만 침낭은 조금 불안했다. 산 지도 오래되었거니와 쓰기도 많이 썼다. 게다가 돌돌 만 상태로 1년 동안 다락에 올려놓았더니 충전재가 눌려 납작했다. 설명서에는 영하 10도까지 무난하다고 적혀 있었지만 제조사가 어느 정도의 여지를 감안한다는 것쯤은 나도 알고 있었다. 더구나 벌써 영하 10도였다. 당연히 밤이 되면 더 기온이 내려갈 것이다.

걷느라 몸에 퍼진 열기가 수그러들자 한기가 몰려왔다. 나는 텐트 주위에 널린 가문비나무 가지를 주워 모았다. 언 가지는 늙은 사람의 뼈처럼 쉽게 부러져서 칼이 필요 없었다. 텐트는 큰 어려움 없이 설치했다. 스트링을 고정할 줄 몰랐지만 어차피 내 것은 셀프 스탠딩 모델이었다. 나는 눈을 발로 조금 긁어서 텐트 가장자리에 얹어놓으면서 바람에 텐트가 날아가지 않기를 기원했다. 어쨌든 그렇게 마무리를 짓고 보니 제법 그럴싸했다.

모험가 라르스 몬센(Lars Monsen, 1963-. 노르웨이 모험가이자 기자-옮긴이)은 『야생에서 살아남기 위한 101가지 팁』에서 야영지에 도착하면 제일 먼저 불 피우기부터 해야 한다고 충고했다. 옳은 말이라고 생각했다. 1월의 오후에 이런 곳에서 조금이라도 기분을 돋우려면 모닥불부터 피워야 한다. 배낭에 널빤지 몇 개는 챙겨 왔지만 진짜 장작은 아니었다. 게다가 나무에서 떨어진 가지가 모조리 두터운 눈에 파묻혀 있을 것이라고는 예상치 못했다. 가문비나무 줄기 쪽으로 젖지 않은 가지 몇 개가 놓여 있었지만 가늘어서 금방 타버렸다. 나머지 가지들은 며칠 동안 기온이 올랐던 끝이라 모조리 얼음에 덮여 있었다. 기온이 올라서 가지에 쌓였던 눈이 녹았다가 다시 언 것이다. 나는 가느다란 가지 몇 개를 손에 꼭 쥐어 얼음을 녹인 후 옆에 놓았다. 그다음 조금 굵은 가지 몇 개를 손으로 녹여 옆에 놓았다. 이 가지들을 바닥에 흩뿌리고 그 위에 집에서 가져온 널빤지로 작은 피라미드를 쌓은 후 불을 붙였다. 다행히 불이 붙기는 했지만 숲에서 주운 가지를 불에 넣었더니 가지에 남은 얼음이 불에 녹으면서 금세 쉬— 소리를 내기 시작했다.

어릴 때 유치원에선 해마다 마분지를 큰 원으로 잘라서 네 등분선

을 그었다. 조각 하나에 계절 하나씩이었다. 원 중심에 화살을 고정하고 나면 선생님은 1년에 네 번 우리더러 그 화살을 다음 계절로 돌리라고 말씀하셨다. 내 원반에선 1월이 항상 약간 왼쪽으로 기울어 있었다. 그러니까 시계로 치면 11시와 12시 사이를 가리키는 지점이었다. 한 해의 첫 달은 로마의 신 야누스에서 이름을 따 온 것이다. 야누스는 라틴어 이아누아(ianua)에서 온 말로, 문이나 입구, 새로운 것의 시작을 의미한다.

하지만 지금 내가 앉은 곳에선 눈을 씻고 찾아도 새로운 시작의 흔적을 발견할 수 없었다. 어떤 움직임도, 어떤 생명의 신호도 없었다. 아무 냄새로 나지 않았다. 자연에서 향기를 뿜는 모든 것, 나뭇잎과 나무껍질과 흙과 물이 몽땅 눈에 덮여 있었다. 꽁꽁 언 채 눈 아래 묻혀 있었다.

3시 반이 되자 어스름이 깔렸다. 숲은 쥐 죽은 듯 고요했다. 쏴쏴— 단조로운 소리만 희미하게 들렸다. 고요의 소리? 우주의 소리? 지구의 기본음? 어쩌면 이 소리는 항상 곁에 있었을 것이다. 다만 주변이 이렇듯 고요한 적이 드물었기에 귀 기울여 들을 기회가 없었을 뿐이다.

순식간에 어두워졌다. 누군가 빛을 흡— 하고 빨아들인 듯, 빛이 바닥으로 새어버린 듯 눈 깜짝할 사이에 빛이 홀연히 사라져버렸다. 몇 분 사이 하늘은 붉은빛으로, 보랏빛으로, 자줏빛으로 물들었다. 그러다가 검정과 흰색의 어디쯤이라 할 회색 톤만 남았다. 그와 동시에 기온이 급속도로 떨어졌다. 불과 몇 초 만에 훅 떨어졌다. 얼굴로도 기온의 변화를 느낄 수 있을 정도였다. 칼날 같은 추위라는 말이 괜히 나온 게 아니었다. 호수에서 얼음이 삐거덕대기 시작했다. 어릴 적 할아버지와 낚시를 하러 가면 자주 이런 소리를 들었다. 얼음이 만들어지는 소리였다. 흰 평원 위로 낮은 굉음이 울렸다. 멀리서 대포라도 쏘는 것 같았다.

5시가 되자 사방이 칠흑같이 어두웠다. 너무 추워서 가만히 앉아 있을 수가 없었다. 나는 모닥불 앞으로 바짝 다가섰고 뭘 해야 좋을지 갈피를 잡을 수가 없었다. 집에선 트윅슨(2009년 개봉한 노르웨이 영화 〈트윅슨: 말하는 나뭇가지〉에 나오는 나뭇가지 인형-옮긴이)이나 몇 개 깎아서 애들 갖다주자고 생각했다. 하지만 그건 따뜻한 거실에서 탄생한 아이디어였다. 연기를 뿜어대는 모닥불가에 서 있으니 나무를 깎고 싶은 마음이 전혀 들지 않았다. 트윅슨 따위, 꺼져버려! 게다가 큰 실수를 저질렀다는 깨달음이 밀려왔다. 겨울 바지를 잊고 안 가져온 것이다. 평소 입던 등산 바지 하나만 입고 왔는데, 그제야 알게 된 사실이지만 등산 바지는 완벽하게 잘못된 선택이었다.

어두운 구름이 하늘을 떠다녔다. 바람이 불기 시작했다. 야영장 선택이 최선은 아니었다는 사실을 인정하지 않을 수 없었다. 바람이 북쪽에서 불어왔다. 그 말은 탁 트인 호수를 지나면서 더 거세진 바람이 내게로 불어온다는 뜻이었다. 바람이 강하게 몰아치자 너무 추워 온몸이 덜덜 떨렸다. 하지만 이 깜깜한 밤에 텐트를 옮길 수도 없는 노릇이니 참고 버티는 수밖에 도리가 없었다. 오늘을 교훈 삼아 두 번 다시는 같은 실수를 저지르지 말아야겠다고 다짐했다.

500년 전이라면, 그러니까 조금만 견디면 난방이 빵빵하고 단열이 잘 되는 집으로 돌아갈 수 있는 게 아니라면 지금 내가 무슨 짓을 할까 상상해보았다. 최대한 많은 나무를 긁어모아야 할 것이고 양식을 찾아야 할 것이다. 나무를 모으기는 쉬워 보였다. 하지만 둘을 동시에, 그것도 최대한 빠르게 해낼 수 있을까? 못 해낸다면 나는 내일 아침 해가 너도밤나무 위로 떠오르기도 전에 목숨을 잃을 것이다. 그랬다가 며칠 후 겨울 휴가에 나선 스키어에게 발견될 것이다. 빙하기 시대의 매머드처럼 빳빳하게 얼어붙은 모습으로. 이곳에서 500년 전에 살았던 사람들은 나처럼 메리노 울 스웨터를 입고 그 위에 프리마로프트 재킷을 걸치고 다시 통기성 좋은 바람막이 점퍼를 덧입지도 못했을 것이다. 그런 상상을 하니 왠지 섬뜩했다.

9시, 나는 침낭 안에 누워 있었다. 벌써 두 시간째 그 안에 들어가서 책도 조금 읽었고 어떻게든 시간을 보내보려고 애를 썼다. 불을 제대로 피우지 못해서 너무 추웠기 때문에 밖에 있을 수가 없었다. 그래서 침낭에 누워서 어서 잘 시간이 되기만을 기다렸다. 아내 트루데가 문자를 보내서 최근 노르마르카의 이 부근에서 늑대가 출몰했다는 소식을 전했다. '아우우우우!'라는 늑대 울음소리와 함께. 그리고 'PS: 지금 돌아와도 창피하지 않아.'

하지만 나는 지금 돌아간다면 창피할 것이다. 그래서 돌아갈 수 있다는 생각 자체를 하지 않으려고 애썼다. 그럼에도 늑대 생각이 머리를 떠나지 않았다. 자연은 정말 무자비한 곳이라는 생각도 했다. 물론 저녁노을에 황금빛 먼지처럼 호수 위에서 춤을 추는 곤충은, 화창한

4월 아침에 노래를 부르는 지빠귀는 그렇지 않겠지만 1월의 자연은 인정사정이 없다. 어쩌면 자연의 가장 큰 특징은 이런 대조일지도 모르겠다. 밤과 낮, 추위와 더위, 겨울과 여름의 차이는 문명의 인간이 견디기에는 너무나 크다.

춥고 어두운 숲에서 텐트를 치고 혼자 있는 이 시간을 즐기자고 혼잣말을 했다. 평소 잠자리에 드는 시간보다 여섯 시간 전에 이미 날이 칠흑같이 어두워진 1월의 숲에선 사실 할 일이 그리 많지 않다. 잠이 들기 전 마지막으로, 토머스 에디슨이 전구를 발명하기 전에는 다들 일찍 잠자리에 들었겠구나, 하는 생각을 했다.

…

밤새 너무 추워서 계속 자다 깨다 했다. 우려했던 대로 침낭은 따뜻하지 않았다. 너무 추워서 내내 선잠을 잤다. 3시에 비명을 듣고 눈을 떴다. 강의 어귀에서 꿀렁거리는 물소리와 배낭과 등산화가 삐거덕대는 소리, 그리고 쏴쏴— 하는 지구의 기본음을 제외하면 그 24시간 동안 내가 들은 유일한 소리였다. 비명은 호수 건너편 숲에서 들렸다. 심장을 도려내는 듯한 비명이 낭랑하고도 날카롭게 숲의 고요를 갈랐다. 비명에 날갯짓 소리가 동반되었다. 여우에게 몹쓸 짓을 당한 새의 비명일까? 어차피 밖으로 나가 무슨 일인지 알아볼 마음도 없었지만, 1월의 밤 3시에 숲에서 아무 이유도 없이 비명을 지를 사람은 없었다.

5시에 또 깼다. 동이 트려면 아직 몇 시간은 있어야 했지만 정신이 초롱초롱했고 푹 잤다는 기분이 들었다. 침낭에 조금 더 누워 있고 싶은 유혹을 이기고 텐트에서 나가 얼음처럼 차가운 아침을 맞이하였다. 헤드램프의 불빛으로 버너에 커피를 끓였다. 그리고 배낭을 쌌다. 정리하려고 애쓰지 않고 그냥 손에 잡히는 대로 집어넣었다. 그런 뒤 귀갓길에 올랐다.

지금 내가 또렷하게 느끼는 이 기분을 앞으로 열두 달 동안 거듭 확인하게 될 것이다. 숲에 혼자 있으면 아침과 밤의 기분이 엄청나게 다르다. 밤에는 어쩔 수 없이 마음이 울적하고 시름에 젖는다. 어쨌든 나는 그렇다. 세상만사가 다 슬프고 무의미해 보인다. 하지만 아침에 눈을 뜨면 머리가 너무나 가뿐하여 못 할 일이 없을 것 같다. 이번에도 자연의 대조다. 때로는 그 대조가 참기 힘들 정도로 너무나 크고 선명할 때가 있다.

하늘에 별이 총총했다. 시커먼 구름은 걷혔다. 달은 뜨지 않았어도 환해서 램프를 껐다. 몸을 움직이니 좋았다. 열기가 몸을 타고 흘렀고 근육이 유연해졌다. 마음이 한결 가벼웠고 기분도 좋았다. 고요를 깨는 소리는 배낭과 마른 눈을 밟는 신발 소리뿐이었다. 걸음 속도를 조금 높이면 가서 애들 도시락을 싸줄 수 있을 것이다.

2
월

빛이 돌아오다

빛이 돌아온다. 해마다 2월 셋째 주가 되면 확신을 갖고 이렇게 말할 수 있는 하루가 있다. 아니 여러 날이 있다.

_캐슬린 제이미, 『시선들』

내 꿈속의 숲은 자유롭고 걱정이 없다. 해가 떠서 질 때까지 혼자 숲을 헤매 다닌다. 항상 입에 풀줄기를 물고 다니면서 생각나는 대로 아무 멜로디나 풀피리를 분다. 목이 마르면 졸졸 흐르는 시냇물로 목을 축이고, 다리가 아프면 햇볕에 데워진 바위에 앉아 쉬며, 비가 내리면 큰 나무 밑에서 비를 긋는다.

그리고 다시 일어나 길을 나선다.

해가 떨어지면 완벽한 야영장을 찾는다. 작은 호수에 기대어 앉은 구릉진 풀밭. 고개를 돌리는 곳마다 소나무와 자작나무가 자라고 드문드문 가문비나무도 보인다. 물가에는 불 피우기 적당한 장소가 있고 시냇물도 근처에 있어 맑고 차가운 물이 흐른다. 세상은 고요하다.

바람 한 점 불지 않고 하늘에도 구름 한 점 없다. 모기는 내 꿈에 등장하지 않는다. 나는 텐트를 치고 불을 피운다. 에이나르 셰로센(Einar Skjæraasen, 1900-1966. 노르웨이 작가이자 시인-옮긴이)의 민요에 등장하는 사람들처럼, 노르마르카에서 보낸 하룻밤을 글로 옮긴 페테르 크리스텐 아스비에른센(Peter Christen Asbjørnsen, 1885-1912. 노르웨이 작가이자 학자-옮긴이)이나 모닥불 곁에서 수많은 밤을 보냈던 탐험가 라르스 몬센과 헬게 잉스타드(Helge Ingstad, 1899-2001. 노르웨이 고고학자, 작가, 모험가-옮긴이)처럼. 그들의 책에서도 영하 30도의 혹한이 휘몰아치지만 그 책을 읽고 내 기억에 남은 것은 아름다운 전원의 풍경뿐이다. 심지어 동상에 걸려도, 비상식량이 떨어져도 그들은 그 상황을 매력적으로 그릴 줄 안다. 내 꿈에서도 꼭 그렇다. 위험하고 불쾌한 일도 내 꿈에선 즐겁고 신이 난다. 마치 영화 속 한 장면처럼.

그러나 현실은 그렇지 않다. 혼자 숲을 거닐다 보면 쾌적할 때보다 불쾌할 때가 더 많다. 그렇지 않다는 말은 다 거짓말이다. 1월에 직접 겪어보았기에 나는 절대 2월에는 다를 것이라는 망상에 빠지지 않았다. 그런데도 말이다, 등 따뜻하고 배부르면 아무리 그런 불쾌한 경험을 여러 번 했어도 도무지 그 상황이 떠오르지 않는다. 왜 그런지는 나도 모르겠지만 아마 신체 상태가 두뇌 작동 방식에도 영향을 미치기 때문일 것이다. 몸이 다 괜찮다는 신호를 보내면 뇌는 생각한다. 그래 맞아. 몸이 그렇다는데 굳이 아니라고 우길 이유가 있을까?

…

처음으로 숲에서 하룻밤을 지내고 집으로 돌아올 때는 어쨌든 무사히 살아 돌아왔다는 사실만으로 무척 기뻤다. 자동차를 집 앞에 주차하자 나 자신이 자랑스러워 어찌할 바를 몰랐다. 너무나 피곤했지만 동시에 황홀경에 빠진 사람처럼 몸이 가벼웠다. 1월 하순의 어느 금요일이었다. 지극히 평범한 주중의 하루였다. 삐걱대는 배낭을 메고 아이디타로드 방한 등산화를 신고 깜깜한 산길을 걸어 차가 있는 주차장까지 언덕길을 내려갈 때, 나는 너무 기쁜 나머지 이 순간 내가 느끼는 감정의 파장을 딴 사람들은 전혀 느낄 수 없다는 것과, 이제 막 끝낸 나의 모험이 지극히 개인적인 경험으로 남을 것이라는 사실을 미처 깨닫지 못했다.

현관에 들어서니 막 7시가 지난 시각이었다. 트루데와 아이들은 벌써 일어나서 각자 일터와 학교와 유치원으로 떠날 채비를 하고 있었다. 나는 행복했다. 어쨌든 무사히 큰일을 마치고 돌아왔다. 사실 떠날 때는 이 모험이 어떻게 끝날지 확신이 없었다. 숲에서 무슨 일이 일어날 수도 있었다. 그런데 이렇게 무사히 돌아왔으니 기쁘고 행복한 것이 당연하지 않겠는가.

그러나 트루데와 아이들의 반응은 내 예상과 달랐다. 물론 나를 보고 반가워했지만, 내가 쓰레기를 버리거나 장을 보고 돌아왔을 때와 별반 다르지 않았다. 따지고 보면 내가 집을 비운 시간은 고작 24시간이었다. 그 정도의 시간만큼 집을 비운 것이 이번이 처음도 아니었다. 나는 아이들을 보자마자 지난밤에 엄청나게 추웠고 한밤중에 무시무시한 소리를 들었다고 지껄이기 시작했다. 하지만 아이들은 별 관심을 보이지 않았다. 내 말을 듣는 둥 마는 둥 하며 TV 앞으로 가서 앉았다. 트루데는 이따 퇴근해서 오면 그때 이야기하자고 말했다. 시간이 없어서 지금 나가야 한다고 말이다. 물론 사과는 했지만 그 말은 그녀가 숲 이야기에 별 관심이 없다는 뜻이었다.

…

모두들 나가자 집이 고요했다. 동쪽 지붕 위 하늘이 붉게 물들었다. 나는 라디오를 켜고 커피를 마시며 배낭을 풀었다. 배낭을 푸는 것이 뭐 그리 힘들겠느냐 생각하기 쉽지만 그렇지가 않다. 배낭은 풀 때가 쌀 때보다 더 시간이 많이 걸린다. 더구나 매력적인 목표가 손짓을 하는 것도 아니고 그냥 귀찮은 의무일 뿐이므로 즐겁지도 않다. 다들 아시겠지만 배낭은 돌아오자마자 곧장 풀어야 한다. 그리고 장비를 원래 자리로 되돌려놓기 전에 일단 말려야 한다. 안 그러면 금방 등산 장비 특유의 곰팡내가 난다. 게다가 이 장비들은 하나같이 상당히 비싸다. 아무렇게나 던져둔다면 정말로 어리석은 짓일 것이다.

숲에서 헤드램프 불빛에 의지해서 손에 잡히는 대로 배낭에 쑤셔 넣었기 때문에 그 물건들을 전부 도로 꺼냈다. 아직 지난밤의 여운이 남아 모든 것이 차갑고 축축했다. 나는 거실 한가운데에 의자 몇 개를 놓고 텐트와 배낭을 걸었다. 숲에서 얼마나 많은 것들이 딸려 왔던지 거실 바닥이 전나무 잎과 가지, 작고 더러운 얼음 덩어리로 그득했다. 온 집에 모닥불 냄새가 진동했다. 숲에서 밤을 지내본 사람이라면 다들 알 것이다. 불에 탄 나무 냄새가 하루를 넘기면 어떻게 달라지는지 말이다. 눈이 따가울 정도로 지독한 곰팡내가 진동을 한다.

나는 창문을 열고 거실에 떨어진 쓰레기를 쓸어 정원에 내다버렸다. 그리고 두 시간쯤 서재에서 일을 하다가 갑자기 피곤이 몰려들고 졸음이 쏟아지는 통에 소파에서 깜빡 잠이 들었다. 다시 눈을 떴을 때 나는 소파에 누운 채로 과연 이 프로젝트가 무슨 의미가 있을까 고민하기 시작했다. 숲에서 밤을 보내는 것이 상당히 힘들었을뿐더러 너무 추워서 달리 할 수 있는 것도 없었다. 지금이라도 생각을 바꿔야 할까? 아직 내 탐험 계획을 아는 사람은 몇 안 된다. 가족과 친구 몇 명밖에 없다. 지금 와서 포기했다고 하면 좀 창피하기는 하겠지만 그 정도쯤이야 괜찮을 것이다. 지금껏 살면서 포기한 적이 한두 번이었던가. 또 다들 금방 잊어버릴 것이다.

하지만 이틀 후 나는 다시 숲을 꿈꾸기 시작했다. 얼마 전의 경험이 전혀 기억나지 않는 사람처럼 예전과 똑같이 열정적으로, 비현실적으로.

…

2월이 왔다. 하루하루 기온이 급격하게 떨어졌다. 일기 예보를 보니 나의 야영장 기온이 영하 22도였다. 또 앞으로 당분간 고기압이 예상

된다고 했다. 이 정도 날씨라면 장비를 재점검하지 않을 수 없었다. 이런 기온에서 지금 내 침낭으로 밖에서 잠을 자다가는 얼어 죽기 십상이었다.

그래서 나는 침낭을 새로 장만하기로 마음먹었다. 겨울 바지도 한 벌 필요했다. 스노보드용 바지 말고 튼튼한 성인 남성용 겨울 바지가 있는지 찾았다. 있기는 했는데 군용 장비 온라인 숍에서만 팔았다. 검은색이었고 충전재는 합성 솜이었다. 제품 설명을 보니 홀딱 젖어도 방한 효과를 유지한다고 되어 있었다. 그 글을 읽는 순간 나도 모르게 이런 생각이 들었다. 아주 좋아. 나도 언제건 홀딱 젖을 수 있으니까 저런 바지가 필요해. 우리 뇌는 항상 이런 식으로 작동한다.

침낭은 결정이 조금 더 힘들었다. 제품 종류가 어마어마하게 많은 데다 여러 가지 판단 기준을 고려해야 했기 때문이다. 결정을 내리기까지 몇 주가 걸렸다. 가격과 제조사, 무게를 비교했다. 쾌적 온도라는 말이 자주 등장했는데 누구도 속 시원하게 설명을 해주지 못했다. 나는 사람이 불쾌감을 느끼기 직전의 온도 하한선, 즉 침낭 사용자가 추위를 느끼기 직전의 온도 하한선 정도로 추측했다. 그게 아니면 이용자가 마지막 숨을 내쉬고 꼴까닥 죽는 시점의 온도일까? 앞에서도 말했듯 내 야영장의 기온이 영하 22도였기 때문에 나는 22를 기준으로 삼기로 결정했다. 인터넷을 더 뒤지다가 이런 충고를 만났다. 구스다운 침낭을 사라! 가격은 비싸지만, 싸다고 화학솜 침낭을 샀다가는 부피가 너무 커서 그것만 넣어도 배낭이 꽉 찬다!

결국 나는 누구나 들으면 아는 제조사의 오렌지색 구스 다운 침낭을 장만했다. 영하 22도까지 쾌적 온도가 유지된다고 했고, 가격이 무려 내가 청소년 시절에 타던 모페드(보조 기관을 장치한 자전거 또는 배기량 50cc 이하의 초경량 오토바이-옮긴이) 한 대 값이었다.

…

처음 숲에서 잤던 1월 그날엔 밤하늘에 초승달이 떴다. 그래도 크게 어둡지 않았다. 나흘이 지나니 달이 커졌다. 저녁 뉴스를 할 무렵에 달이 우리 집 서쪽 지붕 위로 훤히 보였다. 아래의 오른쪽 절반이 태양 빛을 받아 환하게 빛나며 하늘에 걸려 있었고, 나머지 절반은 어둠에 묻혀 있었다.

그렇게 하루하루가 지나갔다. 2월 중순을 향해 가고 있었다. 기온은 점점 내려갔고 달은 점점 커졌다. 빛이 급격하게 변해갔다. 변화가 가장 확연한 때는 오후 몇 시간이었다. 날이 저물면 서쪽 하늘이 담청색이었다가 차츰 어두워졌고 동쪽 하늘까지 남빛으로 물들다가 결국 검게 변했다.

빛이 눈 덮인 땅의 어깨에서 무거운 짐을 내려주는 것 같았다. 그 광경을 보고 있노라면 '희망'이라는 말로밖에 표현할 수 없는 감정이 온몸을 타고 흘렀다. 나 자신은 물론이고 세상 모든 이에게 힘이 되어줄 희망. 자연의 가장 큰 특징은 변화다. 세상 만물은 항상 변하며, 자연의 본질은 쉬지 않는 움직임이다. 빛도 이런 자연의 조건을 벗어날 수 없지만 그래도 해마다 변함없이 찾아오는 리듬을 따른다. 자연의 다른 모든 것은 예상치 못한 변화를 겪지만 빛은 그래도 예상이 가능하다.

춥고 쨍한 날씨가 이어졌다. 눈은 거의 내리지 않았다. 길 잃은 눈송이 몇 개만 힘없이 하늘에서 떨어졌다. 너무 가볍고 메말라 땅에 내려와 지친 몸을 누이지도 못했다. 그러다 다시 기온이 올라갔고 구름이 몰려와 눈을 뿌렸다. 하얀 이불이 세상을 덮어 온갖 소음을 감싸 안았다.

나는 맡은 일은 넘기고 숲으로 들어갈 시간을 내기 위해 소리 없는 전쟁을 치르는 중이었다. 문명 세상에선 숲 투어보다 훨씬 더 중요한 일들이 계속해서 생기기 마련이다. 어찌어찌 노력한 끝에 마침내 하루를 비웠다. 그리고 다시 배낭을 싸서 숲으로 출발했다. 불과 몇 주가 지났을 뿐이고 여전히 한겨울이었지만 완전히 다른 세상이 눈앞에 펼쳐졌다.

…

이번에는 배낭이 훨씬 가벼웠기 때문에 삐걱대는 소음도 적었다. 1월에는 초보자처럼 배낭을 꾸렸다. 채 하루도 안 있을 거면서 두 사람이 1주일은 너끈히 먹을 양의 비상식량을 쌌다. 반대로 옷을 너무 적게 챙겼고 그마저 가져간 것도 부적절했다. 그래서 가지고 간 것을 다 꺼내 입어도 추웠다. 이번에는 옷과 식량의 안배를 반대로 했다. 식량은 양을 줄였고, 옷은 가짓수는 더 많지 않아도 더 합목적적인 옷으로 골랐다. 덕분에 배낭이 가벼워서 걷기가 훨씬 수월했다. 비상 식량은 옷보다 무거울 뿐 아니라 비실용적인 각진 포장 탓에 자리도 더 많이 차지했다. 옷은 힘주어 돌돌 말면 주먹만 한 공 크기로 줄어들고, 안 되면 물건 사이에 끼워 넣어 충전재로 쓸 수 있다.

새로 산 침낭을 챙기고 새로 장만한 겨울 바지를 입었고 그 안에 울 레깅스와 두꺼운 울 양말을 신었다. 상의로는 얇은 울 러닝과 울 티셔츠를 입었고 그 위에 초경량 방한 소재 프리마로프트 재킷을 걸치고 마지막으로 통기성 좋은 바람막이 점퍼를 입었다. 추가로 배낭에 또 한 벌의 프리마로프트 재킷과 여벌 양말과 레깅스, 울 러닝을 챙겼다. 그 정도면 충분하고도 남음이 있다고 생각했다.

한 시간쯤 걸어 1월의 그 야영지에 도착했다. 눈에 찍힌 발자국 하나 없는 것이, 그사이 이곳을 찾은 이가 전혀 없었던 것 같았다. 내가 남긴 발자국들도 눈에 덮여 보이지 않았다. 아무도 모르는 미지의 땅에 온 듯했다.

그곳에 서 있으니 지구에 착륙한 최초의 인류가 된 기분이었다. 눈 덮인 미개척지에 외로이 서 있는 한 인간! 특혜를 받은 듯 흐뭇하면서도 또 한편으로는 이 순결한 자연을 망치는 것은 아닐까 양심의 가책이 들었다. 가루눈에 찍힌 큼지막한 내 발자국들이 천혜의 장관을 밀어버리는 불도저 같았다. 아직 이른 오전이었다. 날씨는 좋았고 햇살은 따스했다. 급할 것이 없었으므로 숲으로 더 들어가보기로 했다. 갔다가 해 질 무렵에 야영지로 돌아오면 될 테니까.

전형적인 숲길이었다. 이 숲은 물론이고 문명 근처에 자리한 대부분의 숲에는 사방에 이런 임도(임산 도로의 준말. 벌목한 통나무를 운반하고 산림을 관리하기 위하여 건설한 도로-옮긴이)가 닦여 있다. 벤 지 얼마 안 된 가문비나무 더미를 지나자니 송진과 나무껍질, 푸른 침엽의 강렬한 냄새가 코를 찔렀다. 벌목은 주로 겨울에 한다. 예전부터 그랬다. 예전에는 늙은 말을 써서 큰 나무 줄기를 길가로 날랐기 때문에 눈이 푹신푹신한 깔개 역할을 해주었다. 요즘엔 무시무시한 벌목 기계로 나무를 베기 때문에 사실 계절에 크게 구애받지 않는다. 벌목 기계는 우주선도 조종할 것 같은 컴퓨터 프로그램을 갖춘 데다 생긴 것도 우리 아들의 트랜스포머 피규어를 닮았다. 그런데도 여전히 벌목은 겨울에 제일 많이 한다. 아마 벌목 업계에 남은 오랜 관행 탓일 것이다.

다행히 트랜스포머 기계의 손길을 무사히 피한 나무들은 두꺼운 눈과 상고대의 이불을 쓰고 있었다. 하늘엔 군데군데 구름이 끼어 있었는데 이곳 높은 곳에 오르니 구름이 아니라 약한 안개로 변했다. 대기 중의 습기가 추위 탓에 얼어서 생긴 것인지는 모르겠지만 어쨌든 이제 곧 이 안개의 층이 걷힐 것이라는 느낌이 들었고, 실제로 그 느낌은 맞았다. 한 시간쯤 걸었더니 안개가 발아래에 있었다. 이곳의 하늘은 눈부시게 파랬다. 여기저기 안개를 뚫고 솟은 가문비나무의 꼭대기가 겨울 끝자락에 스키를 신고 달릴 때 조심해야 하는 작은 구릉들을 닮았다. 서쪽 하늘은 더 환해서 거의 노란색에 가까웠다.

사진을 몇 장 찍고 계속 걸었다. 1월의 그때처럼 몸이 가뿐했다. 머리는 텅 비고 몸만 남은 기분이었다. 한참을 걸었더니 몸에서 열이

났다. 따스한 햇볕에 눈이 녹았다. 오랫동안 머리에 이고 있던 무거운 눈이 녹자마자 가문비나무 가지가 재빠르게 원위치로 돌아갔다. 쿵! 눈 덮인 나무 밑바닥으로 눈덩이가 떨어지는 둔중한 소리가 들렸다.

이번에도 평일이었다. 아무도 없었지만, 고요했던 1월과 달리 새소리가 들렸다. 물론 몇 마리에 불과했다. 새들이 모여 시끄럽게 지저귀었다고 하면 그건 거짓말일 것이다. 겨울 내내 우리 집 앞에는 새들이 모여든다. 숲에 눈이 내리면 짐승들은 본능적으로 사람이 많이 사는 곳으로 이사를 간다. 그래서 12월과 1월에는 새소리가 거의 안 들리지만 2월 초만 되어도 동이 트기 전부터 울어대는 박새 때문에 잠을 설치는 일이 잦다.

그러나 몇 마리는 겨울에도 숲에 남아서 드문드문 지저귀는 노래로 1월에는 없던 배경 음악을 깔아주었다. 박새 특유의 노랫소리는 금방 알지만 사실 나는 새들의 소리를 잘 구분하지 못한다. 하긴 새의 입장에서도 뭐가 신이 나서 노래를 부르겠는가. 날씨는 여전히 춥고 1월부터는 내리는 눈도 더 많아진다. 봄이 오려면 아직 한참 멀었다. 나뭇가지에 앉아 하염없이 봄을 기다리며 혼자 휘파람을 불어야 하는 새의 입장에서 본다면 정말이지 멀어도 한참 또 한참 멀었다.

…

배가 고플 때까지 걸었다. 눈은 여전히 키 높이로 쌓여 있었다. 남쪽으로 향한 비탈 몇 군데만 걸음을 옮길 수 있을 정도로 눈이 적었다.

나는 계곡으로 내려가 조금 큰 호수에 도착했다. 단단한 얼음으로 덮인 표면을 가로질러 크로스컨트리 스키 자국이 나 있었다. 크고 흰 종이 위에 그어진 검푸른 선 같았다. 호수 반대편에서 혼자 걸어가는 크로스컨트리 스키어가 눈에 띄었다. 남자 같았는데 노인처럼 걸었다. 스키를 신고 달리는 사람 특유의 날렵한 동작은 간데없고 무릎을 뻣뻣하게 펴서 천천히 규칙적으로 한 발 한 발 내디뎠다. 롤러스케이트를 타고 실버타운의 매끈한 리놀륨 바닥을 걸어가는 노인 같았다. 나는 점심을 먹으면서 그의 뒷모습을 바라보았다. 물 2리터와 튜브 치즈를 바른 크넥케브뢰에 후식으로는 아몬드를 먹었다.

3시에 배낭을 어깨에 메고 야영지 방향으로 산을 내려왔다. 지난번과 같은 장소에서 밤을 보내고 싶었다. 꽁꽁 언 호수 근처에서 하룻밤을 보냈더니 그곳이 집같이 느껴졌다. 호수는 미지의 세상 한가운데에 자리한 친숙한 장소였다. 나는 항상 모르는 것보다 아는 것을 선호하는 인간이다. 그것이 득이 될 때도 있지만 해가 될 때도 많다.

…

우리 할머니는 평생을 숲에서 살았다. 노르웨이 동부의 큰 호숫가에서 사셨는데 제일 가까운 생필품 가게가 10킬로미터나 떨어져 있었다. 주변에 인가가 있기는 했지만 그중 상당수가 빈 집이었다. 할머니는 자연과 더불어 살았고 그 생활에 만족하셨다. 도시로 나가려는 생각은 꿈에도 해본 적이 없었다. 내가 어릴 적 할머니는 2월만 되면 늘

이렇게 말씀하셨다. "이제부터 잘 살펴야 해. 지금이 진짜 봄이거든. 지금이야말로 만물이 소생하는 시간이지." 나는 할머니 말씀을 이해할 수 없었다. 창밖은 여전히 차가운 눈으로 덮여 있었고, 아무리 봐도 그 눈이 녹아서 사라질 것 같지가 않았다. 훗날에야 나는 그 말씀의 의미를 깨달았다. 봄을 인도할 그 모든 과정을 처음으로 알아차릴 수 있는 때가 2월이라는 뜻이었다. 12월 21일은 1년 중 밤이 제일 긴 날이다. 그날이 지나면 태양은 방향을 바꾼다. 아주 서서히 낮이 길어지다가 시간이 가면서 확연히 낮 시간이 늘어난다. 동지는 천문학적 전환점이지만 그 결과를 깨달을 수 있는 것은 2월이 지나면서다. 2월은 되어야 비로소 자연의 큰 물줄기가 방향을 틀었고 새 계절이 달려올 채비를 하고 있다는 낌새를 채게 된다. 빛은 더 강해지고 기온은 올라간다. 동물의 세계도 서서히 잠에서 깨어난다. 그러다 마침내 찬란한 향기와 색깔들이 터져 나오고 우리가 봄이라고 부르는 것이 그 화려한 자태를 드러낸다. 그러니까 노루귀바람꽃과 갈란투스는 봄이 아니라 봄의 결과인 것이다. 내 나름대로 해석한 할머니의 말씀은 대충 그런 뜻이었다.

그런 멋진 말씀 말고도 어린 시절 나는 할머니께 정말 많은 것을 배웠다. 그래서 그때는 자연에 관해 아는 것이 지금보다 훨씬 많았다. 생물 시간이면 나는 선생님의 질문에 제일 손을 많이 드는 학생이었다. 온갖 나무 이름과 물고기 이름을 알았고, 어떤 계절에 버드나무 피리를 만들어야 제일 잘 만들어지며 어떤 버섯이 식용 버섯이고 독버섯인지도 알았고, 올빼미 울음소리도 구분할 수 있었으며, 모닥불을 어떻게 피워야 하는지도 알았다. 우리 반에서 나보다 자연에 대해 더 잘 아는 친구는 딱 한 명밖에 없었다. 이름은 에스펜이었는데, 지역 신문에 사진이 자주 실렸다. 녀석이 숲이나 들, 물가에서 특이한 물건이나 진귀한 물건을 잘 찾아냈기 때문이다. 코미디언을 닮은 나뭇조각, 에펠탑처럼 생긴 당근, 정치인을 닮은 물고기, 뭐 그런 것들이었다. 내 기억에도 자연에는 문명 세상을 상기시키는 물건들이 늘 있었다. 에스펜은 어떻게 하면 지역 신문의 관심을 끌 수 있는지 그 방법을 잘 알았던 것 같다.

나는 신문에 실릴 만한 것을 자연에서 찾은 적은 없었다. 하지만 1주일에 한 번 동네 생필품 가게 앞으로 책 버스가 찾아오면 많은 책을 빌려 읽었다. 잭 런던과 미셸 푄후스(Mikkjel Fønhus, 1894-1973. 노르웨이 저널리스트이자 소설가-옮긴이), 그리고 지금은 이름도 기억나지 않는 많은 작가들의 책을 읽었다. 『갈대밭에 숨은 강꼬치고기』 『산꼭대기의 늙은 고라니』 『탄식의 계곡에 울리는 부엉이 울음소리』 같은 제목이었고 거칠지만 낭만적인 분위기의 소설들이었다. 모두가 자연 및 동물과 인간의 관계를 다루었고, 우리를 이어주는 신비한 끈이 존재하며 우리가 조금만 여유를 갖고 서로에게 친절하기만 하면 서로를 잘 이해할 수 있고 나아가 친구가 될 수 있다는 메시지를 담고 있었다.

나는 그 이야기들을 집어삼킬 듯 탐독했다. 책에는 모피 사냥꾼과 인디언, 모험가와 개썰매 주인, 노다지꾼과 사냥꾼, 어부와 등반 탐험대 들이 등장했다. 제임스 페니모어 쿠퍼(1789-1851, 미국 소설가. 변경을 배경으로 백인과 인디언의 관계를 다채롭게 묘사한 『가죽 스타킹 이야기』가 대표작이며, 이 시리즈 중 『모히칸족의 최후』는 영화로도 만들어졌다-옮긴이)가 쓴 소설인, 18세기 말 캐나다 호수 지역에서 영국과 프랑스가 치른 전쟁 이야기를 읽었다. 『모히칸족의 최후』는 유일하게 지금까지도 내 서재에 꽂혀 있는 책이다. 순록 소년 안테가 도시의 기숙학교에 가기 위해 핀마르크의 넓은 평원을 떠날 수밖에 없었을 때는 TV 앞에서 엉엉 울었다. 잉발 스빈소스(Ingvald Svinsaas, 1912-1990. 노르웨이 작가-옮긴이)가 쓴 『산속의 톰』을 읽다가 톰이 산속 오두막에 혼자 남아 가족이 돌아올 때까지 1년을 버텨야 했을 때는 톰이 불쌍해 더 엉엉 울었다. 그 밖에도 나는 마크 트웨인의 『톰 소여의 모험』을 읽었고 토르비에른 투프테(Thorbjørn Tufte, 1933- . 노르웨이 작가-옮긴이)의 어부 이야기들과 미셸 퓐후스의 사냥꾼 이야기들을 읽었다. 모두가 방식은 달랐지만 지금의 내 삶과는 완전히 다른, 모험 가득한 자유로운 자연의 삶을 들려주었다. 내가 조금만 더 방랑을 즐기는 사람이었고 뜻이 맞는 친구를 만났더라면 어쩌면 유명한 탐험가가 되었을지도 모르겠다. 하지만 나는 돌아다니기보다는 집에서 책 읽는 편이 더 좋은 몽상가였고 뜻이 통하는 동지도 만나지 못했다. 유일하게 할아버지는 나와 죽이 척척 맞았지만 나와는 세대가 달랐기 때문에 몽상적인 꿈에 젖기에는 너무 현실적인 분이었다.

…

날이 어두워지기 전에 때맞추어 야영지로 돌아왔다. 몇 시간 전 내가 남긴 발자국을 빼고서도 야영지에는 발자국 네 세트가 더 찍혀 있었다. 그 발자국들은 탁 트인 늪의 남쪽 숲에서 늪을 건넌 후 내가 텐트를 치려고 생각했던 바로 그 장소를 지나서 꽁꽁 언 호수 방향으로 향했고, 호수를 건너서도 한참을 더 이어졌다. 넷 중 셋은 크고 깊어서 구분하기가 쉬웠다. 노르웨이의 숲에서 그런 발자국을 남기는 짐승은 딱 하나뿐이다. 고라니! 나는 허리를 굽혀 발자국을 자세히 들여다보았다. 어릴 적 읽은 책에선 인디언들은 척 보기만 해도 언제 생긴 발자국인지 금방 안다고 했다. 나는 손가락으로 발자국의 테두리를 따라가보았다. 당연히 가루눈에 찍힌 테두리는 예상대로 엄청 부드러웠다. 몇 시간 전만 해도 없었던 발자국이라는 것을 뻔히 아는 마당에 손으로 만지며 연구하는 척하는 것도 사실 다 잘난 척이었다. 게다가 고라니가 언제 지나갔건 어차피 나하고는 아무 상관도 없었다.

고라니 발자국들은 눈에 띄게 어지러웠다. 한 마리가 마구 비틀대며 걸은 것 같지는 않고 세 마리가 왔다 갔다 한 것 같았다. 두 마리는 크기가 거의 비슷했고 나머지 한 마리는 눈에 띄게 작았다. 암컷 두 마리와 새끼 한 마리 아니면 수컷 두 마리와 새끼 한 마리, 혹은 암수 각기 한 마리씩과 새끼 한 마리였을 것이다. 다른 가능성은 없었고, 나는 첫 번째일 것이라고 생각했다. 고라니 수컷들은 자연에 사는 대부분의 수컷들이 그렇듯 계속 떠돌아다닌다. 그래서 짝짓기를 하여 새끼를 낳더라도 그 가족에게 필요 이상의 시간을 투자하지 않는다. 그게 아니라면 녀석들이 숲에서 우연히 만나서 같이 이동하기로 마음먹었고, 우연히 이곳을 지나가다가 잠시 멈춰 주변을 살피다가 다시 길을 나섰는지도 모른다. 주말을 보내는 우리 인간 청소년들처럼 말이다. 우리 눈에는 아무것도 안 보이지만 우리도 모르게 삐져나온 나무의 싹을 잘라 먹으려고 왔다 갔다 했을지도 모르겠다. 고라니가 싹을 먹는 모습을 한 번이라도 보고 싶었다. 물론 적당한 안전거리를 유지한 채 멀찍이 떨어져서.

네 번째 발자국은 고라니 세 마리를 따라갔지만 녀석들과 다르게 거의 직선으로 움직였다. 발 네 개가 눈에 자국을 남겼는데 호수로 걸어오는 길에서도, 호수를 건널 때도 모양이 똑같았다. 크기가 훨씬 작아서 2.5센티미터 정도, 아니 어쩌면 그보다 더 작을 수도 있었다. 처음엔 늑대라고 생각했지만 그렇기엔 발자국이 너무 작았다. 그래서 나는 여우일 거라고 생각했다. 고라니가 지나가기 직전에, 혹은 직후에 이곳을 지나간 것 같지만, 어쩌면 고라니들과 동시에 지나갔을 수도 있다. 나는 하늘을 향해 조용히 기도를 올렸다. 고라니들이 오늘 밤에는 다른 길로 가게 해달라고. 발자국 고민은 그쯤에서 접고 나는 서둘러 밤 채비에 나섰다. 일단 텐트를 쳤고 그런 다음 배낭에서 물건들을 꺼냈다.

…

텐트를 치는 동안 세찬 바람이 불었다. 하늘엔 구름 한 점 없었다. 갑자기 바람이 불어왔다. 강력한 돌풍이었다. 회오리쳐 텐트 저 위로 올라간 눈이 마지막 햇살을 받아 반짝였다. 바람은 상쾌한데 뭔지 모르게 온화하기도 해서 이 계절의 특히 날씨가 좋은 날에 경험했던 비슷한 순간들이 떠올랐다. 바람에 뭔가 생기를 북돋는 기운이 깃들어 있었고, 안 그래도 기분이 좋았던 나는 그 바람을 긍정적으로 봄의 전령이라고 해석했다.

바람이 잦아들자 다시 고요해졌다. 지난번처럼 텐트를 쳤고 안전을 위해 모서리에 눈을 뿌렸으며 매트와 새 침낭을 꺼내 펼쳤다. 신제품을 시험해볼 수 있어서 기분이 좋았다. 실수는 성공의 어머니라고, 이번에는 자작나무 장작 몇 개도 집에서 챙겨 왔다. 1월과 달리 이번에는 이 하루가 어떻게 저물어갈지도 예상할 수 있었다. 모르는 것이 조금 아는 것이 되기 위해 필요한 것은 놀라울 만큼 적다. 둘의 경계는 미미하고, 우리는 매번 새로운 것을 더 배운다. 세상을 향해 조금만 마음을 열면 된다. 그럼 세상은 이미 더 이상 위험하지 않은 곳으로 느껴진다.

텐트를 치고 밤을 보낼 준비를 마치자 버너에 불을 피웠다. 저녁밥은 저번과 동일했다. 솜이 가득 든 새 겨울 바지를 입은 허벅지에 돼지 뱃살 덩어리를 올려놓고 썰었다. 그것을 커피 냄비에 넣고 볶다가 냄비가 반쯤 찰 때까지 눈을 집어넣었다. 물이 끓기 시작하자 버너를 끄고 건조 감자 퓌레 한 봉지를 뜯어 부었다. 몇 분 동안 그대로 두었다가 저어서 소금과 후추를 듬뿍 쳤다. 다 먹기도 전에 식어버렸지만 그래도 맛은 그만이었다. 후식으로는 초콜릿을 먹었고, 먹으면서 감자 퓌레를 끓였던 그 냄비에 다시 커피 물을 끓였다. 라르스 몬센(노르웨이의 모험가)과 나. 이 순간 나는 그와 하나가 된 기분이었다.

4시가 되었어도 태양은 여전히 서쪽 나무 수관 위에 떠 있었다. 1월에는 이 시각에 이미 날이 저물었다. 지금은 아직 환했고 태양의 열기도 느낄 수 있었다. 갑자기 파리 한 마리가 붕붕거리며 날아왔다. 눈 덮인 풍경에 등장한 파리라니, 너무나 어울리지 않았다. 내 손에 앉은 녀석을 보며 나는 생각했다. 파리다! 녀석은 금방 다시 날아갔다. 가혹한 운명을 향해. 녀석은 큰 실수를 저질렀다. 갑자기 따뜻해진 며칠을 봄의 초대로 착각하여 나무껍질 밑 은신처에서 기어 나온 것이다. 어쩌면 녀석도 인간 모험가들처럼 현실을 시험해보고 싶었던 것인지 모르겠다. 친구들은 여전히 겨울잠에 빠져 있지만 혼자서라도 길을 개척할 수 없는지 알고 싶었던 것인지도. 어쨌든 녀석은 외로운 이카로스처럼 생명의 활력이라고는 느낄 수 없는 넓은 숲을 붕붕 날아갔다.

나무 너머로 해가 졌다. 순식간에 기온이 떨어졌다. 그것은 1월과 다르지 않았지만 그래도 빛은 달랐다. 1월에는 해가 지자마자 빛이 한꺼번에, 순식간에 사라졌다. 지금은 해가 지평선 너머로 사라졌어도 여전히 하늘은 밝았다. 나는 자작나무 장작을 꺼내 불을 피웠다. 나무가 잘 타서 어느 정도 기본 온도를 유지한 덕에 저 아래 호숫가 너도밤나무 밑에 떨어져 있던 축축한 나뭇가지들도 불에 던지니 잘 탔다.

나는 불가에 앉았다. 불가는 춥지도 눅눅하지도 않았다. 잉스타드와 몬센의 책에 나올 법한 장면이었다. 6시 30분이 되자 완전히 깜깜해졌고 얼마 안 있어 하늘에 별이 뜨기 시작했다. 달을 기다리고 싶었지만 언제 어디서 뜰지 알 수가 없었다. 돌아가거든 달의 주기를 공부해야겠다는 생각이 들었다. 잘 모르니까 달이 제 마음대로 아무데서나 뜨는 것 같았다. 물론 그렇지는 않을 것이다. 나 같은 사람은 모르지만 그 모든 것에는 분명 체계가 있을 것이다.

9시까지 달을 기다리다가 포기하고 텐트로 들어갔다. 새 침낭에 누우니 두툼해서 누에고치 속에 들어간 듯 포근했다. 나는 미국 작가 데이비드 밴의 책을 읽었다. 제목이 『자살의 전설』이었는데 책날개에 소설 내용이 일부 자서전적이라고 적혀 있었다. 이 소설은 1년 동안 작은 오두막에서 혼자 힘으로 살아보겠다고 아들을 데리고 알래스카로 떠난 한 남자의 이야기다. 하지만 그것은 아버지의 생각이었을 뿐, 열두세 살짜리 아들은 그럴 생각이 전혀 없었다. 그 나이 또래 소년들이 그러하듯 아들은 집에 남아 친구들하고 놀고 싶었다. 하지만 아버지는 자기 생각에 완전히 빠져서 그곳에 가면 너무나 행복할 것이라 확신했고, 아들에게 물어보지도 않고 아들도 자신과 생각이 같을 거라고 무턱대고 믿었다. 아버지는 양극성 장애를 앓았고 자살 충동을 느꼈다. 알래스카의 황야에서 어떤 일을 겪게 될지 전혀 준비가 되어 있지 않은 무능한 낭만주의자였던 것이다. 아들은 아니었다.

아직 어린아이였지만 적어도 아들은 현실주의자였다.

나는 몇 시간 동안 소설을 읽었다. 책은 정말 좋았다. 하지만 너무 충격적인 반전이 있어서 책을 덮고 말았다. 이 이상은 발설하지 않겠다. 미래의 독자들이 나 때문에 기분을 잡칠 수도 있으니까.

배부르고 등 따뜻하고 편안해서 11시쯤에 잠이 들었다. 1월보다 훨씬 여유로웠다. 밤에 소변이 마려워 깼다. 아침까지 한 번도 안 깨고 푹 잘 수 있는 나이를 넘긴 세상 모든 남자들이 그러듯이.

더듬더듬 지퍼와 찍찍이와 헤드램프를 찾아서 끙끙대며 텐트 밖으로 기어 나왔다. 숲은 쥐 죽은 듯 고요했다. 1월에도 들었던 규칙적인 우주의 기본음만 빼면 아무 소리도 들리지 않았다. 욕구를 해결하는 동안 하늘을 쳐다보았다. 별이 가득했다. 그리고 저 멀리 호수 위쪽 하늘에 달이 떠 있었다. 나는 한참 동안 달을 보다가 추워서 다시 침낭으로 들어갔고 어느새 곯아떨어지고 말았다.

...

다음 날 숲길을 걷다가 길을 에워싼 눈 더미 너머에서 우물우물 씹는 소리를 들었다. 허리를 굽혀 건너편을 살펴보니 50미터쯤 떨어진 곳, 너도밤나무와 잎을 다 떨군 활엽수 숲에서 고라니 두 마리가 풀을 뜯고 있었다. 삐걱대는 내 발소리를 분명히 들었을 텐데 전혀 아랑곳하지 않고 계속 우물거렸다. 둘 다 암컷이었다. 아마 엄마와 한 살배기 딸일지도 몰랐다. 어쨌든 몸집이 그리 크지 않았다. 나는 한참 쪼그리고 앉아 녀석들을 바라보았다. 둘 다 여유롭기 그지없었다. 새로운 하루가 시작되었건만 녀석들은 오늘이 지금까지의 다른 날들과 똑같이 흘러간다 해도 아무 상관이 없는 것 같았다. 나는 눈 더미 뒤편에 누워 녀석들을 쳐다보며 생각했다. 고라니를 인도의 숲에 풀어놓으면 금방 소에 버금가는 신성한 동물이 될 거라고.

3
월

야생의 꿈

하지만 야생은 무자비하고, 소망이나 동경 따위에는 관심도 없다.

_존 크라카우어, 『인투 더 와일드』

문명을 버리고 자연에서 자유롭고 독립적으로 살고 싶은 꿈은 어쩌면 문명만큼이나 오래된 것인지도 모른다. 사람들은 외로움을 느껴 사회 공동체를 찾거나, 반대로 사람에 지쳐 공동체를 떠나려 한다. 어디가 되었건 둘 이상의 사람이 함께 있는 곳에서는 혼자 길을 떠나 다른 데서 진정한 삶을 찾겠다는 사람이 나오기 마련이다. 그런 이야기들 중에서 가장 유명한 것은 뭐니 뭐니 해도 19세기 중엽에 나온, 미국 철학자이자 작가 헨리 데이비드 소로의 『월든』일 것이다.

숫자가 많이 줄기는 했지만 그런 꿈을 담은 책들은 여전히 쏟아져 나온다. 존 크라카우어의 『인투 더 와일드』는 최근에 나온 그런 장르의 소설 중에서 단연 눈에 띄는 책이다. 나오자마자 클래식으로 등극한 이 작품은 워싱턴 근교의 안정된 삶을 버리고 새 삶을 찾아 알래스카의 야생으로 떠난 미국 중산층 젊은이 크리스 매캔들리스의 사연을 기록한 다큐멘터리 소설이다. 매캔들리스는 순결한 자연을 삶의 유일한 장소로 바라본 수많은 사람 중 하나에 불과하다. 각자 계기는 다르겠지만 진정한 삶을 바라보는 관점에서는 그 모든 은둔자들이 놀라울 만큼 닮았다. 우리 사회가 자연에는 존재하지 않는 경계를 개인에게 강요하기에 이들은 자연과 하나 되어 현대 문명이 잃어버린 것을 되찾고자 한다. 벼랑의 끝에서, 죽음과 멀지 않은 세상에서 말이다. 크라카우어가 책에 실은 크리스 매캔들리스의 수많은 메모 중 하나에는 이런 구절이 있다.

몇 시인지 알고 싶지 않다.
며칠인지, 여기가 어딘지 알고 싶지 않다.
그런 건 하나도 중요하지 않다.

나도 가끔 혼자 묻는다. 왜 나는 그런 짓을 하지 않았을까? 따지고 보면 굳이 대답이 필요 없을 어리석은 질문이다. 그런 식의 극적인 행동을 할 계기가 나한텐 없었기 때문이다. 나는 지금껏 살면서 누구와 척진 일이 없었고 지금도 그렇다. 어쨌든 세상을 등질 만큼 심각하게 척진 일은 없었다. 또 무리에서 추방당할 만한 행동을 한 적도 없다고 생각한다. 그럼에도 나이를 마흔둘이나 먹고서 노르마르카로 이런 마이크로 탐험을 감행하자고 결심한 것을 보면 그 오랜 꿈이 찌꺼기나마 아직 내 안에 남아 있는 것 같다. 오래전 그 꿈을 —이런 마이크로 탐험보다 훨씬 더 큰 규모로— 실천하지 못했던 데에는 여러 이유가 있었을 것이다. 무엇보다 어릴 적부터 지나치다 싶을 만큼 자연을 경외했기 때문일 것이다. 청소년 시절에는 그런 경외가 무척 난감해서 털어내려고 무진 애를 썼지만 결국 한 번도 온전히 털어내지는 못했다.

나도 친구들처럼 무모해지고 싶었다. 스키를 신고 초행길의 산비탈을 달리고 싶었고 밤에 랜턴도 없이 안전 조끼도 입지 않고 보트를 타고 호수로 나가고 싶었으며, 지도도 장비도 없이 낯선 곳에서 낚시를 하고 강물 속으로 첨벙 뛰어들고 싶었다. 잘못될 수도 있다는 걱정은 경험의 강도를 높인다. 언제라도 죽을 수 있다는 생각은 삶에(혹은 아직 남은 그 짧은 시간에) 더 많은 의미를 부여한다. 그들은 아마 그 비슷한 논리를 펼칠 것이고, 그렇게 생각하는 이가 대부분 남성이라는 사실은 그런 무모한 행동이 자신의 생명이 자기 것만은 아니라는 사실을 깨달을 수 있는 능력과도 관련이 있는 것 같다. 나도 위험한 일을 위험하다는 이유만으로 도전한 적이 있었다. 하지만 전체적으로 볼 때 내 마음엔 예측 불가능한 자연에 대한 경외심이 너무도 깊게 뿌리를 내리고 있었기에 나는 늘 온갖 예방책을 강구하였다.

그런 행동 역시 원인은 어린 시절로 거슬러 올라간다. 그리고 내가 그 이유를 굳이 지금, 세 번째 탐험을 앞두고 언급하는 데에는 한 가지 이유가 더 있다.

어린 시절부터 귀에 딱지가 앉을 정도로 계속 들었던 말이 있다. 절대 3월을 믿지 마라! 우리 가족은 모두가 그 말을 철저히 지켰다.

누구에게서 나온 말인지, 그 말을 잘 들어서 무슨 이득을 보았는지는 모르겠다. "국가를 믿지 마라"라거나 "낯선 사람을 믿지 마라"라는 말이라면 누구나 납득이 갈 것이다. 하지만 3월을 믿지 말라니! 부활절이 있고 봄이 시작되는 그 달을 믿지 말라니! 시계를 한 시간 앞으로 돌리는 달, 늦은 밤까지도 환한 달. 3월은 봄이 시작되는 첫 달이다.

아버지는 항상 3월을 믿을 수 없다고 불평하셨다. 따지고 보면 독실한 프로테스탄트의 기본자세가 확연히 엿보이는 사고방식이다. 미래는 불안하고 인간은 아무것도 모르며 불행은 언제라도 닥칠 수 있으니 샴페인을 너무 일찍 터트리지 말고 매사에 안전을 기하라!

온 가족이 3월의 주말에 자연으로 나갈 때면, 갈매기가 종이비행기처럼 하늘에 걸려 있고 온화한 봄바람이 바위틈의 메마른 작은 풀을 살포시 건드리는 바닷가로 나갈 때면, 산으로 올라가 스키를 타고 질펀한 잔설을 타고 내려올 때면, 숲으로 들어가 노루귀바람꽃을 관찰하고 메마른 낙엽이 깔린 남향의 비탈을 걸어 내려올 때면 우리 모두는 한 목소리로 말했다. 절대 3월을 믿지 마라. 내일이면 다시 눈이 내려 30센티미터 높이로 쌓일 수 있으니.

그때부터 내겐 항상 최악의 사태를 상상하려는 욕구가 마음 한켠에 도사리고 있었다. 아무리 떨치려 노력해도 그런 염세적 기본자세는 내 피가 되고 살이 되었다.

...

세 번째 탐험을 떠날 날이 다가왔다. 서재에서 미친 듯 일을 하면서도 한 귀는 날씨 예보와 눈 소식에 열어두었고 서서히 필요한 장비를 꺼내기 시작했다. 3월은 이어지는 고기압과 더불어 시작되었다. 겨울의 고기압은 낮은 기온을 의미한다.

차갑고 쨍한 날씨가 며칠 동안 계속되었다. 동네 골목의 얼음이 쓰레기와 소금, 돌과 모래와 뒤섞였다. 딱딱하게 언 길가의 눈은 높이가 0.5미터는 되는 데다 도무지 녹을 기세가 아니었다. 월말이 되자 나는 배낭을 싸서 세 번째 숲 탐험을 위해 길을 나섰다. 그 전날은 하루 종일 소파에서 보냈다. 가끔씩 서재에서 그런 혼자만의 시간을 보낼 때가 있다. 책을 읽거나 영화를 보면서 이것도 내 직업의 일부라고 자위하는 날들이 있다. 소중히 여기는 나만의 특권이다.

노트와 볼펜을 들고 소파에 누웠다. 먼저 베르너 헤어초크의 다큐 영화 〈그리즐리 맨〉을 보았다. 이 영화의 골자는 곰에 미친 티머시 트레드웰이 13년간 알래스카 카트마이 국립공원에서 혼자 힘으로 찍은 촬영 기록이다. 트레드웰은 그 13년 동안 여름마다 그리즐리 곰이 모여 사는 곳으로 가서 곰들을 촬영하며 보냈다. 그는 자신을 그 '종족'의 일원이라고, 곰들의 친구라고, 성스러운 수호자라고 생각했다. 마지막 장면은 2003년 9월 말에 찍은 것이다. 그해 10월 5일 트레드웰은 자신이 보호한다고 착각했던 곰에게 잡아먹혔다. 영화에선 헤어초크가 내레이션을 맡는다. 아름다운 자연을 배경으로 트레드웰과 곰들이 등장하는 첫 장면에서 헤어초크는 이렇게 말한다.

열세 번의 여름을 야생의 그리즐리 곰들과 함께한 티머시 트레드웰이 이 위풍당당한 짐승들을 영상에 담았다. 그는 이 짐승들을 보호하고 대중을 가르치기 위해 알래스카의 오지로 떠났다. (…) 그의 의도는 자연 환경에서 살아가는 이 곰들을 보여주는 것이었다. (…) 나는 이 기록에서 순수한 자연 영화를 넘어서는 놀라운 아름다움과 깊이, 황홀경과 극심한 내면의 혼란을 발견했다. 그에게는 인간의 경계를 포기하고 곰과 동맹을 맺으려는 소망이 깃들어 있는 것 같았다. 트레드웰은 심오한 원초적 만남을 추구했지만 그러느라 그만 눈에 보이지 않는 경계를 넘고 말았다.

영화를 끝까지 다 보면서 사이사이 메모를 했다. 그리고 1993년 1월 미국 아웃도어 잡지 『아웃사이드』에 실린 기사 한 편을 찾아냈다. 잡지 커버는 한 가지 사건을 집중 소개하였다.

특종: 야생에서 실종되다
24세의 크리스 매캔들리스는 삶에 의미를 부여하고자 4월 28일 북미의 마지막 오지로 떠났다. 그리고 4개월 후 사망했다. 이것은 그의 이야기다.

기사를 쓴 사람은 기자이자 산악인 존 크라카우어였고, 큰 관심을 받자 그는 그 사건을 소재로 책을 한 권 집필하자고 마음먹었다. 그리고 3년 후 미국에서 오리지널 판본『인투 더 와일드』가 출간되었다. 이 책에서 크라카우어는 크리스 매캔들리스가 대학을 우수한 성적으로 졸업한 후 그동안 모은 돈을 자선 단체에 기부하고 낡은 닷선(일본 닛산 자동차가 만든 저렴한 소형차-옮긴이)을 타고 길을 나선 순간부터 2년 후 알래스카의 한 버스에서 시신으로 발견된 날까지의 여정 전체를 기록한다. 이 소설은 2007년 할리우드에서 영화로 만들어졌다. 그리고 거의 20년 만에, 그러니까 내가 11월에 숲으로 들어갈 무렵에『아웃사이드』는 다시 한 번 크리스 매캔들리스라는 이름을 수면 위로 떠올렸다. '크리스 매캔들리스의 강박 문제(The Chris McCandless Obsession Problem)'라는 제목의 기사는 크라카우어의 책이 불러일으켰고 지금까지도 매력을 잃지 않은 유행에 대해 심각하게 논의하였다.

지금도 많은 젊은이들이 매캔들리스가 사체로 발견된 그 낡은 버스를 보기 위해 알래스카로 향한다. 그중 많은 수가 자신들의 롤 모델과 똑같은 짓을 저지른다. 산을 오를 때 반드시 지켜야 하는 행동지침을 무시하고 아무 준비도 없이 운명에 몸을 맡기는 것이다. 우리를 좀 봐! 아무 안전 조치도 취하지 않았어. 우린 자유인이야. 일어날 일은 어차피 일어날 테니 우리는 그냥 크리스가 그랬듯 스탬피드 트레일을 따라 야생으로 들어갈 거야.

그들은 아마 그런 생각을 할 것이다. 그러나『아웃사이드』의 기사는 지금도 그 낡은 버스 근처에서 계속 사고가 발생한다고 전했다.

그들이 매캔들리스와 똑같은 실수를 범하기 때문이다. 산에서 눈 녹은 물이 쏟아져 내려오면 수위가 급상승한다. 그런데 그 생각을 하지 못하고 수위가 낮을 때 강을 건너 버스가 있는 곳으로 들어갔다가 그만 고립되어 오도 가도 못하게 되는 것이다.

…

티머시 트레드웰과 크리스 매캔들리스의 운명에 대한 반응은 양극단으로 나뉜다. 두 모험가와 (아이러니하게도 죽음으로 끝난) 그들의 인생 프로젝트를 —때로는 사이비 종교 신자들과 같은 방식과 수준으로— 추종하는 사람들이 있는가 하면 역시나 극단적인 방식으로 그들을 비난하는 사람들도 있다. 후자는 매캔들리스와 트레드웰이 무책임하고 무분별한 사기꾼들이며—심지어 어떤 사람들은— 죽어 마땅한 이기주의자들이라는 논리를 펼친다. 하지만 두 사람의 운명을 남들과 조금 다른 시선으로 보는 사람들도 있다. 헤어초크와 크라카우어가 대표적인 인물이다. 알래스카의 산지기들은 인간은 곰과 친구가 될 수 없다고 못을 박는다. 야생에서 살아남으려면 먼저 필요한 장비를 마련하고 필요한 지식을 습득해야 한다고도 말한다. 크리스 매캔들리스는 필요한 장비도 지식도 없었다.

책을 쓴 작가 존 크라카우어는 경험 많은 산악인이다. 대놓고 말하지는 않았지만 우리는 그의 글에서 매캔들리스를 이끈 것이 고대 그리스 인들이 '히브리스'(그리스 신화에서 오만과 방종 개념이 의인화된 여신으로, 지금도 인간의 오만을 의미한다-옮긴이)라고 불렀던 바로 그 감정이었다는 사실을 읽을 수 있다. 인간은 제자리를 알아야 하고 그에 맞게 행동해야 한다. 신을 화나게 하거나 우주의 질서를 어기면 나쁜 일을 당할 수 있다. 매캔들리스와 사이가 좋았던 여동생 캐린은 오빠의 삶을 곁에서 지켜본 중요한 증인이다. 그런 그녀가 책에서 여러 차례 오빠가 신중하지 못했다는 말을 반복하였다. 오빠가 일을 칠까 봐 늘 걱정을 했는데 결국 그런 일을 저지르고야 말았다고 말이다.

스탬피드 트레일을 걸었던 크리스 매캔들리스는 야생에서 지켜야 할 모든 규칙을 어기고 비웃었다. 더구나 고의로, 의도적으로 그렇게 했다. 사람들은 그에게 필요한 장비와 생필품을 살 수 있는 돈을 제공했지만 그는 둘 다 거부하였다. 보란 듯이 대놓고 준비를 하지 않았던 것이다. 아마 그는 자연이 두 팔 벌려 그를 맞이해줄 거라고 상상했을 것이다.

매캔들리스는 내가 2월에 보았던 그 파리와 같다. 자연에게, 자신에게 도전장을 내밀고 싶었고 자연과 하나라는 생각에 빠져 있었다. 하지만 사랑하던 자연은 결국 그를 죽였다. 티머시 트레드웰도 마찬가지였다.

젊음의 오만도 분명 한 가지 이유일 것이다. 하지만 특정 작가의 글을 너무 많이 읽었던 것도 영향을 미쳤을 것이다. 매캔들리스는 위대한 고전을 많이 읽었다. 디킨스, H. G. 웰스, 마크 트웨인, 톨스토이, 잭 런던. 크라카우어의 책에 인용된 어떤 사람의 말을 들어보면 매캔들리스는 알래스카로 가는 도중에 만났던 모든 사람들에게 잭 런던의 『야성의 부름』을 읽어보라고 권했다고 한다.

크라카우어의 책에는 처음부터 끝까지 이런 경고의 음색이 깔려 있다. 하지만 영화에선 그 부분이 완전히 사라졌다. 크라카우어는 매캔들리스의 위험한 도전을 철저히 비판적으로 보았지만 그럼에도 나름대로 원인을 찾으며 이해심을 보이기도 했다.

> 매캔들리스는 어릴 적부터 잭 런던을 특히 좋아했다. 자본주의 사회를 향한 런던의 거침없는 비판, 태고의 세상과 본능적으로 행동하는 인간에 대한 찬양, 빈자와 권리를 빼앗긴 자들을 위한 런던의 참여. 이 모든 것에 매캔들리스의 열정이 투영되었다. (…) 그는 소설에 너무나 홀딱 빠져서 그것이 문학이라는 사실을, 런던의 낭만적 감수성에서 나왔고 북미 타이가 지대의 실제 상황과 거의 공통점이 없는 상상의 구조물이라는 사실을 까맣게 잊은 것 같았다.

…

종려주일에 세 번째 탐험에 나섰다. 바람이 불지 않는 추운 날이었다. 하늘엔 구름 한 점 없었다. 휴일에 숲으로 가는 것이 영 마뜩잖았다. 사람들이 북적거릴 위험이 너무 컸다. 이런 것을 보면 나도 매캔들리스나 트레드웰과 비슷한 점이 영 없지는 않다.

우려했던 대로였다. 숲 가장자리의 주차장은 자동차로 꽉 차서 빈자리가 없었다. 누군가 숲에서 나와서 차를 뺄 때까지 기다려야 하나 고심했지만 여기가 무슨 우체국도 아니고 굳이 기다려야 할까 싶었다. 조금 더 달려서 다른 주차장을 찾아볼 수도 있었겠지만 그러고 싶지도 않았다. 결국 나는 규칙을 어기고 큰 가문비나무와 배전함 사이로 차를 밀어 넣은 후 눈 더미 위에 차를 세웠다. 그리고 배낭을 메고 차 문을 잠그고 숲으로 출발했다.

등에는 무거운 배낭을 메고 손에는 모자를 들고 지난번과 같은 높이만큼 올라갔다. 배낭과 아이디타로드 등산화가 내 몸과 걷는 속도에 어느 정도 적응이 된 것 같았다. 삐걱대는 소리가 많이 줄었다. 조금 떨어진 나무 밑에서 스키를 타는 사람들의 말소리가 들렸다. 모두들 늦겨울의 굳은 트레일을 따라 움직이고 있었다. 나는 마주치는 사람들에게 인사를 건네고 다정하게 미소를 지어주었다. 꽁꽁 언 호수에 도착했을 때 한 남자가 나를 보더니 왜 스키를 안 타고 걸어서 다니느냐고 물었다. "왜 걸어가세요?" 그가 물었고, 가만히 생각해보니 나는 여태 한 번도 그런 의문을 품어본 적이 없었다. 남자는 전형적인 겨울 스포츠맨이었다. 60대 중반, 계절에 어울리지 않을 정도로 그을린 피부, 이마까지 내려 쓴 모자, 길쭉한 스키, 비싼 옷. **나는 걷는다. 고로 나는 존재한다.** 마음 같아선 그렇게 대답하고 싶었지만, 그냥 사진을 찍는 데 스키와 스틱이 방해가 되어서 걷는다고 대답했다. 남자는 고개를 끄덕이고는 허리를 굽히고 스틱을 밀어 서쪽 방향으로 사라졌다.

계속 걸었다. 숲으로 들어갈수록 사람도 줄어들었다. 야영지가 가까웠지만 일부러 그곳을 피해 빙 둘러 갔다. 지금 야영지 쪽으로 가면서 눈에 발자국을 남긴다면 지금까지 내가 만났던 유형의 스키어들이 지나가다가 그 발자국을 보고 신이 나서 이렇게 외칠지도 모를 일이었다. **이것 좀 봐. 여기 사람이 걸어갔어. 걸어서 갔다고! 발자국이 선명한데, 어디 한번 따라가보자. 어디서 끝나는지 보게.**

그런 위험을 감수할 수는 없었다. 게다가 이 계절에는 밤이 늦도록 환하기 때문에 서두를 이유가 없었다. 텐트는 집에 두고 왔다. 눈에서 잘 예정이었다. 텐트를 칠 필요도 없으니 더 서두를 이유가 없었다. 어둠이 내리고 스키어들이 다 집으로 돌아가면 그때 다시 이곳으로 올 것이다.

…

3월은 과도기다. 더 정확히 말하면 빛과 열기가 어둠과 추위를 영원히 몰아낼 때까지 계속될 과도기의 시작이다. 3월에는 옛 계절과 새 계절이 패권을 다툰다. 추워서 오들오들 떨다가 갑자기 너무 더워서 부채질을 한다. 해가 날 때와 해가 졌을 때의 기온 차가 엄청나다. 낮에는 20도까지 오르다가 밤이 되면 영하 20도로 떨어진다. 아마 3월이 정신과를 찾아가면 '양극성 장애'라는 진단을 받을 것이다. 그러니까 70년대에 우리 가족이 늘 입에 달고 다니던 그 경고가 결코 틀리지 않았던 것이다.

사흘 전이 봄의 시작이었다. 지평선을 사이에 두고 태양이 똑같은 시간을 위와 아래에서 머무는 날, 춘분이었다. 평지에는 아직 눈이 엉덩이 높이까지 쌓였지만 남으로 향한 비탈엔 벌써 눈이 다 녹았다. 새로 내린 얇은 눈 밑에선 해묵은 눈이 힘을 잃고 푸석푸석해졌고, 가문비나무 밑에 쌓인 눈 위로는 작은 갈색 침엽이 우르르 떨어졌다.

이번에는 먼저와 다른 길을 택했다. 야영지를 빙 둘러 산을 올랐다가 다시 호수와 만나는 강어귀로 돌아올 예정이었다. 그곳에 앉아서 송어를 구경할 생각이었다. 송어가 나타나기엔 아직 이를지도 모르겠지만 그래도 앉아서 쉬기엔 더없이 좋은 곳이었다. 시선 둘 곳이 필요할 때는 흐르는 물보다 더 좋은 것이 없다. 숲에서 야영을 한 흔적을 만나면 어김없이 호수나 강가다. 그곳에서 사람을 만나면 그는 반드시 물을 향해 얼굴을 돌리고 있다. 우리가 이렇듯 물을 사랑하는 것은 실용적인 이유가 클 것이다. 물이 있어서 목을 축일 수 있으니까. 하지만 그 못지않게 심미적 이유도 한몫하는 것 같다. 물은 그냥 쳐다보고만 있어도 좋다. 어둡고 음울한 숲보다 탁 트인 물을 더 좋아하는 기질은 어쩌면 우리 유전자 깊숙이 뿌리박힌 것인지도 모르겠다.

온 천지가 동물 발자국이었다. 이리 갔다가 저리 갔다가 뒤죽박죽이었고, 크기가 작은 것도 있고 큰 것도 있고 발이 찍힌 것도, 발톱이 찍힌 것도 있었다. 정말 오만 가지 발자국이 다 있었다. 고라니와 노루, 토끼, 여우는 물론이고 쥐와 다람쥐 같은 작은 짐승들도 있었다. 새 발자국도 가득했다. 총총 뛰어다닌 작은 발, 휘젓느라 눈에 닿은 날개의 흔적도 보였다. 이제 본격적으로 숲이 분주해진다는 증거였다. 지난달까지만 해도 보이지 않던 자연의 활동이 시작된 것이다. 이제부턴 다들 열심히 자기 구역을 지키고 구애를 해서 암컷의 마음을

사로잡아야 한다. 겨울의 정적은 곧 흥분에 휩싸인 생명의 활동에 자리를 물려줄 것이다. 겨울이 긴 타이가 기후대인 이곳의 생명들은 서둘러야 한다. 주어진 짧은 시간을 열심히 이용해야 유전자를 물려주고 스스로도 살아남을 수 있다.

탁 트인 강어귀에 도착해서 배낭에서 먹을 것을 꺼냈다. 눈을 뭉쳐 그럴듯한 의자를 만들었다. 팔걸이와 등받이도 만들었고 엉덩이가 닿는 곳엔 가문비나무의 침엽을 깔았다. 물 위로 올라온 송어는 보이지 않았지만 강 건너편 얼어붙은 물가에서 흰가슴물까마귀 두 마리가 놀고 있었다. 나는 눈 의자에 앉아 흰 무늬가 난 그 검은 새들을 지켜보았다. 녀석들은 평생을 물과 육지의 건널목에서 산다. 타고난 구역이 물가이기에 필요한 것은 그곳에 다 있다. 두 마리 새는 물가를 따라 이리저리 분주하게 오갔다. 물속으로 들어갔나 싶으면 어느새 다시 물 위로 올라왔고, 그러다 이내 다시 TV에서 본 펭귄처럼 물속으로 곤두박질쳤다. 아마 깔따구를 사냥하려는 목적일 것이다. 기온과 관계없이 사계절 내내 물에서 알을 낳는 작은 곤충, 깔따구는 탁 트인 물만 있으면 새끼를 기를 수 있다. 그리고 그런 물이야 사방 천지에 널려 있다.

…

6시 15분이 되자 해가 졌다. 저녁 하늘이 담청색으로 물들었다. 서서히 빛이 약해지고 기온이 떨어졌지만 흰가슴물까마귀 두 마리는 여전히 물가를 돌아다녔다. 이리 뛰고 저리 뛰다가 차가운 강물로 뛰어들었고, 어느 사이 다시 밖으로 나와 얼음 위를 총총 걸었다. 물속으로 들어갔다 나왔다 다시 들어갔다, 정말이지 분주했다.

얼음이 쩍쩍 소리를 내기 시작했다. 강어귀에 다시 얼음이 얼었다. 내 귀엔 그 소리가 약간 슬프게 들렸다. 이 얼음은 오래가지 못할 것이다. 서서히 더위가 찾아올 테지만 물은 알지 못한다. 그저 자연의 법칙을 따를 것이고, 기온이 일정 온도에 도달하면 응집 상태를 바꿀 것이다. 봄이든 가을이든 물은 아무 관심이 없다. 마침내 주위가 깜깜해져서 새들이 보이지 않았다. 그래도 소리는 계속 들렸다. 휘파람처럼 밝은 소리와 묵직한 소리를 섞어 녀석들이 열심히 조잘거렸다.

다시 배낭을 짊어지고 야영 장소로 갔다. 헤드램프를 안 켜도 길을 찾는 데 문제가 없었다. 눈 때문에 환한 데다 이제 곧 하늘에 별이 뜰 것이다. 사나흘만 있으면 보름이다. 길을 벗어나야 하는 지점에 도착하자 나는 길가의 눈 더미를 기어 올라갔다. 거기서 힘껏 숲으로 뛰어서 아름드리 가문비나무 밑에 착지했다. 그런 내 모습을 누가 봤더라면 이상한 사람이라고 생각했을 것이다. 나는 줄기에 바짝 붙어서 제일 아래쪽에 난 가지 밑으로 기어 들어갔고 낑낑 용을 써서 반대편으로 기어 나왔다. 그리고 쌓인 눈을 헤치며 야영 장소로 걸어갔다. 내 행동이 좀 지나치다 싶었지만 그래야 혹시라도 스키어들이 호기심에 내 발자국을 따라오는 사태를 예방할 수 있을 것 같았다. 혼자 있고 싶었다. 텐트도 없이 밤을 날 생각이었다. 전혀 무방비로. 그래서 더욱 조심했다.

…

야영지는 깨끗했다. 누가 다녀간 흔적이 전혀 없었다. 나는 가문비나무 가지를 몇 개 꺾어 눈 위에 놓았다. 2월에 텐트를 쳤던 바로 그 장소였다. 가지를 2층으로 쌓으면서 휘어진 부분이 위로 오게 했다. 그래야 가지가 스프링 역할을 해서 누우면 편하다. 그 위에 매트를 깔고 다시 그 위에 침낭을 놓았다. 어쩔 수 없이 겨울 재킷과 프리마로프트 재킷과 바람막이 점퍼는 벗어 배낭에 넣었다. 레깅스와 스웨터, 양말, 모자만 착용하고 침낭으로 들어갔다.

잠들기 전 헤드램프의 불빛으로 『인투 더 와일드』를 읽었다. 책만 환했고 주변 숲은 흐릿하고 어두운 벽이었다. 저 벽 뒤에 무엇이 숨어 나를 노려볼지 누가 알겠는가?

영화는 크라카우어의 책보다 훨씬 내용이 단순해졌다. 영화는 매캔들리스를 일차원적인 모험가로 그린다. 그는 부모에게 저항하고, 이윤밖에 모르는 소비자본주의에 저항한다. 사회는 적이고 개인은 영웅이다. 일종의 낭만적 비극이 된 이 영화는 경외와 슬픔과 질투와 부러움이 뒤섞인 복잡한 감정을 관객에게 남긴다. 그러나 크라카우어의 책에선 다른 관점도 읽을 수 있다. 그는 크리스 매캔들리스를 그와 생각이 비슷한 다른 모험가들과 비교한다. 현대 미국에는 그런 사람이 적지 않았고, 그중 몇몇은 알래스카에 자석처럼 끌렸다. **더 라스트 프론티어**, 헨리 데이비드 소로가 『월든』에서 말한 자유로운 삶이 아직도 가능한 유일한 장소. 소로는 이렇게 말했다.

> 내가 숲으로 간 이유는 삶을 천천히 신중하게 꾸리면서 삶의 본질적인 측면들만 마주하며, 삶이 내게 가르치는 것들을 배우고 싶어서였다. 죽음을 눈앞에 두고서야 내가 제대로 살지 못했다는 걸 깨닫고 싶지는 않았다.

크리스 매캔들리스는 당연히 소로의 책을 읽었다. 스탬피드 트레일의 버스에서 살았던 때에는 그 유명한 소로의 구절을 자기 말로 옮겨 쓰기도 했다.

> 삶을 신중하게 꾸린다. 삶의 본질적인 것들에게로 눈을 돌리고, 맞닿는 주변 세상에게로, 그것이 요구하는 것에게로 늘 눈길을 향한다. (…) 진정한 의미는 의미 있는 현상과 맺는 개인적인 관계에서 찾을 수 있다.

난 오래 읽지 못했다. 얼마 못 가 독서가 너무나 실용적이지 못하다는 결론에 도달했다. 책을 읽으려면 어쩔 수 없이 책을 얼굴 앞에 붙들고 있어야 한다. 그러자면 적어도 한쪽 팔은 계속해서 침낭 밖으로 나와 있어야 한다. 한 페이지를 다 읽고 다음 페이지로 넘기려면 다른 팔도 밖으로 빼야 하고, 그러다 보니 팔이 상당히 차가워졌다. 나는 책을 접고 헤드램프와 안경을 배낭에 집어넣은 뒤 후드를 머리 끝까지 뒤집어쓰고 모자를 얼굴까지 내려 쓴 채 내가 아는 다른 모험가들을 떠올렸다.

대표적인 인물이 리처드 프뢰네케다. 그는 30년이라는 긴 세월을 알래스카의 야생에서 홀로 살면서 자신이 살았던 곳에 트윈 레이크라는 이름을 붙여주었다. 1960년대 말 그는 처음으로 그곳으로 향했다. 중장비 기사였던 그는 어느 모로 보나 실용적인 사람이었다. 혼자서 뚝딱 오두막을 지었고, 그 오두막은 지금 관광 명소가 되었다. 프뢰네케는 자신의 경험을 사진과 글, 16밀리 필름 영상에 담았다. 오두막을 짓는 그의 모습, 카누를 타고 노를 젓는 그의 모습, 나무로 온갖 물건을 만드는 그의 모습, 오두막 앞에 앉아 호수를 바라보는 그의 모습이 영상에 담겼다. 내레이션을 하는 그의 목소리는 거칠고 담담하다. 프뢰네케는 한 번도 행동의 이유를 말한 적이 없다. 그의 관심은 늘 주변을 향했다. 무엇을 해야 하는지, 언제, 어떤 식으로 그 일을 할 것인지 이야기했다. 오두막을 첫눈이 내리기 전에 완성해야 하며 건축 과정은 이러저러할 것이다. 허둥대지 말아야 하며 여유를 갖고 각 작업 단계에 충분한 시간을 들여야 한다. 그는 그렇게 말했다. 다른 사람들 이야기나 자기 행동의 정치적, 개인적 동기에 대해서는 거의 입에 올리지 않았다.

그리고 또 한 편의 영화가 있다. 2009년 여름 100일간의 체류를 예정하고 캐나다로 떠난 아일랜드 남자의 이야기다. 그 역시 자신의 여정과 경험을 영상에 담았다. 그 결과가 3부작 다큐멘터리로, 내셔널 지오그래픽 채널에서 방송하였다. 모험에 임하는 그의 자세는 앞선 프뢰네케와는 완전히 달랐다. 아니, 정반대였다. 영화는 야생으로 향하는 비행기 안에서 시작한다. 그는 오직 자기 얼굴만 찍는다. 그리고 신이 나서 쉬지 않고 떠들어댄다. 예전에도 비슷한 일을 한 적이 여러 번이며, 에베레스트 산에 오른 적도 있다고. 하지만 앞으로 100일 동안 야생에서 어떻게 살 것인지에 대해선 전혀 말이 없다.

수상기가 그를 외딴 곳에 내려놓고 가버린다. 그는 미소를 지으며 신이 나서 길을 나선다. 여전히 자신을 찍으며. 영화의 이 지점에서 나는 이미 알 수 있었다. 그의 관심은 오직 이 영상으로 다큐를 만들어서 많은 사람들에게 보여주는 데 있음을.

프뢰네케는 바깥으로 관심을 돌렸다. 환경과 자신의 노동으로 눈을 돌렸다. 하지만 이 아일랜드 남자는 자신의 내면에만 관심을 기울인다. 아무리 봐도 앞길이 험난할 대책 없는 나르시시스트다. 그는 따분하다는 말을 입에 달고 있고, 이 지역에 곰이 살고 아무도 없이 자기 혼자라는 말을 무한 반복한다. 첫날 그는 낚싯대를 들고 호수로 들어간다. 그리고 금방 회색 숭어 세 마리를 낚아서 손질을 해서 저녁을 차린다. 이때부터 내리막이다. 그는 카메라를 보며 징징 울고, 사람이 그립다고, 포옹을 하고 대화를 나눌 사람이 없다고 투덜댄다. 2주 후에는 배가 고프다고 칭얼댔지만, 온갖 낚시 장비를 갖추고서 캐나다의 큰 호숫가에 앉아 있는 사람에게는 도무지 어울리지 않는 말이다. 그는 고슴도치 한 마리와 다람쥐 두 마리를 잡고, 연어가 물속에서 나타나기를 기다린다. 하지만 낚시를 하는 장면은 한 번도 등장하지 않는다. 그는 날로 말라갔고 무기력해졌다. 유일하게 아직도 그의 관심을 끄는 것은 자신과 자신의 상태다. 15일 후 그는 포기하고 무전기로 구조 신호를 보낸다. 얼마 후 수상기가 호수에 내리고 그는 울면서 조종사를 포옹하는 자신의 모습을 영상에 담는다.

리처드 프뢰네케는 2년 동안 트윈 레이크의 오두막에서 살기로 계획을 세웠다. 그러나 그는 30년 동안 그곳에 머물렀다. 82세가 되던 해에야 동생이 살던 캘리포니아로 가서 여생을 보냈고 2003년에 세상을 떠났다.

…

밤새 한 번도 안 깨고 푹 잤다. 4시에 휴대전화 알람이 울어서 눈을 떴다. 알람 소리가 어둠의 거대한 정적을 깨뜨리자 더할 수 없이 부조화한 느낌이 들었다. 하지만 일출이 보고 싶어서 알람을 맞추고 잔 거였다. 침낭에 두꺼운 상고대가 맺혔지만 나는 전혀 춥지 않았다. 헤드램프의 불빛으로 짐을 꾸렸다. 불을 피우고 커피를 끓였다. 그리고 느릿느릿 걸어 주차장 방향으로 걸어갔다. 2월의 경험에 자신이 생겨 고라니가 있나 살폈다. 하늘에 수많은 별이 반짝였다. 가문비나무가 미동 없는 그림자처럼 숲길을 둘러쌌다. 터널을 지나는 느낌이었다. 혹은 우주선을 타고 새 행성으로 날아가는 기분이었다. 이 새벽 어스름에선 모든 것이 고라니 같아 보였다. 하지만 걸음을 멈추고 보면 돌이나 나무나 쓰러진 가문비나무의 뿌리였다. 길에서 조금 떨어진 곳에서 여우 한 마리가 잽싼 걸음으로 빈터를 가로질렀다. 나를 보고서는 걸음을 멈추고 고개를 들었다. 하지만 그것도 잠깐, 여우는 순식간에 가문비나무 사이로 사라져버렸다. 고라니는 결국 보지 못했다. 살짝 실망감을 안고서 마지막 언덕을 내려가면서 나는 이것이 올겨울의 마지막 얼굴이겠거니 생각했다.

주차장에 도착하니 날이 훤했다. 새소리가 들리고 동쪽 큰 구릉 위로 해가 솟았다. 주차장은 텅 비었다. 내 차밖에 없었다. 그러니까 어젯밤 숲에서 잠을 잔 사람은 나뿐이었군. 나는 흡족해 하며 생각했다. 시동을 켜고 난방을 개발한 사람들을 찬양하며 나는 사람들이 사는 도시로 차를 출발시켰다.

봄

{ spring }

4
월

숲의 평온

눈 덮인 추운 풍경보다 상상하기 힘든 것은 별로 없다. 미동도 없이 쥐 죽은 듯 고요한 풍경. 몇 달은 더 흘러야 풍요롭고 따뜻한 초록으로 변할 것이며, 이 나무 저 나무를 날며 노래하는 새들에서부터 포도 덩굴처럼 뭉쳐서 허공에 걸려 있는 벌떼에 이르기까지 온갖 생명으로 넘쳐날 것이다. 겨울의 풍경에선 그 누구도 봄과 여름으로 가득한 풍경을 상상할 수 없다. 햇살 받은 칼루나와 이끼의 냄새를, 수액이 솟구쳐 오르는 나무와 졸졸 흐르는 강물의 냄새를 상상할 수 없다. (…) 아무것도 없다. 아무것도 존재하지 않는다. 모든 것이 희고 고요하며 이 정적을 깨는 것은 오직 얼음 같은 바람이나 고독한 까마귀의 울음소리뿐이다. 하지만 봄은 올 것이니…… 봄은 올 것이니…….

_칼 오베 크나우스고르, 『나의 투쟁 1』

숲에서 홀로 맞는 밤과 타인과 함께 보내는 밤은 아무리 강조해도 모자랄 만큼 큰 차이가 있다. 옆에 있는 사람이 한 사람이건 스무 사람이건 그것은 중요하지 않다. 혼자냐 아니냐가 핵심이다. 차이는 아주 미세한 부분까지 영향을 미치지만, 사실 가장 중요한 것은 혼자 있으면 말을 하지 않는다는 사실이다. 숲을 밟는 나의 발소리만 빼면 나는 그 어떤 소리도 만들어내지 않는다. 그리고 본능적으로 소리를 최소화하려고 노력한다. 혼자 있으면 의식하지 않아도 살살 걷게 된다. 특히 어두워지면 더욱 발소리를 죽인다. 방해하고 싶지도 않고 발견되고 싶지도 않다. 이유 없이 그냥 그렇다. 그리고 이런 신중한 태도 덕분에 더 많은 것을 보고 더 많은 것을 듣게 된다. 과장이 아니라 진짜로 혼자 있으면 거의 모든 것을 보고 듣는다. 하지만 같이 있으면 아무것도 못 보고 아무 소리도 못 듣는다.

…

4월 하순의 화창하고 따뜻한 주말이었다. 나는 발치에 큰 배낭을 내려놓은 채 우리 집 앞 도로에 서 있었다. 작년 겨울에 시들어 누렇게 변한 길가의 잡초들 사이로 하나둘 초록의 줄기가 솟아올랐고, 나무의 싹이 며칠 전보다 눈에 띄게 커졌다. 아스팔트는 보송보송하고 환했으며 기분 좋은 열기를 뿜어냈다. 이웃집 정원에서 온갖 소리가 들려왔다. 웃음소리와 아이들의 고함 소리, 두런두런 어른들의 말소리, 달그락거리는 커피 잔 소리, 아이들이 방방 뛰면서 내는 트램펄린 특유의 삐걱대는 소리. 모두가 환호하며 반기는 새 계절이 문턱에 서 있었다. 봄이었다. 탄생과 사랑, 희망과 행복, 새 기회, 세상 모든 긍정

적인 일들의 비유, 봄.

네 번째 탐험은 앞선 세 번과 비교해 두 가지 점에서 큰 차이가 있었다. 솔직히 말하면 나는 그 둘 다에 회의적이었다. 다 내 잘못이었다. 길가에 멍하니 서서 기다리고 있으려니 왜 내가 하필이면 지금, 모든 것이 제대로 돌아가기 시작한 지금 이 두 가지 변화를 허락했는지 스스로도 이해가 되지 않았다.

첫째는 동행을 할 것이다. 사진작가인 크리스티안이 나랑 함께 다니며 사진과 영상을 찍어서 기록으로 남길 것이다. 크리스티안은 흠잡을 데가 없는 사람이다. 어느 면으로 보나 뛰어난 사람이다. 그럼에도 그가 사람이라는 사실을 부인할 수는 없다. 지금껏 아무도 없이 혼자서 해내는 것이 내 탐험의 목적이자 의미였는데 말이다.

둘째는 처음으로 목적지를 바꾸었다. 4월은 숲속 큰 새들이 짝짓기를 하는 계절이다. 따라서 이번에는 구애 춤을 보고 싶었다. 검은뇌조나 웨스턴캐퍼케일리(큰 뇌조)나 둘 중 하나를, 혹시 운이 더 좋으면 둘 다를 볼 수 있을지도 몰랐다. 어느 쪽이든 좋을 것이다. 그동안 야영을 했던 호숫가는 적당한 곳이 아니었다. 그래서 노르마르카의 더 북쪽으로 가기로 했다. 그곳이라면 분명 아름다운 구애 춤의 장소가 몇 곳 있을 것이다.

나는 봄의 햇살을 받으며 그곳에 서서 이 두 가지 변화에 짜증을 내고 있었다. 아마 두 번째 변화가 더 짜증스러웠을 것이다. 이번 탐험은 대규모 탐험들이 그러하듯 정해놓은 목적지가 없다. 하지만 나는 다른 사람들과 달리 똑바로 직진하는 대신 원을 그리며 이동하고 싶었다. 겨울에는 그 계획이 멋지게 성공했다. 그런데 이제 와서 무심코 그 모든 것을 잊고 뇌조의 구애 춤을 4월의 목표로 선택하고 만 것이다.

그러나 크리스티안을 기다리는 이 순간, 이제 와서 이런 생각은 아무 소용이 없었다. 크리스티안한테서 조금 늦겠다는 연락이 왔다. 그리고 마침내 작은 차를 타고 도착한 키 큰 남자의 얼굴에는 양심의 가책이 역력했다. 그의 미안한 표정은 우리가 숲으로 들어갈 예정이며 그가 앞으로 일어날 일들을 무척 기대하고 있다고 말했다. 더불어 숲을 좋아하는 사람은 지각을 제일 싫어한다는 것을 그도 알고 있다고 말했다.

미안한 그의 표정을 보니 금방 마음이 풀렸다. 우리는 장비를 차에 싣고 오슬로를 떠나 북쪽으로 향했고 위성 도시들을 지나 리크스베이 4번 국도를 달렸다. 달리는 동안 나는 크리스티안에게 뇌조의 짝짓기 의식과 구애 장소에 대해 설명을 했다.

"나무가 빽빽하지 않은 숲, 소나무가 제일 좋아요. 가문비나무도 괜찮고요. 고목이면 제일 좋지만 안 그래도 괜찮아요. 늪지면 좋지만 꼭 그렇지는 않고요. 물가가 좋지만 필수는 아니고요. 지금이 최적기예요. 하지만 기온이 좌우하죠. 뇌조는 밤에 구애 장소에 나타나서 나무 위에서 잠을 자고 이른 새벽에 구애 춤을 시작해요. 그러니까 위장을 해야 해요. 절대 소리를 내면 안 되고 잘 살펴야 해요."

크리스티안은 내가 진짜 뇌조 전문가라고 믿는 것 같았다. 그뿐 아니라 모험을 이끌어가는 나의 리더십에 과하게 존경심을 품는 것 같았다. 그래서 내가 겨우 세 번 숲에서 혼자 밤을 보냈을 뿐이라는 말은 굳이 하지 않았다. 우리가 함께 보낼 이 하루 동안에는 나도 그 정도의 존경쯤은 받아도 될 자격이 있다는 기분이 들었다.

크리스티안은 숲에서 잠을 잔다니 너무 기대가 되지만 장비가 충분한지는 자신이 없다고 말했다. 신발은 튼튼했고 바지도 적당한 겨울 바지였지만 위에 입은 면 후드 티와 침낭이 좀 불안했다. 침낭이 너무 낡고 얇아 보였던 것이다. 아무래도 밤에 엄청 추울 것 같았지만 나는 굳이 말하지 않았다. 하늘에 구름 한 점 없는 날은 해가 떨어지자마자 기온이 떨어진다. 단열 효과가 있는 구름층이 없기 때문에 열기가 금방 사라지는 것이다. 하지만 때는 이미 늦었다. 이제 와서 크리스티안이 다른 침낭을 장만할 수도 없는 상황이었다. 게다가 좀 얇은 침낭에서 잔다고 죽지는 않는다.

…

국도를 벗어나 숲길로 달렸다. 내내 오르막을 올라 언덕 꼭대기에 도착하자 평지가 나타났다. 저 아래 계곡까지는 200-300미터 차이가 났다. 계곡의 북쪽과 서쪽은 눈 닿는 곳 어디나 들판이었다. 한창 파종기였다. 어느 쪽으로 보아도 온통 경작지였다. 크고 작은 경작지, 초록과 갈색의 경작지. 그리고 그 너머로는 산이 보였다. 한여름의 뜨거운 아지랑이처럼 뿌연 안개가 푸르스름한 산을 휘감고 있었다.

길은 큰 주차장에서 끝났다. 우리는 주차를 하고 배낭을 메고 길

을 떠났다. 임로는 눈이 녹아 질척거렸다. 아직 눈이 녹지 않은 길가는 여전히 꽁꽁 얼어 있었다. 30분쯤 걸은 후 헐벗은 활엽수 사이로 난 작은 오솔길로 접어들었다. 손수레용 길이었는데 지도를 보니 그 길을 따라가면 작은 호수 세 개와 큰 늪지가 나타날 것 같았다. 틀림없이 큰 새들이 좋아하는 구애 장소였다. 웨스턴캐퍼케일리는 숲속을, 검은 뇌조는 탁 트인 늪지를 선호한다. 노루귀바람꽃을 찾아보았지만 한 송이도 발견하지 못했다. 북으로 향한 비탈에는 많이 녹기는 했지만 여전히 눈이 높이 쌓여 있었다. 따스한 봄날 숲을 거닐면 누구나 그렇듯 우리도 기분이 좋아졌고, 기분이 좋은 사람들은 수다를 떨기 마련이다. 대화가 많아질수록 숲은 소리를 죽인다. 그리고 대화가 많아질수록 우리는 그 사실을 더 의식하지 못한다. 걸음을 멈추고 지도를 보니 너무 멀리 왔다. 우리는 돌아서 왔던 길을 걸었고 잠시 후 오솔길을 벗어나서 호수와 늪이 있을 것으로 예상되는 계곡 쪽으로 향했다.

어린 자작나무가 빽빽한 숲을 헤치며 걸었다. 잠시 후 평지가 나오더니 소나무가 많은 탁 트인 곳에 도착했다. 웨스턴캐퍼케일리가 살 만한 곳이라는 생각에 나는 사방을 살폈다. 크리스티안은 바짝 붙어 내 뒤를 따라왔다. 어느 사이 우리는 소리를 낮춰 속삭였다. 지금 이 훤한 대낮에 웨스턴캐퍼케일리를 만날 확률은 거의 없었지만 그래도 그렇게 살금살금 걸어가니 좋았다. 오랜 세월 플라이낚시를 하면서 나는 자연에선 그 무엇도 확신할 수 없다는 것을 배웠다. 자연의 생명체가 예상치 못한 이상한 짓을 하는 경우가 어디 한두 번이었던가.

더구나 이 계절의 숲속 새들은 호르몬에 취해서 완전히 제정신이 아니다. 온갖 일이 벌어질 수 있다. 그러니 만반의 각오를 해야 한다. 크리스티안이 영상 카메라를 들고 나를 쫓아다녔기 때문에 나는 최대한 우아하고 멋지게 움직이려고 노력했다. 캐나다로 간 그 아일랜드 남자처럼.

나는 크리스티안에게 몇 군데 전도유망한 장소를 찾아두었다가 내일 새벽에 다시 와야 한다고 말했다. 우리의 계획은 그랬다. 그런데 막상 몇 곳을 고르려니 전부 다 괜찮아 보였다. 전부 다 전도유망해 보였고 실제로도 그랬다. 우리는 몇 군데를 선택한 후 내일 새벽 동틀 무렵에 다시 오기로 계획을 짰다.

배가 고파서 얼른 숲을 나가기로 했다. 야영할 장소를 찾다가 뜻밖에 큰 맹수의 해골을 발견하고는 둘 다 입을 헤 벌리고 서서 한참을 쳐다보았다. 아직 온전한 형태가 그대로 남은 해골은 뾰족한 긴 송곳니가 박혀 있었고 몸통은 거의 1미터 길이였다. 옆으로 누워 웅크린 자세였는데 뼈 아래 바닥이 움푹 꺼져 있었다. 이 녀석도 한때는 숲을 누비는 포유동물이었을 것이다. 이곳을 돌아다니다가 서서히 힘이 빠진다는 느낌이 들었을 것이고, 그런 신체 변화에 자기도 놀라 잠시 쉬려고 몸을 눕혔을 것이다.

그렇게 녀석의 생명은 이곳에서 사그라졌다. 가죽과 살과 피부와 힘줄과 내장은 다 잡아먹혔거나 썩었고 그 누구에게도 발견되지 못한 앙상한 뼈만 여기 남았다. 크리스티안이 말했다. "우리가 처음 봤나 봐요. 늑대일까요?" 나는 잘 모르겠지만 여우라기엔 너무 크고 머리 형태를 보니 스라소니는 아니라고 대답했다. 담비도 아닌 것 같으니 늑대 아니면 개일 것 같다고. 우리는 개라고 합의를 보았다. 길을 잘못 들었다가 굶어죽은 개의 사체가 이곳에 있었다.

우리는 한참 동안 해골을 구경하다가 길을 재촉했다.

…

1990년대 들어 노동 세계에 '멀티태스킹'이라는 말이 등장했다. 당시 직장에 도입되었던 다른 것들—오픈형 사무 공간, 복도를 달리는 킥보드, 양복에 신은 조깅화, 팀 빌딩, 창의 경영—과 마찬가지로 멀티태스킹은 현대 경제 기업들의 열렬한 환영을 받았다. 멀티태스킹이란 여러 가지 일을 동시에 한다는 뜻이다. 그러니까 실제로 이것이 필수 불가결하다면, 그것은 곧 모든 직원이 언제라도 너무나 할 일이 많아서 멀티태스킹을 하지 않으면 전 조직이 와해될 것이라는 의미다. 화장실에서 볼일을 보면서 이메일을 체크하고, 전화를 하면서 비용 공제를 신청하고, 점심을 먹으면서 미팅 준비를 한다. 멀티태스킹은 특정한 인지 능력을 전제로 한다. 이 능력을 동시수용력이라고 부른다. 멀티태스킹에 얼마나 적합한지는 동시수용력의 범위에 달렸다. 심리학자나 두뇌연구가들은 인간의 뇌가 두 가지 생각을 동시에 할 수 없다고 주장하지만 창의적인 젊은 경영인들은 아랑곳하지 않는다. 멀티태스킹은 불가능하지만 뇌는 초점을 순식간에 바꿀 수 있어서 이 대상에서 저 대상으로 갔다가 다시 이 대상으로 올 수 있다는 것이 일반적인 생각이다. 그러나 동시수용력은 집중력 부재와 동의어이며 심화의 반대말이다. 그래서 수많은 사람들이 수많은 일을 하지만, 아무도 일을 철저하게 처리하지 않는 결과가 나오는 것이다.

멀티태스킹은 4월의 자연을 아우르는 특징이기도 하다. 경제 세계와 달리 자연에선 동시에 여러 일을 하는 능력이 착각이나 인위적 현상이 아니다. 숲의 주민들에겐 그것이 생존의 필수 조건이다. 몇 달 동안 숨 죽여 살던 식물과 동물 세계가 4월이 되면 한꺼번에 대폭발을 한다.

몇 주 전만 해도 죽은 듯 고요하던 곳에 생명이 우글거린다. 이유는 단순하고도 명쾌하다. 우리가 사는 북방 위도에선 이 짧은 봄에 모든 일을 처리해야 한다. 그래야 새끼들이 겨울을 날 수 있을 만큼 충분한 힘을 키울 수 있다. 그러자니 멀티태스킹을 안 하려야 안 할 수가 없다. 자연에선 집중이 곧 부주의다. 한 가지 일만 하고 있다가는 곧바로 죽음이 닥친다. 어서 서둘러 짝을 찾고 가정을 이루고 자기 것을 지키고 경쟁자를 물리치고 다른 주민을 잡아먹으면서 잡아먹히지 않도록 조심해야 한다. 따라서 고요한 숲의 이미지는 봄과는 맞지 않는다. 봄의 자연은 아침부터 밤까지 무질서하고 분주하다. 시간이 부족하기 때문에 열심히 움직여야 하고 싸워 내 것을 지켜야 한다. 그리고 이 모든 것의 주범은 바로 영원한 성적 충동이다. 갈등의 원인이 되기도 하지만 또 생명의 존속을 위해서는 없어선 안 될 필수품 말이다.

…

우리는 숲길을 내처 걸었다. 둘 다 말이 없었다. 아마 방금 해골을 보았기 때문일 것이다. 어쨌든 그것이 깊은 인상을 남긴 것만은 분명했다. 그러거나 말거나 새들은 노래를 불렀다. 어쩌면 우리가 눈치 채지 못했을 뿐 그동안 내내 노래를 불렀을지도 모르겠다.

크리스티안과 나는 약동하는 새 생명의 현장을 헤치며 일렬로 서서 걸었다. 듬성듬성한 나무 틈으로 햇살이 비쳐들어 축축한 바닥이 반짝였다. 우리는 호수와 습원을 지나고 숲을 걸었고 더 큰 늪지를 지나서 마침내 더 큰 호수에 도착했다. 물과 숲의 거리가 30-40미터인 곳도 몇 군데나 되었다. 여름이 되면 이곳에도 생명이 넘쳐날 테지만 아직 늪은 고요하고 적막했다. 바닥이 질척대는 곳도 있었지만 아직 꽁꽁 언 곳도 있었다. 야영을 하기에 적당한 장소를 찾았다. 자작나무 몇 그루가 서 있는 늪지의 작은 언덕이었다. 땅이 딱딱하고 보송보송했다. 뇌조가 올 것 같은 지역에서 크게 멀지도 않았다. 어쩌면 내 생각이 완전히 틀렸을 수도 있다. 어쩌면 우리가 구애 장소 한복판에 자리를 잡은 것일 수도 있다. 하지만 살면서 어느 정도의 위험은 피할 수 없다. 우리도 어쨌거나 어디서건 잠을 자야 하니까.

나무를 모으는 사이 크리스티안이 내 모습을 영상에 담았다. 나는 다시 캐나다의 아일랜드 남자처럼 행동했다. 억지 포즈를 안 취하고 싶었지만 뜻대로 되지 않았다. 지극히 일상적이고 익숙한 행동을 하는 것처럼 보이고 싶었다. 옹이 진 늙은 가문비나무의 마른 가지 몇 개를 꺾었다. 가지가 상당히 굵고 딱딱해서 부러질 때 큰 소리를 냈다. 가지 하나가 손에 박히면서 깊은 상처가 났고 손에서 피가 많이 흘렀다. 아파 죽을 것 같았지만 아무렇지 않은 듯 행동했다. 나는 제2의 라르스 몬센이었다. 그 모습을 본 관객들이 이렇게 외칠 것이다. "저것 좀 봐. 손에서 피가 뚝뚝 흐르는데도 몰라. 숲에서 오래 산 사람인가 봐."

우리가 그곳 늪지에 있을 동안 오후는 서서히 저녁으로 넘어갔다. 태양은 여전히 산비탈 위에 걸려서 기분 좋은 열기를 전했다. 우리는 물건을 꺼내고 잘 자리를 준비했다. 모닥불을 피울 용도로 마른 나무 더미를 미리 모아 불 피울 자리에 놓아두었다. 그리고 바닥에 방금 꺾은 가문비나무 가지를 깔아서 침대를 만들었다. 그 위에 매트를 깔고 다시 침낭을 놓았다. 텐트는 가져오지 않았다.

잘 자리를 흐뭇하게 바라본 다음 불을 지피고 저녁 준비를 했다. 저녁을 먹은 뒤에는 이야기를 나누며 위스키를 마셨다. 어느 모로 보나 쾌적했다. 크리스티안은 기분이 좋아서 눈에 들어오는 것마다 호기심을 보였다. 왜 내가 이런 마이크로 탐험을 하는지, 왜 혼자 다니는지, 어떤 장비가 필요한지 물었다. 뭐가 제일 중요하고 뭐가 제일 안 중요한가? 나는 그에게 내가 아는 것을 설명해주면서 그를 이런 여정에 초대한 것이 아주 한심한 짓은 아니었다는 생각을 했다. 혼자 왔더라면 말짱한 정신으로 초긴장해서 귀를 쫑긋 세운 채 가만히 입 다물고 앉아 있었을 것이다. 그러다가 침낭으로 기어 들어가서 아침이 오기를 고대했을 것이다.

11시쯤 꺼져가는 불을 두고 침낭으로 들어갔다. 거의 동시에 두루미 두 마리가 물 위를 날았다. 남쪽에서 날아왔는데 처음에는 소리만 들렸다. 무거운 몸과 큰 날개가 자아내는 솨솨 소리가 먼저 달려왔다. 이어 녀석들의 모습이 보였다. 밤바람을 맞으며 방황하는 두 영혼처럼 희미한 잿빛 모습으로 날아다녔다.

그날 저녁 내내 크리스티안은 내 오렌지색 침낭에 연신 감탄하면서 걱정스럽다는 표정으로 자신의 침낭을 바라보았다.

정말 오래된 것이라고 그는 말했다. 많이들 그렇겠지만 그 역시 견진성사 선물로 부모님께 받은 것인데 지금까지 썼다고 했다. 이 제품 분야에서도 그사이 비약적인 발전이 있었다. 80년대엔 놀랄 정도로 대단하다던 제품도 지금 보면 정말 수준이 떨어진다. 크리스티안은 침낭 안으로 들어가더니 걱정했던 것과 달리 정말 따뜻하다고 말했다. 하지만 솔직히 나는 그 순간 몰래 히죽 웃었다. 불 앞에 몇 시간 앉아 있었고 혈중 알콜 농도가 아직 상당하니까 잠이 들 때까지는 기분이 좋고 따뜻하겠지. 하지만 잠이 들자마자 몸의 열이 내릴 테고, 술을 먹었으니 좀 오래가긴 해도 금방 추워지기 시작해서 결국 잠을 깨고 말 것이다. 일단 깨면 추위가 지금까지와는 전혀 다른 느낌일 것이다. 나도 몇 번이나 당해봤다. 옆에선 동료들이 따뜻한 침낭에 누워 코를 골며 자는데 나만 부들부들 떨면서 반수면 상태로 긴 밤을 텐트 안에서 꼼짝도 하지 못했다.

물론 이런 늪지에선 얼어 죽을 일은 없다. 하지만 분명 상당히 불쾌할 것이다. 그래도 이젠 어쩔 수가 없다. 또 나보다는 추위를 잘 견디는 체질일 수도 있다. 사람마다 열을 저장하는 능력도 제각각이니까. 나는 제일 빨리 추위를 느끼는 부류다.

우리는 한참 동안 누워 이야기를 나누다가 잘 자라는 인사를 하고 잠이 들었다. 늪지 양쪽으로 솟은 산비탈에서 온갖 소리가 들려왔다. 뭔가가 기어 다니는 소리, 나뭇가지 부러지는 소리, 쏴쏴 바람 소리, 삐삐 새소리. 겨울을 이겨낸 생명들이 깨어나고 있었다. 그들에겐 낭비할 시간이 없었다.

밤에 여러 번 깼다. 나는 가만히 누워 봄밤을 바라보았다. 겨울만큼 어둠이 짙지 않았다. 호수 건너편으로 산비탈의 윤곽이 보였다. 해상도 높지 않은 사진처럼 흐렸다. 크리스티안이 웅얼거렸다. 잠이 든 것 같았다. 그러다 나도 다시 잠이 들었고 배낭 안에 든 휴대전화 알람이 울릴 때까지 세상모르고 잤다.

…

4시였고 여전히 어두웠다. 침낭에 상고대가 끼었지만 춥지는 않았다. 기온이 영하 10도 정도 되는 것 같았다. 크고 흰 달이 서쪽 언덕 위에 둥실 떠 있었고 모닥불은 잔불이 다 꺼져버렸다. 나는 팔꿈치에 힘을 주고 몸을 쭉 폈다. 크리스티안이 청색 침낭 안에서 나를 등지고 옆으로 돌아누워 있었다. 그에게 말을 걸었다. 처음에는 작은 소리로 불렀다가 대답이 없어 목소리를 높였다. 그가 끙끙대기 시작했다. "추워 죽을 것 같아요. 밤새 한 숨도 못 잤어요." 완전히 기진맥진한 것 같았다. 농담이나 주고받으며 노닥거릴 때가 아니었다. 그가 어떤 상태인지 내가 누구보다 잘 알았다. 우리는 서둘러 불을 지펴 한기를 쫓았다. 그리고 아침을 먹고 배낭을 꾸렸다. 서서히 날이 밝아왔고 우리는 소리 죽여 대화를 나누었다. 크리스티안은 돌아가면 제일 먼저 침낭을 새로 장만하겠다고 말했다. 나는 좋은 생각이라고 대답했다. 우리는 침낭을 개어서 배낭에 넣고, 왔던 방향으로 되돌아갔다.

…

어른이 되어서는 한 번도 웨스턴캐퍼케일리의 구애 춤을 본 적이 없다. 어릴 때는 할아버지를 따라가서 봤던 기억이 있다. 할아버지는 자주 구애 춤을 구경하러 가셨고, 갔다 오면 이야기를 해주셨다. 어쩌면 그때 들었던 이야기를 내가 직접 본 것이라고 착각하고 있는지도 모르겠다. 할아버지는 말씀하셨다. "웨스턴캐퍼케일리가 특유의 울음소리를 낼 때까지는 꼼짝도 하지 말고 가만히 있어야 해. 울면 황홀경에 빠졌다는 뜻이니까 조금 더 가까이 다가가도 되거든." 우리는 꼭두새벽에 일어나서 할아버지가 해마다 찾아가는 구애 춤 장소로 걸어갔다. 그때는 왜 가만히 지켜보기만 하는지 이해가 되지 않았다. 사진이라도 몇 장 찍을 것이지 왜 구경만 하고 올까? 대부분의 아이들이 그렇듯 나도 양으로만 따졌다. 버섯이나 산딸기를 따러 혹은 낚시를 하러 가서 빈손으로 집으로 돌아오면 시간을 낭비했다고 생각했다.

크리스티안이 앞섰다. 10미터마다 걸음을 멈추고 귀를 기울였다. 구애 춤의 시작을 암시하는 소리는 전혀 들리지 않았다. 솔직히 말하면 관객도 없는데 연기를 하는 배우처럼 약간 멍청이가 된 기분이었다. 늪지에 발을 들여놓자 걸음을 옮길 때마다 소리가 났다. 밤사이 늪이 얼어서 소리를 내지 않고는 걸을 수가 없었다. 크넥케브뢰의 바다를 지나가는 기분이었다. 이쯤 되자 웨스턴캐퍼케일리의 얼굴이라고 볼 수 있을 것이라는 마지막 믿음마저 서서히 사라졌다.

작은 호수에도 새 얼음이 얼었고 그 위를 알락할미새 두 마리가 걷고 있었다. 올봄에는 녀석들을 처음 보았다. 이 작은 철새도 봄이 왔음을 알리는 전령이다. 두 마리는 총총 뛰어다니며 고개를 젖히고 꼬리를 흔들었다. 한시도 가만히 있지 않고 몸을 흔들어댔다. "알락할미새라도 봤으니 다행이네요." 나는 크리스티안에게 속삭였다.

날이 샜다. 우리는 내키지 않는 걸음을 옮겼다. 조금 더 기다리며 찾아봐야 하나 망설였다. 걸음을 옮길수록 조용히 해야 한다는 마음도 사라졌다. 죽은 개가 있던 곳까지 왔을 때는 둘 다 말은 안 했어도 웨스턴캐퍼케일리를 볼 것이라는 희망은 이미 접은 뒤였다. 우리는 마지막으로 해골을 한 번 더 보았다. 그리고 수다를 떨면서 주차장으로 내려갔다.

5
월

문명 속의 불만

봄이 오면 (…) 문제는 하나밖에 없었다. 사람들이 이 계절에 제일 행복하다는 것. 그 외엔 아무 문제가 없었다. 하루를 망치는 유일한 것이 바로 사람이었다. 약속을 피할 수만 있다면 매일매일이 무한했다.

_어니스트 헤밍웨이, 『파리는 날마다 축제』

자족하는 사람들에게 5월은 도전의 달이다. 심각한 이해 갈등의 시간이 돌아온 것이다. 은방울꽃을 보고 싶은데 하필 꽃이 피는 날이 누구네 사촌 견진성사 날이다. 하루살이가 부화를 하는 날은 온 가족이 저 길 아래 식당에 모여 점심을 먹기로 약속을 했다. 검은 뇌조의 구애 춤을 꼭 보러 가고 싶은데 롤프 아저씨가 대목장 입장권을 대량 구매해서 온 식구들을 불러 모은다.

이것이 5월이다. 5월은 자연에도 문명에도 사건들이 넘쳐나서 도저히 갈등을 피할 수 없다. 그리고 그 갈등의 피해자는 어김없이 자연이다. 목적도 없이 혼자 숲을 돌아다니는 짓을 건설적이거나 바람

직한 행동이라고 보는 사회는 없다. 동료 50명이랑 대형 파티 천막 아래서 수다를 떨기보다 혼자 작은 텐트 안에 들어가 조용한 시간을 보내고 싶은 사람이 적지 않지만, 우리 문명은 도통 이해심을 보이지 않는다. 혼자 있고 싶은 욕망을 진지하게 인정해주지 않는다.

일 년에 12일을 오직 나 혼자서! 이 임시 특권의 꿈이 5월만큼 심각한 도전에 처한 적이 없었다. 모든 것이 동시에 일어났다. 자연에서도 문명에서도. 모든 것이 너무 많았다. 나는 분노와 실망으로 반응했다. 5월은 가장 완벽한 달이다. 5월만큼 노래와 시의 영감이 되는 계절은 없다. 그것은 다 이 계절이 아름답고 온화하기 때문이며, 새들이 둥지를 틀고 뻐꾸기가 울음을 토하기 때문이다. 하지만 보아줄 사람이 없다면 그게 다 무슨 소용이란 말인가?

…

겨울엔 생활이 단순했다. 약속도 거의 없었고, 사건이 있다고 해도 차근차근 순서대로 찾아왔다. 그마저 대부분은 의례적인 일들이어서 그냥 까먹지만 않으면 되었다. 새해가 시작되자 일이 줄을 지었지만 하루하루는 눈 덮인 고요한 고원처럼 단조롭고 명쾌했다.

평화로웠다. 어제와 같은 오늘, 변화 없는 나날이었다. 눈이 많을 때도 있었고 적을 때도 있었다. 동쪽 지붕 위로 붉은 해가 뜨지 않으면 흐린 잿빛 하늘이 펼쳐졌다. 모이 판에 새로운 종의 새가 찾아왔고 얼음 같은 북풍이 불었다. 동지가 지나자 매일 낮이 어제보다 4분씩 길어졌다.

…

돌이켜 생각해보면 해마다 겨울에는 늘 나 자신에게 말했다. 정신을 바짝 차려야 한다고, 작은 것도 눈여겨보아야 한다고. 아무리 짧은 순간도 지금뿐, 두 번 다시 돌아오지 않을 테니 기억에 꽁꽁 새겨둬야 한다고. 어제는 없었고 내일이면 다시 돌아오지 않을 순간이라고.

해마다 겨울이면 그렇게 다짐했다. 하지만 봄이 오고 정작 이런 관심이 필요한 때가 되면 어느 결에 정신이 흐려진다. 나는 일종의 선잠에 빠져들어 아무것도 보지 못하고 하루하루를 맥 놓고 살다가 문득 전철에 앉아 짜증을 내며 너무 덥다는 생각을 한다.

올해도 그랬다. 5월 초순에는 일에 치여 숨을 쉴 수가 없었다. 몇 가지 일은 일정을 연기했지만 또 몇 가지 일의 마감이 당겨졌고, 어느 사이 새 일거리가 책상에 놓여 있었다. 우리는 거의 평생 일을 하지만 문득 이런 일들이 하염없이 무의미하다는 생각이 들 때가 있다.

이메일이 넘쳐났다. 세상 모두가 나한테 뭔가를 해달라고 조르는 것만 같았다. 새로운 모임과 행사를 안내하고 만나는 장소와 그 행사에서 내가 맡은 임무를 알려주었다. 나는 일정이 빼곡한 엑셀 도표를 뽑아서 다시 달력에다 표시해 넣었다. 나는 까먹는 것을 싫어하는 사람이지만 올해 5월엔 걸핏하면 까먹어 애를 먹었다. 성격이 까칠해졌다. 가슴이 답답했고, 약속에 목숨을 거는 사람들 때문에 짜증이 났다. 무슨 일이건 사람들을 불러 모아 같이 축하를 하고 싶은 사람들이 짜증스러웠다. 자연의 사건들은 너무나 빨리 지나가서 이대로 놓치면 이듬해까지 기다려야 하는데, 나는 이런 식으로 하루하루를 허비하다니. 하지만 자연으로 떠날 하루를 만들기가 여전히 힘들었다.

5월은 삶의 속도와 무상함이 가장 또렷이 드러나는 달이다. 사람들은 흔히 9월이나 10월이 그런 달이라고 생각하지만 그렇지 않다. 내게 5월은 삶이 짧다는 것을, 세상만사는 무상하며 어느 날 모든 것이 지나가버릴 것이라는 사실을 가장 또렷이 보여주는 달이다.

…

5월 첫 주는 특히 심했다. 원래는 그 주에 숲으로 가려고 했다. 지인들 중에서 벌써 몇 명이나 올해 첫 송어를 낚았다고 자랑을 했다. 숲 속 호수에 얼음이 녹았기를, 봄 하루살이들이 부화를 할 수 있을 정도로 호수의 온도가 얼른 오르기를 바랐다. 하지만 일이 여전히 끝나지 않았다. 가족 모임도 많았다. 이 책에서 내가 문명이라는 이름으로 부르는 온갖 일들이 일어났다.

나는 컴퓨터 앞에 앉아 미친 듯 일을 했고 쉴 때는 달력을 노려보며 고민했다. 꽉 찬 일정에서 하루를 뽑아내려 애를 썼다. 모든 것을 해결하고 이번 달의 탐험을 떠날 수 있는 작은 순간을. 하지만 아무리 이리 밀고 저리 밀어도 잠자는 시간 말고는 그 이상의 시간을 짜낼 수가 없었다.

그래서 새 규칙을 도입했다. 매일 아침 5시에 일어나서 7시까지 일을 하고, 식구들을 깨워 밥을 먹이고 씻긴다. 그리고 다들 일터로, 유치원으로, 학교로 가고 나면 다시 일을 시작하는 것이다. 계산을 해보니 이렇게 하면 주당 추가로 일곱 시간 30분을 벌 수 있었다. 주당 하루의 근로 시간이 추가되는 것이다. 그렇게 며칠이 지나자 나는 짜증 대마왕이 되어서 사소한 일에도 버럭버럭 고함을 질러댔다. 그리고 너무 피곤했다. 과도한 노동 시간으로 악명이 높은 일본 노동자처럼 일을 해댔지만 막상 버는 것은 없었다. 나의 1인 기업은 아마 세계에서 가장 운이 나쁜 기업 아이템 중 하나일 것이다.

아이들이 아침에 학교나 유치원에 태워다 달라고 하면 화를 냈다. 그래, 좋다. 비가 오니까, 봄바람이 차니까 그럴 수도 있겠지. 하지만 나는 학교에는 걸어서 가야 한다고 주장했다. 차를 자꾸 운행하면 환경에 나쁘니까. 아이들은 걸어도 고무가 아스팔트에 자국을 남기니까 마찬가지로 환경에 해롭다고 대답했다. 그럼 나는 결국 아이들에게 이렇게 외쳤다. "얀 볼스루드(Jan Baalsrud)를 생각해!" 그는 바짝 추격하는 독일인들을 따돌리고 동상에 걸린 발가락을 자르면서 스키를 타고 스웨덴으로 도망쳤다고. 그런데 영상 15도 날씨에 고작 600미터 떨어진 학교를 안 걸어가겠다니!

나는 아이들이 안 걸어가려고 할 때마다 얀 볼스루드를 들먹였다. 볼스루드는 거의 우리 집 식구나 다름이 없었고, 아이들은 이제 아무리 들먹여도 2차 대전의 영웅, 노르웨이 저항 전사의 극적인 운명에 시큰둥했다. 나는 매일매일 투덜대고 고함을 질러댔다. 물론 그건 다

내 잘못이었다.

5월 17일 공휴일이 다가왔다. 일본식 수면 규칙을 2주 내내 시행한 후 결국 나는 포기하고 말았다. 수면 부족과 스트레스에 시달렸고 늘 기분이 울적했다. 나는 하루 종일 서재에 틀어박혀서 글을 썼다. 아마 온 동네를 통틀어 내가 혈색이 가장 창백한 사람이었을 것이다. 새벽 5시에 책상에 앉아 있을 때면 근육과 관절이 시큰거렸다. 친구들은 방 안에만 틀어박혀 있어서 비타민 D가 부족하기 때문이라고 말했다. 나는 그들의 말이 옳다고 생각하며 지크문트 프로이트를 떠올렸다.

『문명 속의 불만』이라는 제목의 작은 책에서 그는 개인과 사회는 항상 기본적 갈등을 겪는다고 강조한다. 사회가 탈 없이 잘 돌아가려면 시민들이 일종의 계약을 맺어야 하며, 일정한 행동 노선을 정해야 한다. 남들과 어울려 잘 살아가려면 개인은 자연적 충동을 억압해야 한다. 그중에는 죽음의 충동이라 부르는 공격성, 문명을 향한 저항도 포함된다. 대부분의 개인은 충동을 잘 억압하지만 몇몇 사람의 경우 노이로제나 정신병을 일으킬 수도 있다. 물론 오래전 대학 시절에 읽었던 책이라 솔직히 내용이 전부 다 기억나지는 않지만 책의 제목은 늘 마음에 들었다. 특히 올해 5월에는 그 제목에 대해 많이 생각했다. 그리고 등을 구부리고 자판을 두드릴 때면 다짐했다. 너무 조급하게 생각하지 마. 이건 그저 문명 속의 불만일 뿐이야. 이 정도로 노이로제나 정신병에 걸리지는 않아. 그냥 숲으로 가고 싶을 뿐이야.

…

하루, 이틀, 시간이 흘렀다. 덜렁대고 투덜대는 일벌레인 내게도 계절의 변화는 감지되었다. 5월 7일 화요일에 처음으로 덥다고 느꼈다. 예상 외로 기온이 여름 수준으로 치솟았고 바람이 어찌나 따뜻하던지 아이들이 스웨터를 벗고 티셔츠 바람으로 정원으로 달려 나가며 외쳤다. "봄이다!" 하지만 이튿날엔 어제 무슨 일이 있었냐는 듯 다시 추워졌다. 5월 16일 오후에 나는 정원에서 이웃 남자 다구르와 파티 천막을 치고 있었다. 갑자기 예상치 못한 따스한 미풍 한 줄기가 우리를 스쳐 지나갔다. 바람이 확연히 달라서 우리 몸이 본능적으로 반응했다. 잔디밭에 서서 천막 기둥과 줄을 들고 씨름을 하던 두 남자가, 마치 풀을 뜯다가 저쪽 숲가에서 이상한 소리를 들은 두 마리 노루처럼 손에 들고 있던 것을 다 놓치고 화들짝 고개를 치켜들었던 것이다.

이것이 전환점이라고, 나는 생각했다. 바로 지금 이곳으로 여름이 찾아온 것이라고.

불과 몇 시간 만에 공기가 따뜻해졌다. 10도 미만이던 기온이 20도 넘게 치솟았다. 나라 곳곳에서 기록적인 더위 소식이 전해졌고, 인터넷 뉴스를 보니 항구 도시 남소스는 27도까지 올랐다고 했다.

마침내 틈이 생겨 다시 숲을 떠올릴 여유가 생겼을 때는 아니나 다를까 5월도 며칠밖에 남지 않았다. 나는 기분이 안 좋았다. 처리해야 할 일은 여전히 산더미였고 다음 날 아침 8시에 시내에서 미팅 약속이 잡혀 있었다. 잘못하다가는 도중에 야영을 멈추고 돌아와야 할 것 같아서 나는 아예 식구들이 자는 이른 새벽에 출발을 하자고 마음먹었다. 최악의 경우 밤늦게 돌아와야 할지도 몰랐다. 그럼 이번에는 숲에서 자지 못할 것이다. 그래도 어쨌든 거의 하루를 숲에서 혼자 보내게 될 것이다.

노르웨이 동부로 먹구름이 지나갔지만 여전히 기온은 높았다. 바람은 적당했지만 날씨는 변덕이 심하고 후덥지근했다. 전날 32리터짜리 작은 배낭을 꺼내 꼭 필요한 것만 골라서 짐을 쌌다. 타프, 매트, 침낭. 울 레깅스, 울 러닝, 양말, 얇은 방수 바지. 크넥케브뢰 한 팩, 튜브 치즈 한 개, 점심용 냉동건조식품 두 팩. 플라이낚싯대와 릴, 가짜 미끼 몇 개가 든 성냥갑. 잠자리에 들기 전에 인터넷에서 일기 예보를 점검했다. 내일 저녁까지 큰비가 내린다는 예보였다.

…

2012년 크리스마스 직전, 그러니까 나의 탐험 준비가 거의 끝나갈 무렵 의사이자 사회의학 교수인 페르 푸겔리(Per Fugeli)가 쓴 기사 한 편이 일간지 〈다그블라데〉에 실렸다. **외톨이가 되지 마라. 당신의 무리를 보살펴라.** 기사는 사람들의 심금을 울렸고 그의 이 한마디는 순식간에 노르웨이의 명언으로 등극했다.

1월에 내가 처음으로 숲으로 향할 무렵엔 “당신의 무리를 보살펴라”라는 말이 이미 유행어가 되었다. 그 말과 정반대되는 욕구를 실현하기 위해 숲을 떠도는 나 자신이 무척 시대를 역행하는 인간이라는 생각이 들었다. 물론 공격성이나 죽음의 충동에 휘둘린 행동은 아니었지만 그래도 뭔가 대세와는 맞지 않는 것 같았다.

시간이 나면 제일 먼저 친구에게 연락을 하는 사람들은 나와 다른 기분일 것이다. 그런 사람들이야말로 글로벌 시대에 잘 적응한 이 시대의 가장 완벽한 피조물일 테니 말이다. 이 시대는 친구의 숫자로 성공을 가늠한다. 성공이 소비 전기량이나 데이터 양에 달렸다는 듯 네트워크의 크기로 성패를 가늠한다. 우리는 소셜 네트워크 활동이 가장 왕성한 사람들을 모델로 삼는 시대에 살고 있다. 언제 어디서나 볼 수 있는 사람, 어디에나 얼굴을 들이미는 사람, 토론에도, 행사에도, 인터뷰에도 빠짐없이 참석하는 사람. 소셜 미디어로 추적해보면 그런 사람들은 열 개, 열다섯 개 토론에 동시 참여하고 초 단위로 어떤 사람을 칭찬했다가 다시 다른 사람을 욕하느라 정신이 없다. 무슨 일이든 의견을 개진해야 하고, 사람들의 여가 활동에까지 참견을 해댄다.

한번은 나도 잘 아는 어떤 사람이 주간지에 '못 말리는 낚시광'이라는 제목으로 인터뷰를 한 기사를 보았다. 사진에서 그는 나무랄 데 없는 낚시꾼 복장으로 미소를 지으며, 릴을 낚싯대 아래쪽에 매다는 스피닝 낚싯대를 손에 들고 있었다. 그런데 그의 손에 들린 낚싯대는 릴이 위쪽에 붙어 있었고 조립도 잘못되어 있었다. 낚시를 잘 모르는 사람을 위해 비유를 하자면 크로스컨트리 선수가 스키를 거꾸로 신고 끈을 조이지도 않고서 "난 못 말리는 스키광이야!" 하고 외치는 것과 같았다.

겉으로 보면 모르는 것이 없는 사람들이다. 어디를 가나 내 집처럼 편해 보이는 사람들이다. 그래서 나는 늘 궁금하다. 저 사람들은 혼자 있는 시간이 단 1초도 없을까? 집에는 아예 안 들어갈까? 저들이 TV에 나와 자기 무리를 보살피는 일이 얼마나 중요한지 떠들어대는 동안 그들의 무리는 누가 지킬까? 아이와 보내는 시간이 얼마나 소중한지 글로 쓰는 시간에 그들의 아이는 누가 보살필까? 아니면 자신의 무리가 전 국민이라고 생각하는 것일까? 그래서 무리가 그들을 보며 마음의 평온을 느낄 수 있도록 최대한 여기저기에 얼굴을 들이밀어야 한다고 생각할까?

그럼 그런 사회적 능력을 갖추지 못한 우리는 어떻게 해야 하나? 무리가 너무 커서 도저히 감당이 안 된다면, 온 천지 모르는 사람들에게 둘러싸여 있다면 어떻게 해야 하나? 선의의 초대와 과도한 참여에 익사할 것 같은 기분이 든다면? 정말로 혼자 있고 싶은 사람은 어떻게 해야 하나?

…

시계가 새벽 5시를 가리켰다. 벌써 지붕 위로 강렬한 흰 빛이 쏟아졌다. 배낭을 메고 북쪽으로 걸었다. 새벽 5시부터 깨어 움직이는 사람은 거의 없었다. 갈매기들만 축구장 위를 맴돌며 축축한 땅에 숨은 지렁이 사냥에 여념이 없었다. 키오스크 옆에 택시 한 대가 지붕의 불을 노랗게 켠 채 서 있었다. 기사는 머리를 젖히고 있었고 보아 하니 잠이 든 것 같았다. 검은 머리에 흰 셔츠를 입고 있었다. 이란에서 왔을까? 아프가니스탄에서 왔을까? 파티를 좋아하는 사교성 좋은 사람일지도 모르겠다. 아니면 자족하는 외톨이일 수도 있을 것이다. 아마 그 중간 어디쯤인 평범한 사람일 테지. 어쨌든 지금 그는 잠이 들었다.

북쪽으로 오르막길을 더 걸었다. 자동차가 거의 눈에 띄지 않았다. 파란 버스 정류장에서 걸음을 멈추었다. 뒤편으로 난 좁은 오솔길이 나무 사이로 이어지다가 사라졌다. 여기서부터 숲이었다. 여기서부터 노르마르카였다. 불과 몇 킬로미터 밖인데 오슬로가 내 발밑에 있었다. 이제 곧 도시는 잠에서 깨어날 것이고, 사람들은 일터로 달려갈 것이며 빨간 신호등이면 걸음을 멈추고 서서 불이 초록색으로 바뀔 때까지 기다릴 것이고, 아이를 유치원에 데려다주고 오후에 다시 찾아올 것이며 전화를 하고 메일을 쓰고 돌아다니며 장을 볼 것이다. 아스팔트는 밤이슬 탓에 차가웠고 어두웠다. 젖은 흙 냄새와 가문비나무 숲 향기가 코를 찔렀다. 나는 도로를 건넌 후 다시 한 번 뒤를 돌아보았다. 그리고 나무 사이를 지나 숲으로 사라졌다. 동화 속 마법의 거울로 들어가듯, 마치 다른 시간에서 온 남자처럼.

…

하루 종일 낚싯대를 메고 돌아다녔다. 가랑비가 내리다가 그쳤지만 구름이 자욱했다. 그러다 다시 비가 내리기 시작했다. 새소리가 4월과 달랐다. 그때는 이런 소리를 상상도 하지 못했다. 숲 한가운데에 소리의 벽이 서 있는 것 같았다. 4월엔 황량하던 활엽수에도 부드러운 초록 싹이 반짝였다. 벌써 잎이 다 자란 나무들도 있었지만 이제야 겨우 싹이 고개를 내밀기 시작한 나무가 더 많았다. 늦봄이었다. 나는 열 가지 색조의 초록이 흐드러진 산비탈을 바라보았다. 밝은 자작나무 초록에서 제일 어두운 가문비나무 침엽의 초록까지 수많은 초록이 일렁대는 바다였다.

목적 없이 헤매다가 한 번도 가본 적 없는 오솔길로 접어들었다. 올이 촘촘한 양탄자처럼 숲바람꽃이 바닥 가득 깔려 있었다. 개울가에는 동의나물이 자라고 있었고 대륙검은지빠귀의 피리소리 같은 독특한 울음소리가 사방에서 들려왔다. 나는 걸음을 멈추고 소리가 어디서 오는지 살폈다. 소리는 거의 언제나 키 큰 가문비나무의 우듬지에서 쏟아져 내려왔다.

오솔길을 따라 걸으며 지도를 보았더니 이 길은 내가 예전에 가던 그 숲길로 이어져서 나의 야영지로 뻗어 있었다. 사실 굳이 그 장소로 갈 이유는 없었다. 겨울에는 눈이 많이 쌓였기 때문에 그곳을 잠자리로 택했던 것인데 지금은 그럴 필요가 없었다. 그래도 나는 그곳으로 향했다. 4월에 못 갔으니 그 작은 호수에서도 송어가 곤충을 먹으려고 물 위로 올라오는지 보고 싶었다. 게다가 숲과 늪과 물이 있는 그 별것 없는 장소가 이상하게도 그리웠다.

...

오후 3시에 도착했다. 비가 그쳤나 싶더니 어느새 파란 하늘이 살짝 보였다. 이 기회를 이용해 얼른 타프를 쳤다. 타프는 직사각형의 돛천으로 네 귀퉁이와 긴 두 변의 한가운데에 각기 하나씩 줄이 달려 있다. 원칙적으로 어디에나 설치할 수 있고 비나 바람을 막기에는 아주 그만이다. 텐트 앞에 쳐서 텐트의 면적을 늘리거나 식사용 테라스로 이용할 수도 있으며 대피소나 텐트 대용으로도 활용이 가능하다. 타프는 내가 가진 장비 중에서 제일 간편하고 성능이 뛰어나다. 그래서 나는 어디를 가나 타프를 칭송하는데, 아는 사람도 별로 없고 필요하다는 사람도 없는 데다 심지어 왜 저런 말을 하나 하는 눈빛으로 나를 쳐다보는 사람도 많다. 그래도 나는 아랑곳하지 않고 타프 이야기를 늘어놓는다. 타프보다 더 심하게 이웃을 괴롭힐 수 있는 대화 주제는 많고도 많으니까.

...

타프로 텐트를 만들기로 마음먹었다. 분명 다시 비가 내릴 것이고 양도 많을 것 같았다. 그러니까 옆을 최대한 꽉 막는 게 좋을 것이다. 1미터 50센티미터 길이의 나무 막대를 30센티미터 깊이로 땅에 박았다. 그리고 절반쯤 되는 길이의 막대 하나를 역시나 30센티미터 깊이로 박았다. 양쪽 막대 위로 타프를 걸친 다음 중심이 한가운데로 오게 양끝을 잡아당겼다. 양쪽 모두 타프를 아래로 바짝 당겨 바닥에 고정했다. 사다리꼴 모양의 낮은 텐트가 완성되었다. 바닥으로 바짝 당겼기 때문에 너무 납작해서 앉을 수는 없었지만 눕기에는 그저 그만이었다. 그리고 누울 수만 있으면 충분했다.

텐트가 들어오라고 손짓을 하는 데다 얼마나 편한지 한번 누워보고 싶기도 했다. 안으로 기어 들어가 배를 깔고 매트에 누웠다. 누웠다가 다시 나와 버너에 물을 끓이면서 숲속 호수를 살폈다. 여전히 송어는 보이지 않았다. 곤충도 보이지 않았다. 물이 끓자 불을 끄고 냉동건조식품 팩을 따서 끓는 물에 집어넣은 다음 나뭇조각으로 힘껏 저었다. 남은 팩은 다시 잘 닫고 물에 넣은 식품을 5-6분 동안 그대로 두어 익혔다.

냉동건조식품은 비싸기 때문에 등반 때만 사용해야 한다. 짐이 너무 많아서 배낭이 무거울 때나 식사 준비가 번거로울 때 아주 간편하고 맛도 좋다. 포장의 설명대로라면 영양도 풍부하다.

…

밥을 먹은 후 타프에 누워 호수를 내려다보았다. 구름이 많아지더니 이내 비가 듣기 시작했다. 일본식 수면 규칙의 결과와 숲에서 보낸 긴 하루 탓에 몹시 피곤했다. 커피를 마시고 싶었지만 물이 없었다. 호수로 내려가서 물을 길어 와야 하나 누운 채 고민을 하다가 그만 깜빡 잠이 들었다.

잠시 후 눈을 뜨니 비가 세차게 내렸다. 얼마나 잤는지 정확히는 모르겠지만 한 시간쯤 지난 것 같았다. 빗소리를 들으며 눈을 감고 가만히 누워 있었다. 빗줄기가 점점 더 거세졌다. 텐트 지붕에 떨어지는 빗방울 소리만 들으면 착각을 하기 쉽다. 텐트 안에 들어가 있으면 정말 하늘에 구멍이라도 난 것처럼 빗소리가 크게 들리기 때문이다. 내 귀에도 그렇게 들렸다. 비가 텐트 지붕으로 쏟아졌다. 결국 틈으로 물이 새어 들어왔다. 양이 많지는 않았지만 차츰 불쾌해지기 시작했다.

6시가 되자 비가 다시 잦아들었다. 팔꿈치와 허벅지가 축축했다. 침낭도 젖었고 매트도 젖었다. 하지만 기온이 낮지 않아서 사실 기분은 좋았다. 1월엔 이 시각쯤에 벌써 어둠이 짙었고 엄청 추웠으며 호수에서도 얼음 어는 소리가 들렸었다. 4월에도 해가 지자마자 기온이 영하로 떨어졌었다. 하지만 지금은 해가 거의 보이지 않는데도 영상 15도였다.

8시까지 그대로 누워 있었다. 일어나서 낚싯대를 집어 들고 호수로 내려갔다. 늪가에서 몇 번 낚싯대를 던져보았다. 내가 가지고 온 가짜 미끼는 깔따구와 하루살이 종인 렙토플레비아 마르기나타(Leptophlebia marginata) 모양의 미끼로, 금방 부화한 성충처럼 생겨서 송어가 정말로 좋아하는 것이었다. 몇 시간 동안 호수를 한 바퀴 돌며 낚싯대를 던졌지만 물고기는 한 마리도 보이지 않았다.

어스름이 내리자 다시 비가 시작되었다. 옷이야 이미 몇 시간 전에 다 젖었지만 이제는 한기까지 들었다. 나의 오렌지색 고어텍스 재킷은 우수한 품질의 비싼 제품이었지만 습기에는 영 맥을 못 추었다. 제품 설명서에는 알프스의 전문 산악인들도 애용하는 제품이라고 쓰여 있었다. 아마 내가 덥석 이 재킷을 산 이유도 그 설명서 때문이었을 것이다. 나는 그런 꾐에 잘 걸려든다. 하긴 알프스에서는 잘 먹힐 수도 있겠다. 하지만 어쨌거나 여기 노르마르카에선 영 먹히지가 않았다. 빗물이 다짜고짜 안으로 스며들었다. 특히 어깨 부분이 심했다. 내가 고어텍스 제조사의 입장이라도 어깨 부분이 제일 만들기가 힘들 것 같다. 배낭끈이 닿는 부위여서 자꾸 쓸리는 데다 천이 몸에 딱 붙지 않아서 방수가 힘들 것이다. 아무리 그렇다고 해도 이 정도로 비싼 제품이면 이보다는 더 물을 잘 막아주어야 하지 않을까? 나는 또 한 번 제품 설명서에 홀딱 넘어간 나의 팔랑귀를 욕하며 터덜터덜 늪지를 지나 야영지로 돌아갔다.

…

텐트 안도 축축했다. 그래도 안으로 기어 들어가 몸을 뉘었다. 그대로 몇 시간 동안 칠흑 같은 어둠을 노려보며 빗소리에 귀를 기울였다. 쾌적하지는 않았지만 책상머리에 앉아 있지 않으면 사람들 틈에서 치였던 터라 이런 호젓한 시간이 무척 좋았다.

새벽 1시에 집으로 돌아가자고 마음먹었다. 아침에 시내에서 미팅이 있었다. 아직 일곱 시간이 남았지만 배낭을 메고 걸었으니 땀 냄새가 진동할 것이므로 가기 전에 샤워를 해야 할 것이다. 또 등산옷과 장비도 널어 말려야 할 것이고 미팅 장소를 모르니까 이메일에 들어가서 확인도 해야 한다. 그것 말고 더 준비할 것이 있을지도 몰랐다. 운이 좋으면 네 시간 정도는 잘 수 있을 것 같았다. 네 시간이면 일본 샐러리맨한텐 넉넉한 수면 시간이다.

…

숲길을 걷는 내내 비가 왔다. 이미 홀딱 젖은 몸이라 더 이상 잃을 것도 없었다. 날아갈 듯 마음이 가벼웠다. 여기, 뼛속까지 젖은 남자가 있다. 비야, 내려라. 마음껏 퍼부어라! 산 아래 피크닉장에서 걸음을 멈추고 고어텍스 재킷과 바지, 속바지까지 다 벗어버렸다. 속바지는 면이라서 물이 뚝뚝 떨어졌다. 몸에 남은 것은 울 양말, 울 러닝, 울 레깅스뿐이었다. 그것들마저 몽땅 다 젖었지만 춥지 않았다. 남은 숲길을 걸으면서 프로이트와 푸겔리를 생각했다.

내겐 죽음의 충동 따위는 없다. 지금껏 살면서 얀 볼스루드를 들먹이는 것 이상으로 공격적인 태도를 보인 적도 거의 없다. 밤에 혼자 얇은 울 러닝 바람으로 숲을 돌아다니는 것도 좋지만 나는 사람들과 잘 어울리는 사교적인 사람이기도 하다. 5월은 그 둘의 균형을 잘 유지해야 하는 도전의 달이다.

…

1월의 화요일에 삐걱대는 등산화를 신고 무거운 배낭을 메고 이 숲길을 걸었을 무렵에는 모두가 푸겔리의 기사를 들먹였고 나는 불쾌한 기분으로 자문했다. 나의 무리는 누구인가? 대답은 간단했다. 나의 무리는 트루데와 아이들, 이렇게 단 세 사람이다. 나는 그들에게 내 시간의 90퍼센트를 투자하고, 남은 10퍼센트를 나 혼자 숲에서 보내고 싶다. 나와 같은 마음인 사람들도 있겠지만, 어쩌면 나는 시대에 역행하는 사람일지도 모르겠다. 어쨌든 오늘의 탐험은 예전에 내가 알았던 사람의 말로 마무리를 짓고 싶다. 그는 무슨 말을 하건 꼭 이 문장으로 끝을 맺었다. **잘 보면 사람들은 참 많이 달라.**

6
월

자연의 비밀

세월이 야생마처럼 언덕 너머로 달려간다.

_찰스 부코스키

자연의 변화는 점점 속도를 더했다. 6월이었다. 모두가 새 계절에 익숙해졌다. 더 이상 새로운 것은 없었고 겨울은 머나먼 추억이 되었다. 하루가 가고 또 하루가 왔다. 6월 21일 하지가, 한 해의 큰 전환점이 다가왔다. 자연엔 휴지기가 그득하고 매일, 매 순간 예상치 못한 일이 일어난다. 하지만 해가 가도 변치 않는 전환점 두 개가 있다. 점점 낮이 길어지다가 다시 밤이 길어진다. 점점 따뜻해지다가 다시 추워진다. 그것이 자연의 기본 논리다.

5월의 변덕 심한 날씨는 6월에도 이어졌다. 매일 최소 다섯 번씩 날씨가 바뀌었고 같은 날씨가 한 시간 이상 이어지지 않았다. 문명사회는 어느 정도 안정을 되찾았다. 폭발하던 행사와 약속이 많이 줄었다. 사람들은 소시지와 아이스크림, 백포도주 한 잔으로 만족했다. 어쩌면 다들 벌써 휴가를 기다리고 있는지도 몰랐다.

6월은 5월 하순과 비슷하게 온화한 기온으로 문을 열었다. 초순에는 날씨가 화창했고 신록은 날로 푸름을 더했다. 그러다 비가 내렸다. 많은 강수량이 마침 산에서 급속도로 눈이 녹는 시점과 맞물리면서 노르웨이 동부 지역 대부분이 수해를 입었다. 기상 예보 시스템은 어디다 쓰려고 있는 것인지, 늦장 대처에 속이 터졌다. 마침내 여름이 왔지만, 미련을 채 버리지 못한 겨울이 탁하고 차가운 홍수가 되어 슬쩍 뒷문으로 돌아와서는 들판과 농가와 주차장을 왕창 물에 빠뜨리고 유유히 바다로 떠났다.

…

1년 중 낮이 제일 긴 날의 새벽이었다. 나는 4월에 그랬듯 숲속 작은 호수 말고 다른 장소에 눈독을 들였다. 이번에도 숲속 호수에는 없는 것을 목표로 삼았기 때문이었다. 그러나 구애 춤이 보고 싶었던 4월과 달리 확실한 목적지가 없는 것은 아니었고, 지난 5월처럼 기분이 나쁜 것도 아니었다. 개인과 사회의 갈등이나 공격성을 이야기한 프로이트의 이론은 어느덧 다 잊었다. 나는 기대로 한껏 마음이 부풀었다.

친구 예이르와 다비드와 함께 북쪽으로 향했다. 우리는 플라이낚시꾼들이고 6월은 우리의 시간이다. 앞으로 몇 주 동안 플라이낚시꾼의 삶에서 가장 중요한 일들이 일어날 것이다. 그 이유는 바로 송어와 신비한 곤충 하루살이 때문이다.

우리는 자동차 두 대에 나눠 타고 출발했다. 예이르와 다비드가 같이 타고 나는 혼자 내 차를 몰았다. 친구들은 밤에 다시 돌아갈 예정이고 나만 다음 날까지 그곳에 있을 생각이었다. 예이르가 하루살이 중에서 제일 몸집이 큰 에페메라 불가타(Ephemera vulgata)가 많이 사는 호수를 안다고 했다. 6월 하순은 하루살이가 마지막 성장 단계인 성충이 되고 짧은 시간을 육지에서 살다가 생을 마감하는 시기다. 하루살이 유충이 수면으로 올라오면 그 고치에서 성충이 기어 나온다. 몸길이가 몇 센티미터 정도인데 날아오르기 직전 잠시 수면에 앉아서 날개를 말릴 때면 꼭 작은 돛단배 같다. 그런데 그 녀석들이 송어에겐 너무나 영양이 풍부하고 풍성한 음식이라서 송어가 안 먹고는 도저히 배길 수가 없다. 북쪽으로 차를 모는 내내 오직 그 생각뿐이었다. 사실 이번 낚시 투어의 성패는 딱 한 마디로 요약할 수 있다. 에페메라 불가타가 오늘 부화를 하면 호수 수면으로 제일 큰 송어가 올라올 것이다.

우리는 오슬로 북쪽의 위성 도시들을 지나갔다. 울창한 나뭇잎에 가려 집들이 거의 보이지 않았다. 날이 흐렸고 바람도 거의 없었다. 북쪽으로 더 올라가니 산허리를 휘감은 안개가 자욱했다. 가랑비가 앞 창유리로 떨어졌다. 우리는 컨트리 음악을 들으며 한껏 들떴다. 온화한 대기와 가랑비. 물고기가 확실하게 무는 날씨였다.

…

독일 사회학자 막스 베버는 『직업으로서의 학문』에서 우리 시대의 특징을 합리화와 지성화, 그리고 무엇보다 탈마법화라고 주장했다. 5월에 '문명 속의 불만'이 그랬던 것처럼 이번 달에는 이 '세계의 탈마법화'라는 개념이 내 마음을 사로잡았다. 역시나 의미는 온전히 기억나지 않았지만 자꾸만 그 단어를 떠올렸고 나름대로 이런저런 해석을 가했다.

내가 제대로 기억을 한 것이라면 베버는 과학 혁명으로 인간의 삶에서 중요한 의미 차원이 사라졌다고 강조한다. 예전 사람들은 자연현상을 이해할 수가 없었기 때문에 어쩔 수 없이 그것에 나름의 의미를 부여하였다. 그래서 이야기를 지어내고 신화를 만들었으며, 이 이야기들은 다시 인간의 삶에 규범적 작용을 했다. 번개와 화산 폭발과 홍수는 신의 분노였으므로 인간은 신에게 복종하며 자문해야 했다. 우리가 무슨 짓을 했기에 신들이 저렇게 화가 났을까? 이런 고난을 당할 정도로 우리가 잘못을 했을까? 앞으로 어떻게 해야 이런 일을 피할 수 있을까?

과학 혁명으로 인간은 합리적 설명을 얻었다. 번개는 공중 전기가 방전된 것이고, 화산 폭발은 지구 내부의 액화 암석이 고압으로 분출한 것이며, 홍수는 산에 쌓였던 눈이 녹는 시점에 마침 저기압골이 형성되어 비가 많이 내린 것이다.

신화적이고 마법적이던 세계는 세속적으로 변했다. 의미 차원은 사라지고 건조한 경험적 사실만 남았다. 외부의 판관(신, 우주, 자연)에게 삶을 맡겼던 인간이 갑자기 창조의 왕관이 되었다. 인간은 자연을 대량으로 착취할 수 있는 기틀을 닦았다. 자연을 굴복시켜 자신의 의지대로 만들 수 있는 지식과 수단은 물론이고 경솔함까지 갖추게 된 것이다.

자연 현상은 세세한 부분까지 분석되고 설명되었다. 옛이야기들은 저 구석으로 밀려났다. 세계는 탈마법화되었고 삶의 기반이던 의미 차원은 영원히 종적을 감추었다. 막스 베버는 그렇게 말했다. 그리고 내 생각도 그와 크게 다르지 않다.

…

예이르가 안다는 호수는 정말 아무도 모르는 곳이었다. 에페메라 불가타는 특정 환경 조건에서만 사는 하루살이다. 따라서 아무 데서나 볼 수 있는 곤충이 아니다. 그런데 이 호수에 정말로 그 녀석들이 많이 산다고 했다. 예이르는 여태 그 말을 아무한테도 하지 않았다. 그가 생각하는 무리는 나의 무리보다도 적은 것 같았다. 그러니 푸겔리의 무리와는 아예 비교할 바가 아닐 것이다.

우리는 호수 남쪽에 도착했다. 북쪽에서 미풍이 불었다. 낚시를 하기에는 더없이 완벽한 장소였다. 갓 변태한 하루살이는 몸무게가 1-2그램을 넘지 않기 때문에 바람이 불면 하늘로 날아오르지 못하고 바람의 방향에 따라 호수 안쪽으로 쭉 떠밀려 가기도 한다. 우리는 그 사실을 알았다. 물론 송어도 잘 알았다.

낡은 제방과 소나무가 여기저기 서 있는 황무지를 건너자 곶처럼 호수 안으로 돌출한, 평평하고 바위가 많은 땅이 나타났다. 서쪽은 평탄한 큰 만이었지만 동쪽 땅은 훨씬 굴곡이 심했다. 그곳에 떠다니는 이탄이 섬처럼 모여 있었고 그 뒤편으로 높이 자란 푸른 풀이 무성한 작은 만이 있었다. 고목 몇 그루가 쓰러져 있었고 여기저기 수련이 피어 있었다.

우리는 배낭을 벗어 장비를 꺼냈다. 몸을 움직이는 동안에도 눈은 내내 호수에 멎어 있었다. 낚시 준비를 할 때가 제일 마음이 편하다. 넉넉한 시간, 무한의 낙관주의. 서두를 일이 없다. 무슨 일이든 일어날 수 있다.

1년 중 가장 좋은 날이었다. 하루 중 가장 좋은 시간이었고 날씨도 최고였다. 모든 것이 완벽했다. 플라이낚시꾼에게 평생 한 번 있을까 말까 한 최고의 조건이었다. 우리는 낚싯대와 릴을 조립하고 불가타 미끼를 매단 채 가만히 기다렸다. 가짜 미끼는 진짜 곤충하고 똑같이 생겼다. 하루살이는 성충이 되어 육지로 날아가기 전 잠시 수면에 앉아 있기 때문에 이렇게 물에 뜨는 가짜 미끼로 하루살이 흉내를 내고, 그것을 플라이낚시라고 부른다. 그래서 플라이낚시는 물고기가 수면으로 오를 때에만 미끼를 던진다. 물고기가 없으면 아예 낚싯대를 던지지도 않는다. 당연히 지금껏 낚싯대 한번 못 던져본 실망스러운 낚시 경험도 여러 번이었다.

…

하루살이는 3000종이 넘고 넓은 지역에 분포하는 원시 곤충이다. 노르웨이에는 약 50종이 산다. '하루살이'라는 이름은 이 곤충의 생이 짧기 때문에 붙여진 것이다. 생이 짧은 것은 사실이지만 그래도 하루보다는 훨씬 오래 산다. 6월 숲속 호수에서 우리가 만나는 성충은 이 생명체의 생애에서 마지막 부분인 짧은 성장 단계에 해당한다. 투명한 큰 날개를 저으며 물 위를 나르는 성충은 그 생명체의 완성이다. 유일한 목표는 알을 낳는 것이므로 알을 낳고 나면 생의 임무를 다했다는 흐뭇한 마음으로 편안하게 눈을 감을 수 있다.

하루살이의 마지막 단계를 전문 용어로는 이마고(Imago)라고 부른다. 이 단계에 도달하기 전까지는 유충으로 사는데, 날개가 없고 길쭉하게 생긴 개미만 한 크기이며 물속 깊은 곳에서 살기 때문에 우리가 잘 볼 수 없다. 유충은 탈피를 할 때가 되면 물속에서 솟아 올라와 수면 가까이에 자리를 잡는다. 그럼 고치에서 성충이 기어 나오고, 그것이 물을 가르고 수면으로 올라와 잠시 머물며 날개를 말리면서 새로운 환경에 적응을 한다.

날개가 다 마르면 하루살이는 물을 떠나 육지 방향으로 날아간다. 그런데 떠나기 직전 수면에 앉아 있을 때가 송어에겐 더할 나위 없는 먹잇감이다. 6월에 수면으로 올라오는 물고기는 거의 대부분이 하루살이를 먹기 위해서다. 물론 6월이 지나도 여름 내내 수면에서 휴식을 취하는 다른 종의 곤충들을 만나볼 수 있다. (날도래, 강도래, 깔따구

등) 몇몇은 하루살이와 생애 주기가 같기 때문이며, (말벌, 각다귀, 털파리, 날개미, 나방 등) 다른 몇몇은 그냥 운이 없어서 잠시 수면에 내려앉았기 때문이다.

하루살이는 어디나 있고 또 숫자도 워낙 많기 때문에 여름이면 송어의 가장 중요한 식량이 된다. 하루살이가 없었다면 아마 플라이낚시는 아예 생기지도 않았을 것이다. 하루살이 덕분에 19세기 중엽 영국인들이 이 스포츠(아니면 뭐라고 불러야 할까?)를 개발했다. 당시만 해도 대나무를 붙여서 삼각형으로 만든 합판 낚싯대를 사용했다. 낚싯줄로는 실크를 사용했는데 물에 뜨도록 동물 유지를 발랐다. 날개는 천연 재료로 만들었는데 주로 새의 깃털을 사용했다. 대영 제국은 식민지가 엄청 많아서 온갖 종류의 깃털을 구할 수 있었다.

영국인들은 강에 사는 송어도 식민지로 가져가 방류를 했다. 그 결과 송어는 전 세계적으로 가장 널리 분포하는 물고기 종이 되었다. 하긴 송어가 아니더라도 영국인들은 워낙 아무 데서나 잘 살고 또 이상한 자기네 관습을 남들에게 억지로 강요하기로 유명한 사람들이다.

...

우리는 호수로 돌출한 곳에 앉아 수면을 바라보았다. 10분 후 하루살이 한 마리가 나타났다. 올해의 첫 하루살이였다. 아무것도 없었는데 어느 순간 갑자기 불가타 한 마리가 떡하니 수면에 앉아 있었다. 크고 화려했다. 크기가 너무 커서 충격을 먹을 정도였다. 기나긴 겨울을 나고 처음으로 불가타를 만나면 녀석들이 얼마나 몸집이 큰지를 어느새 새까맣게 잊고 있다가 깜짝 놀라곤 한다.

아무도 말이 없었다. 우리는 묵묵히 앉아 수면만 노려보았다. 또 한 마리가 나타났다. 갑자기 다섯 마리로 늘더니 어느 결에 열다섯 마리로 불었다. 순식간에 작은 만이 불가타로 우글거렸지만 송어는 보이지 않았다. 그래도 우린 별로 놀라지 않았다. 반드시 그런 것은 아니지만 하루살이가 탈피를 하고 나서 한참 만에 송어가 물 위로 올라오는 경우도 드물지 않다. 송어가 물 위로 올라오려면 일단 하루살이를 발견하기도 해야 하지만, 무엇보다 송어의 작은 머리가 하루살이를 먹이로 인식해야 한다. 송어의 두뇌는 완두콩 크기만 해서 기억력이 그리 좋지가 않다. 돌아서면 홀라당 까먹어버리는 것 같기도 하고, 용량이 부족해서 지금 당장 안 써먹는 경험은 기억의 제일 어두운 구석으로 밀어버리는 것 같기도 하다. 처음은 아니지만 예전에 경험한 적이 있는 새로운 사건을 만나면 송어는 그에 대한 정보를 다시 기억의 창고에서 끄집어내야 한다. 그래서 시간이 좀 걸린다. 나는 송어의 기억력을, 크기가 너무너무 작아서 한 가지 물건밖에 못 들어가는 구석방이라고 상상하곤 한다. 그래서 하루살이가 들어가면 날파리는 밖으로 나와야 하고, 깔따구가 들어가면 강도래는 나와야 한다. 정말 송어 머릿속에서 그런 일이 일어나는지는 모르겠지만 상당히 그럴싸한 비유인 것 같다. 실제로 내가 관찰한 모습도 그러했다.

불가타가 먹이라는 사실을 송어가 다시 기억해내려면 물에 뜬 곤충의 숫자가 넉넉해야 한다. 양이 많아야 비로소 송어의 뇌가 신호를 보낸다. 아, 저거, 먹는 거야! 그래서 일단 식사를 시작하면 송어는 도무지 멈출 줄을 모른다. 그동안 먹던 각종 곤충들이 먹이라는 사실도 홀랑 잊어버린다. 이제 다른 곤충들은 작은 방을 나가야 하고, 플라이 낚시에서 선택성이라 부르는 현상이 나타난다. 즉 특정 곤충이 특정 단계에 엄청나게 많이 변태를 할 경우 송어가 그 곤충에게만 초집중해서 다른 먹이를 주어도 거부하는 것이다. 송어가 일단 깔따구 번데기를 먹겠다고 결심을 하면 낚시꾼이 살이 통통하게 찐 큰 지렁이를 코앞에 들이밀어도 무시해버린다. 이런 일이 일어나는 이유는 송어가 그 순간 지렁이를 먹이로 생각하지 않기 때문이다. 양이 중요하다. 가장 많이 존재하는 곤충을 송어는 먹이로 인식한다. 비유를 하자면 아침마다 아이들에게 잼을 바른 빵을 적어도 스무 개는 주어야 겨우 아침밥이라고 인식하고 먹기 시작하는 것과 같다.

...

시간이 더디게 흘렀다. 수면에 뜬 곤충 한 마리가 불러온 각성은 오래 가지 못했다. 집중은 고단하다. 집중도 일시적 감정 상태다. 오랜 시간 딴생각 하지 않고 물만 노려보고 있기란 여간 힘든 일이 아니다.

하루살이는 열심히 변태를 했으나 송어는 한 마리도 보이지 않았다. 처음엔 좀 놀랐지만 송어가 좀 늦나 보다 생각했다. 하지만 시간이 꽤 지나자 어쩌면 오늘 낚시가 허탕이겠다는 생각이 들었다.

몇 시간 동안 물에 둥둥 뜬 이탄 무더기에 자리를 잡고 앉아 있던 예이르가 우리한테로 넘어왔다. 그는 여태까지 한 마디도 하지 않고 송어를 기다렸다. 하긴 거기 앉아서 하루살이가 다시 변태를 하는 내년까지 기다리라고 해도 끄떡없이 앉아 있을 작자다. 우리는 굳이 좀 잡았냐고 묻지 않았다. 잡은 것 같지도 않았고, 예이르 역시 뭔가 신나는 일을 알려주러 온 사람 같아 보이지 않았다. 우리는 일어나 조금 걸으며 굳은 몸을 풀었다. 다비드가 최신 휴대용 가스레인지로 커피 물을 끓였다. 버너보다 세 배는 빠르게 물이 끓었다.

여기저기서 불가타가 계속해서 변태를 했다. 녀석들이 몸을 일으켜 하늘로 날아오르기 전 몇 분 동안 물 위에 앉아 있었지만 아무도 와서 잡아먹지 않았다. 우리는 한 번도 이런 일이 없었으며, 이건 자연의 계약 위반이라고 한 목소리로 성토를 했다.

날도래도 한 마리씩 물 위로 올라왔다. 이 녀석들도 수면에서 변태를 하는데, 일단 변태가 끝나면 하루살이와는 전혀 다른 반응을 보인다. 하루살이는 우아한 돛단배처럼 물 위에 가만히 떠 있지만 이 녀석들은 작은 모터보트처럼 정신없이 돌진한다. 하루살이에 비하면 뭔가 기분이 나쁘고 짜증이 난 것 같은 것이, 『반지의 제왕』에 나오는 요정과 난쟁이만큼 차이가 심하다.

날도래는 변태를 하자마자 엄청난 속도로 내달린다. 딱히 무슨 계획이 있는 것 같지는 않아 보이는데, 사실 불과 몇 초 전에 엄청난 신체 변화를 겪었으니 앞으로 뭘 해야 할지 구체적인 생각이 있을 수가 없을 것이다. 녀석들은 몸집도 크고 생긴 것도 볼품이 없는 데다 소란스럽기가 이만저만이 아니다. 육지 방향으로 가기 위해 물결을 일으키며 난리 법석을 떤다. 한시라도 빨리 돌 밑이나 풀이나 갈대 속으로 들어가 몸을 숨기라고 본능이 귀청 따갑게 고함을 질러대는 것이다. 하지만 모든 날도래가 잽싸게 송어를 피해 육지로 도망칠 수 있는 것은 아니다. 그곳에 앉아 법석을 떠는 녀석들을 멍하니 쳐다보고 있노라니, 자연도 실수를 하는구나, 하는 생각이 들었다. 세상만사가 원칙대로 되는 것은 아니고, 사실 어쩌면 그것 역시 자연의 의도인지 모른다. 그래야 송어도 먹고살 수가 있을 테니까.

몇 마리 날도래가 호수 안쪽으로 달려갔다. 상당히 멀리까지 들어간 후에야 겨우 길을 잘못 들었다는 생각이 들었는지 경로를 바꾸었다. 우리는 그곳에 앉아 반짝이는 수면 위에서 정신없이 설쳐대는 녀석들을 지켜보았다. 호수 안쪽도 물 깊이는 채 2미터가 되지 않았다. 평범한 날이었다면 녀석들은 아마 목숨을 잃었을 것이다. 하지만 오늘은 그렇지 않았다. 오늘은 휴전이었다. 모두가 생명을 지키며 제 할 일을 했다. 물론 날도래는 모를 테지만, 녀석들의 변태는 기가 막힌 타이밍이었다. 송어가 저 아래 어둠 속에서 무슨 짓을 하는지는 도통 알 수가 없었다. 틀림없이 중요한 일일 것이다. 그렇지 않다면 이런 화려한 만찬을 외면할 리가 없다. 날도래는 한 마리도 잡아먹히지 않고 비스듬하게 떨어지는 오후 햇살을 뚫고 저 멀리로 날아갔다. 우리도 그만 고개를 돌렸다. 한참을 보고 있었더니 흥미도 떨어지고 피곤하기도 했다.

…

나 혼자 곶의 제일 끝자락에 앉아 있었다. 예이르와 다비드는 멀찍이서 식사 준비를 했다. 다리를 좀 풀려고 몸을 일으키는 순간, 물 위로 가지를 떨구고 있던 자작나무 아래쪽에서 물이 살짝 흔들렸다. 물고기 한 마리가 수면으로 올라온 것이다. 녀석이 무엇을 물었는지는 볼 수 없었지만 아주 조심스럽게 움직이는 것으로 보아 날도래는 아니었다. 내 낚싯줄 끝에 불가타 가짜 미끼가 매달려 있었다. 나는 낚싯대를 던졌다. 정확히 물고기를 보았던 그 지점에 미끼가 살포시 떨어졌다. 그리고 곧장 수면 아래로 사라졌다. 신중하지만 단호한 동작으로 아래로 끌려 내려갔다. 철퍽 소리도 없었고 멋들어진 광경도 없었다.

플라이낚시로 송어를 낚아본 사람이라면 다들 잘 알 것이다. 비주얼은 매력적이지만 자칫 크게 실망할 수 있다. 미끼로 낚시를 할 때는 물고기가 미끼를 무는 모습을 볼 수 없다. 물고기가 물 밑에서 미끼를 확실하게 물면 그때서야 느낌으로 알 수 있다. 하지만 플라이낚시는 물고기가 무는 장면을 눈으로 볼 수 있다. 대신 제대로 물지 않은 상태에서 너무 서둘러 줄을 당기는 통에 물고기가 놀라서 미끼를 다시 뱉어버릴 위험이 크다. 플라이낚시꾼에겐 그 점이 가장 큰 골칫거리다. 움직임이 보이는 순간 본능은 얼른 줄을 당기라고 속삭인다. 따라서 그런 상황에서 자제력을 발휘하여 반사 행동을 억누르는 것이 말처럼 쉬운 일이 아닌 것이다.

하지만 이번에는 완벽했다. 아마 몇 시간 동안 물가에 앉아 있었기 때문일 것이다. 몸이 굳어 내 동작이 약간 굼떴고, 덕분에 오히려 물고기가 확실하게 물 때까지 기다린 셈이 되었다. 내 머리는 오늘 내내 송어만 생각했기 때문에 다른 가능성은 전혀 예상치 못했다. 그런데 물고기가 물에서 퍼덕이며 사투를 시작하자 미끼를 문 것이 송어가 아니라는 느낌이 왔다. 작은 농어(유러피안 퍼치)였다. 은회색 배에 옆쪽으로 암회색 줄무늬가 나 있고 등에는 살짝 초록빛이 감돌며, 붉은 오렌지색 가슴지느러미와 배지느러미가 도드라졌다. 나는 녀석을 물에서 꺼내 기절시킨 후 이끼에 내려놓았다. 오늘의 점심거리였다. 손가락에서 차가운 봄의 호수에서 잡은 농어 특유의 냄새가 났다.

…

우리 할아버지는 농어가 많은 큰 호숫가에서 살았다. 그곳 사람들은 성 요한 축일이 지나야 지렁이와 낚시 찌로 물고기를 잡았다. 그 전에는 절대로 낚시를 하지 않았다. 할아버지는 농부였다. 여름에는 들에서 일을 했고 겨울이면 벌목을 해서 말을 이용해 나무를 날랐다. 내 기억 속의 할아버지는 성품이 온화하고 부지런한 사람이었다. 일이 없을 때는 항상 소일거리를 찾아 숲으로 갔다. 낚시를 하러 간 경우도 적지 않았다.

농어 낚시와 관련하여 할아버지는 두 가지 규칙을 지켰다. 첫째, 성 요한 축일 전에는 절대로 시작해서는 안 된다. 둘째, 비 오는 날이

최고다. 비가 오면 할아버지는 불끈 신앙심이 솟는다고 하셨다. 나는 농어와 성 요한 축일과 비와 할아버지의 신앙심이 과연 어떤 관계가 있는지 따져보지 않은 채 그냥 할아버지 말씀을 곧이곧대로 믿었다.

대부분의 사람들은 노르웨이는 여름에 비가 와도 너무 많이 온다고 생각한다. 어쩌면 그 말이 맞을지도 모르겠다. 하지만 당신이 어린 소년이고, 머릿속에 농어 생각밖에 없다면, 그리고 할아버지한테서 농어는 비가 올 때 제일 잘 잡힌다는 말을 들었다면, 그날부터 노르웨이의 여름은 비가 적어도 너무 적은 계절이라고 생각하게 될 것이다. 매일 밤 고민을 하다가 잠이 든다. 내일 날씨는 어떨까? 비가 올까, 안 올까? 물론 천둥번개가 치거나 폭풍이 불거나 비가 억수같이 퍼붓는 날씨를 기다리는 것은 아니다. 온화한 여름비가 부드럽게 하늘에서 내려와 수면을 철썩철썩 때리고, 어디가 물이고 어디가 하늘인지 가를 수 없는 그런 날씨가 되기를 당신은 매일 밤 기도하게 될 것이다.

그렇게 비를 기다리다 보면 비 내리는 날이 해가 쨍쨍한 날만큼 드물다는 사실을 깨닫게 될 것이다. 그러다 마침내 고대하고 고대하던 비가 내리면 절대로 기회를 놓칠 수 없다. 그건 할아버지도 마찬가지였다. 그런 날엔 할아버지도 곧장 일손을 놓고 헛간 뒤로 가서 지렁이 몇 마리를 파서 낚시를 하러 숲으로 갔다.

우리 둘이서 할아버지가 직접 만든 작은 배에 올랐다. 노는 할아버지가 젓고 나는 배 뒤편에 앉아 있었다. "이제 신앙심이 생기는구나." 할아버지의 말씀에 나는 힘껏 고개를 끄덕였고, 엄청난 기쁨과 함께 확신이라 부를 감정에 휩싸였다. 오늘같이 비가 오는 날에는 농어가 반드시 입질을 할 것이라는 확신 말이다. 할아버지와 나는 서로의 눈을 쳐다보았다. 그런 다음 뿌연 수면에 떠 있는 희고 붉은 찌를 향해 눈길을 돌렸다. 우리가 빈손으로 돌아왔던 기억은 없다.

내게 농어 낚시는 모험이었다. 할아버지에게는 수확이었다. 호수의 물고기는 들에서 키운 작물과 함께 중요한 식량원이었다. 특히 전쟁 때는 더욱 그랬다. 할아버지는 젊을 때 참전을 하셨다. 이제는 그 전쟁도 까마득한 옛이야기였지만 참전을 했던 모든 사람들이 그러했듯 할아버지는 절대로 전쟁을 잊지 못했다. 그래서 시간이 날 때면 지렁이를 캐서 농어를 낚았고 잡은 물고기는 할머니가 잘 손질해 구워 먹었다.

몇 년이 흘렀다. 두 가지 규칙은 여전했다. 하지만 나는 할아버지의 맹목적 믿음을 인정할 수 없었다. 70년대에 태어난 나는 세상이 인정하는 진리도 뒤를 캐물으라고 배운 세대다. 성 요한 축일이 세례자 요한의 탄생을 기념하는 날이라는 사실을 알고서 나는 생각했다. 농어가 가톨릭 성자의 생일을 어떻게 알고 그때까지 기다렸다가 먹이를 먹는 것일까? 그게 아니라면 물고기랑 종교랑 무슨 상관이 있을까?

봄이 왔고 다시 요한 축일이 가까워오자 나는 할아버지께 내 생각을 말씀드렸다. 그리고 조금 일찍 낚시를 시작하자고 권유했다. 내 기억으로 할아버지는 내 말에 일언반구 대꾸도 하지 않으셨다. 대꾸할 가치도 없다고 생각했을 것이다. 아버지의 아버지의 아버지에게서 물려받은 오랜 전통을 깨뜨리다니, 있을 수 없는 일이었다. 어쩌면 할아버지는 그것을 물려받은 전통이라기보다 그저 유일하게 올바른 행동 방식이라고 생각하셨을 것이다.

하지만 그 규칙이 옳지 않다는 생각이 내 머리를 떠나지 않았다. 더구나 당시 나는 이미 혼자서 낚시를 갈 정도로 컸기 때문에 굳이 어른의 동행이 필요하지도 않았다. 나는 낚싯대와 지렁이 통을 챙겼다. 화창하고 바람이 센 6월의 어느 날이었다. 설사 성자의 축일이 지났다고 하더라도 할아버지가 신앙심을 느낄 만한 날씨는 절대 아니었다. 나는 날씨도 날짜도 상관하지 않았다. 왜 이 지역에 사는 모든 사람들이 요한 축일 전에는 농어가 입질을 안 한다고 주장할까? 아무도 그 전에 낚시를 해본 적이 없었기 때문은 아닐까?

나는 입질이 좋았던 장소로 노를 저어 갔다. 한 시간 후 전통은 깨졌다. 작은 배의 바닥에 작은 농어들이 퍼덕거렸고 차가운 봄 호수에서 잡아 올린 농어 특유의 냄새가 코를 찔렀다. 많은 세월이 흐른 후 노르마르카의 호숫가에 앉은 내 손가락에서 바로 그 냄새가 풍겼다. 그리고 세상 어디를 가더라도 이 냄새만은 알아볼 수 있을 것이라고, 나는 지금도 굳게 믿는다.

모두가 주장하던 이론은 무너졌다. 나는 노를 저어 돌아왔고 배를 물가로 끌어올려 규정대로 정박했다. 할아버지한테 배운 대로 마가목 가지에 물고기를 매달아 마당에 던지면서 나는 할아버지한테 뭐라고 설명해야 할지 고민했다. 그 무렵 할아버지는 농사일을 접고 소작을 주고 시내의 공장에 다니셨다. 할머니는 몇 분 전에 할아버지한테서 전화가 왔는데 오늘 야근이라 늦는다고 하셨다고 말씀하셨다. 할머니는 농어를 요한 축일 전에 잡았거나 말거나 신경도 쓰지 않았다. 어쩌면 내가 너무 좋아해서 모른 척하셨는지도 모르겠다. 우리는 함께 물고기를 손질했다. 먼저 머리를 자르고 등지느러미를 꼬리에서 머리까지 잘랐다. 그리고 머리가 있던 자리의 껍질을 잡고 단번에 확 벗겨냈다. 마지막으로 꼬리를 자르고 내장을 파냈다. 손질이 끝나자 비닐봉지에 넣어 냉동실에 넣었다. 할아버지가 퇴근하셨을 때 내가 말씀을 드렸는지, 아니면 할머니랑 내가 몇 주 동안 물고기를 냉동실에 보관했다가 나중에 요한 축일이 지나고 잡은 다른 농어들과 뒤섞어버렸는지는 기억이 잘 나지 않는다.

…

노르마르카의 호수에도 오후가 찾아왔다. 나는 뻣뻣해진 다리를 일으켜 친구들에게로 걸어갔다. 송어가 올라올 거라는 생각은 접은 지 오래였다. 우리는 게으르게 누워 우듬지를 올려다보았다. 농어 생각이 났다. 일간지 〈다그블라데〉에서 일했던 전설의 편집국장 구나르 라르센(Gunar Larsen, 1900-1958. 노르웨이 기자, 작가, 번역가-옮긴이)이 생각났다. 그는 상당히 괜찮은 책도 몇 권 집필했는데, 농어 낚시를 위해 낚싯줄을 청소할 때 소설 아이디어가 떠올랐다고 말한 적이 있었다. 청소를 시작할 때는 머리가 백지였는데, 청소를 마치고 나니 소설 아이디어가 탄생하여 수정을 거쳐 이미 완성되어 있었노라고, 자기는 그냥 받아 적기만 했을 뿐이라고 말이다.

예이르와 다비드가 물건을 챙기기 시작했다. 한참 전부터 오늘은 허탕일 거라는 예감이 들었던 터라 이쯤에서 접고 집으로 돌아가자고 마음먹은 것이다. 친구들은 배낭을 메고 작별 인사를 하고 소나무 황무지를 지나 사라졌다.

…

1년 중 가장 낮이 긴 날이었다. 숲과 물에도 서서히 정적이 내려앉았다. 숲에 혼자 있으면 쓸쓸하고 무의미하다는 생각이 든다. 친구들과 같이 있다가 갑자기 혼자가 되니 기분이 더 울적했다. 말을 할 이유가 없어졌다. 입을 다물자마자 온 신경이 주변으로 향했다. 어스름이 밀려왔고 빛이 녹아들었다. 아직 풍경은 또렷했지만 오래된 사진을 보는 듯 조금씩 작은 입자로 흩어졌다.

끝자락이 물에 잠긴 바위에 걸터앉았다. 잿빛 돌, 초록 이끼, 검은 얼룩. 나무가 물에 비쳤다. 태양은 한참 전에 지평선 너머로 사라졌다. 밤이지만 하늘은 환했다. 호수 건너편 곳에서 물고기 몇 마리가 솟구쳐 올랐다. 호수 건너편에선 물고기들이 연신 물 위로 올라왔다.

…

호수로 돌출한 곳의 작은 바위 비탈에 타프를 쳤다. 한쪽 끝엔 1미터 길이의 막대를, 다른 쪽 끝엔 50센티미터의 막대를 꽂아 5월에 했듯이 사다리꼴 모양의 텐트를 만들었다. 그 안에 매트와 침낭을 펼치고 물건들을 정리했다. 내일 아침에 마실 커피 물로 쓰려고 작은 통에 물을 채웠다. 낚시 도구는 모아서 낚싯대는 분해하고 미끼는 통에 도로 집어넣었다. 불가타 가짜 미끼는 올해 처음이자 마지막으로 사용했다. 하루살이들은 1주일, 2주일 정도 숲을 날아다니다가 짝짓기를 마치고 죽어서 땅으로 떨어질 것이다. 그러니까 이 녀석들이 올해를 장식한 에페메라 불가타의 한 세대인 것이다. 그러고 나면 녀석들은 숲에서 사라질 것이다. 7월 말에 다시 내가 이 숲을 찾을 즈음에는 녀석들은 흔적도 남아 있지 않을 것이다.

튜브 치즈를 바른 크넥케브뢰를 저녁으로 먹으며 늪에 고인 물을 마셨다. 이런 물을 많이 마시면 건강에 안 좋을 수도 있겠지만 다른 대안이 없었다. 고요한 여름밤이라 빵을 씹는 소리가 크고 시끄러웠다. 숲에 요정들이 산다면 아마 지금 이 소리를 들을 것이다. 아, 또 물귀신도 있다. 호수에는 물귀신도 산다고 하지 않던가. 안개가 천천히 호수 위로 내려앉았다. 호수를 떠다니는 이탄 섬과 어우러지니 회백색의 신비한 자태가 더욱 도드라졌다. 이런 현상이 생기는 이유는 물이 공기보다 온도가 높기 때문이다. 자정이 지난 지는 오래전이고 시계는 새벽 1시를 향해 가고 있었다. 1년 중 낮이 제일 긴 날의 제일 어두운 순간. 칠흑 같은 어둠은 아니었지만 뭔가 분위기가 신비한 것이 요정과 물귀신이 진짜로 살지도 모른다는 생각이 절로 들었다.

나는 침낭으로 기어 들어가서 막스 베버를 생각했다. 그는 아마 상상도 못 했을 것이다. 제아무리 세상만사를 과학적으로 설명할 수 있고 그에 필요한 지식을 겸비했다고 해도 인간이란 여름밤 숲속 호숫가에서 하룻밤만 자고 나면 금세 세상을 신비하게 보는 존재라는 것을. 어쩌면 그것을 '세계의 재마법화'라고 할 수 있을지도 모르겠다. 비판적이고 합리적인 평소와 전혀 다른 상태가 되기 위해 우리에게 필요한 것은 얼마나 적은지, 그저 놀랄 따름이다. 타프에 누워 물을 바라보고 있자니 과학적 설명 따위란 아무 짝에도 쓸모가 없는 것 같았다. 지금 호수에서 물을 뚝뚝 흘리며 물귀신이 쓰윽 올라온다고 해도 하나도 이상할 것 같지가 않았다.

…

4시에 깼다. 사실은 2시쯤에 이상하리만치 길게 끄는 새 울음소리 때문에 한 번 깼다. 오우우우, 오우우우…… 구슬픈 울음소리가 몇 차례 이어졌다. 나는 가만히 누워 그 소리를 들었고, 신비한 분위기를 풍기며 반짝이는 고요한 호수를 바라보았다. 그러다 다시 깜빡 잠이 들었고 알람이 울려서 4시에 눈을 떴다.

벌써 날이 훤했다. 야영지 바로 옆 소나무에서 박새 부부가 새끼들을 길렀다. 심하게 큰 입구의 구멍을 보아 하니, 게을러서 큰 새의 둥지를 그냥 빌려 알을 낳은 세입자들이었다. 어제부터 죽 녀석들을 지켜보았다. 암수가 한시도 쉬지 않고 곤충과 애벌레와 지렁이와 딱정벌레를 부리에 물고 둥지를 들락거렸다. 나뭇가지에 앉으면 일단 고개를 쭉 내밀고 혹시 천적이 없나 살폈고, 그러고는 구멍으로 쏙 들어갔다가 다시 나와서 벌레를 잡으러 날아갔다. 그렇게 둘이서 하루 종일 바쁘더니 밤 10시나 되어서야 겨우 휴식에 들어갔다.

내가 새벽 4시 15분에 타프에서 나오니 녀석들은 벌써 다시 분주하게 활동 중이었다. 나무의 구멍에서 고개를 쏙 내밀고 혹시 천적이 없나 사방을 살피다가 휙 날아갔고, 잠시 후 다시 먹이를 입에 물고 돌아왔다.

나는 커피를 끓여 마시며 녀석들을 계속 지켜보았다. 이 박새 부부는 한시라도 경계를 늦추지 못하고 항상 나쁜 일을 예상해야 한다. 한 가지 일에 푹 빠져 지금이 몇 시인지, 여기가 어딘지 마음 놓고 잊어버릴 수가 없다. 그랬다가는 언제 녀석들보다 큰 새가 날아와 녀석들을 잡아먹을지 모른다. 숲에는 박새보다 몸집이 큰 동물이 많고도 많으니까.

자연에선 언제 어디서나 죽음이 도사린다. 큰 녀석은 작은 녀석을 잡아먹고 다시 자신보다 더 큰 녀석에게 잡아먹힌다. 그렇게 모든 숲의 주민들은 자신에게 주어진 먹이 사슬의 자리를 지키며 살아간다. 어젯밤 호수 동남쪽의 만에서 비버 두 마리를 보았는데 녀석들은 다른 동물들과 달리 멀티태스킹에서 완전히 해방된 것 같아서 살짝 놀랐다. 열심히 댐 공사를 하는 중이었는데 그 일에만 완전히 정신이 팔려서 옆에서 굿을 하건 말건 신경도 쓰지 않았다. 하긴 노르웨이 동부의 숲에는 비버의 천적이 없다. 이런 숲에서 감히 어떤 동물이 비버를 사냥해서 잡아먹을 수가 있을까? 한 마리도 없을 테니 비버도 공포 본능을 잃어버린 듯했다. 덕분에 녀석들은 세상을 무한 신뢰할 수 있고, 언제라도 하는 일에 집중할 수 있으며 마음 편히 열심히 일하면 무사히 그 일을 마칠 수 있다고 믿는다. 하지만 박새를 비롯한 대부분의 생명체는 그럴 수가 없다.

…

나는 타프와 낚시 장비를 꾸려 배낭에 집어넣었다. 호수는 잔잔했다. 건너편 물가에선 자욱한 안개가 내륙 쪽으로 더 밀려갔다. 해가 동쪽 산봉우리 위로 떠올랐다. 햇살에 늪지의 풀들이 다이아몬드처럼 반짝거렸다. 그 순간 나는 전환점에 서 있었다. 내일부터 자연은 방향을 바꿀 것이다. 매일매일 조금씩 낮이 짧아질 것이고 그렇게 12월 21일까지 낮의 길이를 차차 줄여갈 것이다. 올해 나의 마지막 숲 탐험 날까지.

한 해의 가장 밝은 날에는 금방 마음이 울적해질 수 있다. 순식간에 염세주의와 부정적 생각에 빠지기 쉽지만, 우리가 몸으로 느끼는 계절은 천문학적 계절이 지난 후에야 찾아오는 법이다. 산에 쌓였던 눈이 녹으면서 발생하는 홍수가 6월이 되어서야 일어나듯 태양의 열기는 7월과 8월이 되어야 제대로 느낄 수 있다. 물과 산과 땅덩어리가 데워졌다 차가워지고 다시 데워졌다 차가워져야 한다. 이 과정에 시간이 필요하다는 것은 대단한 상상력이 없어도 누구나 쉽게 이해할 수가 있는 사실이다.

5시 30분에 차에 올라 집으로 돌아왔다. 5월과 달리 마음이 차분했다. 해가 뜨면 사라지는 안개처럼 들뜬 마음이 차분하게 가라앉았

고 나는 행복했지만 담담했다. 이제 탐험의 절반은 끝냈구나! 좁은 임로를 달리면서 흡족한 마음으로 생각했다. 절반은 마쳤다. 지금까지는 무사했다. 이제부터는 점점 낮이 짧아질 것이다.

…

집으로 돌아온 다음 날 친구 타리에와 통화를 했다. 나는 한밤중에 이상한 새 울음소리가 들려서 자다가 깼다고 이야기했다. 타리에는 나보다 훨씬 많은 밤을 노르마르카에서 보낸 친구다. 그가 나더러 어디서 잤냐고 물었고 내 대답을 듣고는 갑자기 입을 다물었다. 잠시 뜸을 들이던 그가 말했다. "거기에 전설이 있는데 몰랐어?" "아니, 첨 들어보는데." 내 대답에 그가 전설을 들려주었다. "젊은 여자가 그 호수에서 아이를 잃었대. 그래서 호수를 못 떠나고 떠돈다는군." 나는 타리에에게 그런 고급 정보를 알려주어 정말 고마우며, 미리 말하지 않고 내가 집에 올 때까지 기다려주어서 무척 기쁘다고 말했다. 또 나는 무서운 이야기를 별로 좋아하지 않는다고, 예전에도 영화를 보고 나면 내 인생의 중요한 부분을 잃을까 봐 〈블레어 위치〉를 일부분 안 보았다고 말했다. 자꾸 그런 이야기를 하면 아예 숲 탐험을 접고 다른 취미를 쫓아다닐지도 모른다고, 조명 환한 실내에서 하는 취미, 스쿼시나 에어로빅이나 빙고 게임이나 와인 시음을 쫓아다닐지도 모른다고. 타리에는 킥킥대며 웃었다. 나는 그에게 말했다. "와인 시음도 좋지만 숲과는 비교할 수가 없지."

여름

{ summer }

7
월

야외 생활

숲에서, 산에서, 넓은 평원에서 혼자 있으면 건강한 자연인이 된 것 같다. 우리 안에 숨어 있던 것, 실제 우리인 것을 되찾은 기분이며, 돌아왔을 때도 세상 만물을 도시의 실내에서보다 더 신선하고 더 건강한 눈으로 보게 된다. 보라, 우리 시대가 시급히 원하는 인격은 야생에 있을 때, 고독한 숲에 있을 때, 드넓은 평원을 바라볼 때에 형성되나니.

_프리티오프 난센

마이크로 탐험의 절반을 마쳤다. 6개월은 무사히 넘겼지만 앞으로 6개월이 남았다. 1월에 처음으로 밖에서 잠을 잔 이후 나는 자주 같은 질문을 떠올렸다. 뭐 하러 이런 짓을 할까? 한 달에 하룻밤 숲에서 잔다고 해서 달라질 게 뭐라고? 숲에 있는 것이 좋고, 숲이 휴식을 주기 때문이라는 대답보다 더 그럴싸한 대답은 지금까지 떠오르지 않았다. 상쾌한 공기를 마시고 몸을 쓰고 주변을 더 큰 관심으로 바라보며 낚시를 하고 사진을 찍고 불을 피우고 한뎃잠을 잔다. 누구나 떠올릴 수 있는 뻔한 스케줄이지만 그래도 좋은 것은 좋은 것이다.

많은 노르웨이 사람들이 나처럼 생각한다. 7월은 대부분의 사람들이 겨울의 꿈을 실천에 옮기는 달이고, 따라서 1년 중 제일 많은 사람들이 텐트에서 잠을 자는 달이다. 배낭, 모기 스프레이, 침낭, 매트, 버너, 커피 냄비, 낚싯대. 노르웨이에서 의미 있는 삶을 살고 싶은 사람이라면 반드시 구비해야 할 기본 장비들이다.

원래부터 그랬던 것은 아니다. 노르웨이 사람들이 이런 생각을 하게 된 것은 나름의 역사 전통과 특수한 자연 환경 때문이다. 나는 도시를 더 좋아해서 숲으로 가지 않는 사람들을 무진 존경한다. 꼭 자연과 함께해야 더 행복하고 더 나은 인간이 된다고 생각하지 않는다. 동물학자이자 극지 탐험가 프리티오프 난센도 나와 생각이 같았다. 아르네 네스(1912-2009. 산꼭대기 오두막에서 혼자 살았던 노르웨이 철학자이자 생태학자—옮긴이)도 그랬다. 사실 내 개인적으로는 그런 표현들이 좀 지나친 과장이라고 생각한다. 더 나은 인간인지 더 못한 인간인지는 중요하지 않다. 폭이 넓은 삶을 사느냐 좁은 삶을 사느냐도 중요하지 않다. 어떻게 느끼느냐, 무엇을 해야 기쁘냐가 중요하다. 대도시에서 쇼핑을 하면서 행복을 느끼는 사람들도 많다. 반대로 숲에서 혼자 잠을 자야 의미 있는 삶을 산다고 생각하는 이들도 많다. 그리고 사실 대부분의 사람들은 그 둘 다를 좋아한다.

…

여가를 숲에서 보내는 사람들은 자신의 여가 활동이 다른 것들보다 더 가치가 높다고 생각하기 쉽다. 그래서 다른 사람들에게 자꾸만 숲에 가자고 강요를 한다. 노르웨이에선 그런 사람들의 입지가 유리하다. 전통이 뒤를 받쳐주기 때문이다. 하지만 그 전통이란 것도 알고 보면 우리가 생각하는 것보다 훨씬 역사가 짧다. 지금은 여가 시간을 자연에서 보내야 한다는 것이 지배적인 여론이지만 이런 야외 생활 역시 근대의 발명품이다. 1000년 전, 아니 불과 300년 전만 해도 사람들은 어차피 자연에서 살았다. 자연에서 태어나 자연에서 죽었다. 다른 것은 아예 알지도 못했다. 따라서 야외 생활이 일상생활의 대안이 될 것이라는 생각이 있을 리 없었다.

…

7월은 노르웨이 사람들 대부분이 대부분의 시간을 야외에서 보내는 달이다. 덥고 환한 데다 여름휴가철이다. 이미 밤이 조금 더 길어졌고 실제로 계절은 겨울을 향해 달려가지만 이곳 북방에선 여름이 절정에 이른다. 7월은 꽃이 만발하는 달이며, 연일 최고 기온을 경신하는 달이다. 산과 물도, 땅도 한 달 내내 제일 뜨겁다.

7월 초 우리 가족은 4주 예정으로 바닷가 오두막으로 떠났다. 출발하기 전까지는 연일 비가 내리더니 막상 차에 짐을 싣던 날엔 파란 하늘에 구름 한 점 없었다. 날씨는 휴가가 끝나는 날까지 내내 그렇게 화창했다. 30일 동안 햇빛이 찬란했고 바람도 불지 않았다. 이런 날씨는 처음이었다. 우리는 해안을 거닐었고 아무런 구체적인 계획 없이 하루의 문을 열었다. 어제와 오늘이 크게 다르지 않아 시간 감각도 무뎌졌고, 정신과 몸은 시간이 충분한 사람만이 가능한 리듬을 회복했다. 넉넉한 시간, 약속도 없는 여유가 몸과 마음에도 스며들었다.

7월은 5월과 정반대였다. 문명 속의 불만은 사라진 지 오래였고, 아예 문명을 입에 올리는 일조차 사라졌다. 대부분의 시간을 우리 식구 넷이서만 지냈다. 수영을 하고 낚시를 하고 고기를 굽고 보트를 타고 바다로 나갔고 소풍을 하고 친구들을 불러 아이스크림을 먹었다. 어느 날 밤, 햇볕에 탄 아이들이 옷도 벗어던지고 잠자리에 든 후 나는 노트북을 꺼내 지난겨울에 찍은 사진들을 구경했다. 기분이 이상했다. 거의 비슷비슷한 사진이 수백 장이었다. 눈, 눈에 찍힌 발자국, 고드름, 눈을 덮어쓴 나무. 내가 이것들을 찍었단 말인가? 장면들이 너무 비현실적으로 다가왔다. 그러면서도 이상하게 그 풍경에 마음이 끌렸다. 풍경에 깃든 정적과 긴장과 단호함이 내 마음을 끌어당겼다.

7월 중순부터 해안의 풍경도 서서히 달라지기 시작했다. 7월 초만 해도 찬란하던 초록에서 살짝 노랑의 숨결이 느껴졌다. 바위 해안이 대부분이고 그나마 있는 땅도 그리 비옥하지 못한 이런 지역에선 특히 변화가 빠른 법이다. 물론 비가 통 오지 않아서 그럴 수도 있겠지만 여름이 절정에 이르렀다는 사실과도 무관하지 않을 것이다. 일곱 번째 탐험까지는 아직 며칠이 남았다. 나는 혼자 이곳저곳을 거닐며 나의 숲이 지금 어떤 모습일까 궁금했다. 6월과 달라졌을까? 그곳도 노란빛을 띠고 건조할까?

그리고 며칠 후 늦은 오후, 나는 마침내 길을 나섰다. 세상을 다 가진 듯 행복했다. 혼자 보낼 7월의 하룻밤. 휴가 중의 휴가, 특권 중의 특권, 행복 한가운데 자리한 행복.

…

나의 숲속 호수로 가고 싶었다. 하지만 이번에는 다른 방향에서 접근하기로 계획을 세웠다. 미리 지도를 보고 오솔길을 몇 개 골라두었다. 내가 고른 길을 따라가면 다른 작은 호수 몇 곳을 지나가게 될 것이다. 그중 두 곳은 캠핑족이나 낚시꾼들이 많이 찾는 장소였다.

차를 세우고 배낭을 메고 걷기 시작했다. 사방이 초록으로 무성한 자갈길이 나타났다. 내 키보다 높이 자라 공기를 정화하고 지상의 생명들에게 산소를 제공하는 나무들이 그늘을 드리워주었다. 바람에 솨솨 흔들리는 거대한 수관에는 잎이 빽빽했고 그곳에 온갖 새와 곤충이 살고 있었다. 길 서쪽의 땅은 이끼가 무성했고 동쪽은 시냇물이 흘렀다. 몇 주 동안 비가 안 온 탓인지 물 흐르는 소리가 나직했다.

…

숲 안쪽으로 걸어 들어가면서 전래 동화를 수집했던 작가 페테르 크리스텐 아스비에른센을 생각했다. 아직 야외 생활이라는 말이 노르웨이 사람들의 일상어가 아니었던 19세기 초, 그는 바로 이곳에서 많은 시간을 보냈다. 그가 살던 시절엔 사람들 대부분이 야외에서 살았다. 말 그대로 실내가 아니라 실외에서 살았다. 그런데 언제부턴가 일을 하지 않는 시간을 일컬을 때 아르네 네스가 만든 '시간이 남는 생활'이라는 말을 쓰기 시작했다. 요즘 말로 하면 '여가'인 셈이고, 더 정확히 표현하자면 야외에서 보내는 여가 생활이 될 것이다.

이 전혀 새로운 방식의 자연 이해와 체류 방식을 노르웨이에 도입한 주범은 관광객들이었다. 그들 대부분은 상류층 영국인들이었다. 그들이 노르웨이에 와서 연어를 낚고 산에 오르면서 현지 사람들을 안내인이나 뱃사공으로 고용했다. 1882년에 처음 출간된 A. J. 리스(Lees)와 W. J. 클러터벅(Clutterbuck)의 여행기 『노르웨이에서 보낸 두 남자의 사흘』은 당시의 여행 풍습과 하류층 지역민을 바라보는 상류층 영국 작가들의 시선을 매력적으로 그린 작품이다.

헨리크 입센은 야외 생활이라는 말을 처음으로 사용한 사람이다. 1859년에 발표한 시 「언덕에서」에 그 말이 언급되었다. 그로부터 9년 후인 1868년에 노르웨이 등산협회가 창설되었다. 그러니까 우리가 생각하는 야외 생활이란 19세기 후반에 만들어진 발명품이다. 그러나 노르웨이 사람들이 생각하는 야외 생활이 무엇인지를 가장 또렷이 표현한, 또한 그것을 자연스러움, 진솔함, 건강, 정체성 같은 개념들과 결합했던 사람은 프리티오프 난센이었다.

흔히 생태철학자로 불리는 아르네 네스에게서도 비슷한 생각을 엿볼 수 있다.

산업 국가의 도시 생활이 짙은 그림자를 드리울수록 야외 생활의 역할은 더욱 중요해진다. 프리티오프 난센이 말했듯 야외 생활은 사실 과거 생활 방식의 재수용이다. 불과 얼마 전까지만 해도 인간은 사냥꾼과 채집꾼이었기에 평생을 자연에서 살고 자연에서 일했다. 기술과 숨 막히는 환경이 인간의 생활 방식을 좌우하게 된 것은 인류 역사의 1000분의 1도 채 안 되는 매우 짧은 기간이다.

프리티오프 난센과 아르네 네스는 예민하고 감성적인 측면도 없지 않았지만 사실 위업을 달성한 전형적인 남성 모험가들이었다. 뛰어난 표현력과 관찰력과 세계관으로 그들은 노르웨이 역사에서 확고한 위치를 확보하였다. 하지만 숲속 호수로 걸어가는 내내 나는 동화 수집가였던 페테르 크리스텐 아스비에른센을 더 많이 떠올렸다. 그가 150년도 더 이전에 지금의 나처럼 이 길을 따라 걸었기 때문이다. 그리고 그때 그의 마음은 지금의 내 마음과 놀랄 만큼 닮았다.

아스비에른센도 노르웨이 역사에서 확고한 자리를 차지한 인물이다. 특히 그는 동화 수집가로 유명하다. 하지만 그가 지금의 우리와 같은 눈으로 자연을 바라본 노르웨이 문학사의 첫 세대 작가라는 사실을 아는 사람은 그리 많지 않다. 그의 소설『노르마르크카의 하룻밤』은 이런 문장으로 시작한다.

9월의 하루처럼 투명하게 맑은 7월의 어느 날, 베룸의 언덕 위로 햇살이 쏟아졌다. 이런 숨 막히는 도시의 뜨거운 한여름에 어디선가 불어

온 가문비나무 향기가 코를 스치자 산으로, 숲으로, 시골로 가고 싶어졌다. 어서 그곳으로 달려가 강과 가문비나무의 그 상쾌한 공기를 들이마시고 싶었고 또 그래야만 했다.

우리가 야외 생활에 부여하는 온갖 가치들이 이 짧은 문장에 요약되어 있다. 여가, 자유, 명상, 원초적인 것에 근접한 상태, 우리가 시작된 곳. 이 문장의 기본 사상은 훨씬 이후에 나온 난센과 네스의 에세이와 비교해보아도 놀라울 정도로 유사점이 많다. 내가 아스비에른센의 소설을 좋아하는 이유는 난센과 네스의 글보다 먼저 나왔기 때문이기도 하지만 주로 숲을 산책한 이야기들이기 때문이다. 아스비에른센 역시 나처럼 시간이 많지 않아서 주로 마이크로 탐험을 했기 때문이다. 물론 그가 살던 시절엔 지금보다 훨씬 야생의 자연이 풍성했을 테지만 말이다.

…

7월에는 짐이 거의 없었다. 꼭 필요한 것만 작은 배낭에 넣었다. 오두막에서 2주 동안 장작을 패고 손수레를 밀고 온갖 육체노동을 하다 보니 몸이 평소보다 튼튼하고 가뿐해진 느낌이었다. 그 기분에 취해 잠시 달려보기도 했지만 금방 힘이 달려 다시 이성을 찾았다.

해변과 달리 숲은 건조하지 않았다. 모든 것이 푸르고 싱싱했고 온갖 향기를 뿜으며 약동했다. 6월과 비교해 다른 점은 한 가지뿐이었다. 풀이 더 무성했다. 어쩌면 6월엔 온통 다 짙푸르러서 보고도 예사로 넘어갔는지 모르겠다. 지금은 풀에 살짝 노란빛이 감돌아서 다른 푸른빛들 틈에서 도드라져 보였을 수 있다. 희미한 오후의 미풍에 풀이 몸을 떨면서, 잠시 쉬어 가기라도 하려는 듯 살포시 내려앉는 비스듬한 햇살을 투과시켰다.

나는 환한 빈터로 걸어가서 돌 하나를 골라 엉덩이를 붙였다. 좀 쉬면서 점심을 먹을 생각이었다. 올해 처음으로 여치가 울었다. 어쩌면 노란빛을 띠는 풀과 여치는 아무도 모르는 매듭으로 서로 연결되어 있는지도 모르겠다. 한쪽을 듣지 않고서 다른 한쪽을 본 기억이 나지 않는다. 풀이 노란빛을 띠기 시작할 무렵에야 여치도 노래를 부르기 시작한다. 여치의 울음은 늦여름의 소음이다. 이 계절도 언젠가 끝이 날 것이라는 첫 신호탄이다.

어느 해 늦여름, 문득 이제는 더 이상 여치 소리를 들을 수 없게 되었다고 느끼는 사람들이 있다. 나이가 들어 청력이 약해지면 그 고주파의 노랫소리가 들리지 않는다. 나는 우리 할머니를 생각했다. 갑자기 그 사실을 깨달았다고 말씀하시던 할머니의 모습이 지금도 기억난다. 그날 나는 난생처음으로 자연 체험이 감각의 건강에 좌우된다는 사실을 알게 되었다. "이젠 여치 소리가 안 들려"라고 할머니는 말씀하셨다. 들을 수는 없어도 자연이 여치가 울 무렵의 모습이기에 여치가 왔다는 사실을 잘 아는 사람처럼, 할머니의 목소리엔 살짝 슬픔이 깃들어 있었다. 익숙한 화면의 앞쪽으로 새로운 것이 끼어들면 우리는 상대적으로 쉽게 그 새것을 알아차린다. 하지만 늘 옆에 있던 작은 것이 화면의 배경에서 사라지면 그 사실을 잘 알아차리지 못한다. 그래도 할머니는 알아차리셨다. 늦여름 밤 테라스에 서서 중요한 것이 사라져버렸다는 사실을 깨달으셨다. 자연은 소리가 사라진 영화의 한 장면이 되었다. 할머니의 몸은 80년 세월을 사는 동안 노란 풀과 붉은 달이 보일 때는 여치 소리가 들리는 것에 익숙했다. 여치는 다시 찾아왔지만 할머니에겐 더 이상 여치가 없었다. 그러나 우리 할머니의 사연은 결국 똑같은 옛이야기들의 한 가지 버전에 불과하다. 그렇다. 세월은 가고, 모든 것엔 끝이 있는 법이다.

…

해가 서쪽 언덕 너머로 넘어갈 무렵 큰 호수를 지났다. 캠핑족들이 정말 좋아하는 장소인 데다 7월이어서 사람들이 많았다. 한눈에 봐도 나이 차이가 많이 나는 남녀 한 쌍이 야영장에 텐트를 쳤다. 엄마와 아들인지도 모르겠다. 이야기를 나누고 싶지 않아서 나는 일부러 그들을 빙 둘러 피해 갔다. 두 사람은 모닥불을 피우고 나무에 빨랫줄을 매달아놓았는데 빨랫줄 가득 옷이 걸려 있었다. 거기서 한참 동안 산 것 같았다. 어쩌면 하룻밤을 묵어도 어마어마하게 많은 옷이 필요한 사정일지도 모르겠다. 큰 나이 차이임에도 사랑에 빠져서 서로에게 예뻐 보이려고 자꾸자꾸 옷을 갈아입는지도 모르니까.

호수 동쪽으로 조금 더 걸어가다가 한 가족을 만났다. 엄마, 아빠, 어린 딸, 세 사람이었다. 호숫가를 뛰어다니는 딸을 엄마 아빠가 노심

초사하며 지켜보고 있었다. 왜가리처럼 뻣뻣한 자세로 눈을 부릅뜨고 촉각을 곤두세운 모습이었다. 물이 탁하고 호수 바닥이 질퍽거려서 걱정이 되는 것 같았다. 저 부부의 심정이 어떨지는 누구보다 내가 잘 알았다. 텐트를 친 것을 보니 오늘 밤 이곳에서 잘 생각인 모양이었다.

조금 더 가서는 어린 딸을 데리고 온 남자를 만났다. 그들도 텐트를 쳤다. 그다음엔 비몽사몽 상태로 풀밭에 누운 친구들 네 명을 만났다. 각자 하나씩 낚싯대를 옆에 두었다. 그들을 보니 라르스 소뷔에 크리스텐센의 소설 『어제』에 나오는 네 친구가 떠올랐다. 그들도 여름휴가에 노르마르크카를 걸었다.

나는 그들에게 인사를 건네고 반도 쪽으로 걸어갔다. 반도의 제일 끝에 예쁜 만이 있었고 거기에 짙푸른 물을 향해 비스듬히 놓인 바위가 하나 있었다. 나는 햇볕을 받아 따뜻해진 그 바위에 걸터앉았다. 호수를 한 바퀴 돌고 나의 숲속 호수로 가기 전에 잠시 그곳에서 아픈 다리를 쉬고 싶었다.

…

하루 종일 산들바람이 불었고 하늘엔 구름 한 점 없었다. 제비가 높이 날았고 건너편 언덕 위로는 말똥가리가 날았다.

해가 서쪽 언덕을 넘어가자 세상이 고요했다. 자연의 모든 것이 변치 않을 것만 같고 앞일을 훤히 내다볼 수 있을 것만 같은 밤이었다.

호수는 거울처럼 고요했고 나무는 말없이 하늘을 찔렀으며 동쪽 하늘은 더 어두워졌다. 이 순간과 다른 자연이 존재할 것이라고는 상상이 잘 되지 않았다.

하지만 아름다운 전원도 언젠가는 망가지기 마련이다. 건너편 물가에서 아빠가 딸에게 화를 내기 시작했다. 딸의 사진을 찍고 싶은데 딸이 말을 잘 듣지 않았던 것이다. "거기 서봐. 그래, 거기. 가만히 서 있어. 아니, 아니, 그렇게 말고!" 아빠가 소리쳤다. 잔잔한 물은 음파를 멀리 전달한다는 사실을 미처 모르는 것 같았다. 그의 목소리가 더 절실하고 집요해졌다. 딸은 아무 말도 없었다. 엄마도 별말이 없었다. 왜 꼭 사진을 찍어야 할까? 어린애들은 카메라 앞에 가만히 서 있지 못한다는 사실을 모르는 걸까? 저런 사진은 찍어봤자 억지스럽고, 모델의 표정도 찌뿌둥할 텐데.

아빠는 계속 야단을 쳤다. 소리가 점점 커졌다. 분명 캠핑은 아빠의 아이디어였을 것이다. 딸은 캠핑이란 것이 어떤 건지도 모르고 그냥 따라왔을 테고, 엄마는 아마 이런 사태를 예상했을 것이다. 남편이 저 하고 싶은 대로만 하려고 들면서 식구들에게 대장질을 해댈까 봐 걱정을 했을 것이다.

나는 그들을 쳐다보았다. 어쩌면 그냥 짜증이 나서 딸에게 화풀이를 하는 것일지도 몰랐다. 막상 캠핑을 와서 보니 집에서 생각한 대로 되지 않아서 짜증이 났을지도. 그에게서 내 모습이 보였다. 나도 저랬을지 모르겠다.

…

그나마 조금 남아 있던 전원적 분위기는 먹파리 떼가 몰려오면서 산산조각이 났다. 그날 밤 녀석들은 내 머리를 휴게소로 삼기로 작정을 한 것 같았다. 처음에는 내버려뒀다. 가만히 있으면 조금 있다가 날아가겠지, 그렇게 생각했다. 하지만 먹파리는 먹파리다. 먹파리는 애들도 아니고 휴대전화 판매상도 아니다. 먹파리에게 포기란 없다. 눈, 코, 귀를 가리지 않고 내 몸에 난 구멍이란 구멍은 다 집중 공격의 포화를 맞았다. 갔나 하면 몇 초 만에 다시 오기를 반복하는 데다 작디작아서 잘 보이지도 않았다. 손을 3초만 멈추어도 바로 공격을 재개했다. 어둠이 더 짙어지면 물러갈 테지만 그때까지 기다릴 생각을 하니 너무 괴로웠다.

나는 배낭을 둘러메고 언덕으로 올라가는 좁은 오솔길로 들어섰다. 같은 시각의 6월보다 훨씬 더 어두웠지만 그래도 헤드램프를 켤 정도는 아니었다. 언덕 꼭대기에 오른 다음에는 산등성이를 따라 걸었다. 빌베리 덤불 몇 그루를 밟았고 작은 늪을 지났다. 야영 장소에 도착하자 깜깜했다. 모닥불을 피우고 타프를 쳤고 불길이 사그라들자 물을 끼얹고 잠자리에 들었다.

…

평소처럼 일찍 일어났다. 날씨는 여전했다. 하늘은 맑고 바람은 없었다. 하지만 습기는 많아져서 타프 아래쪽이 축축했고 늪지의 풀에 걸린 거미줄에선 이슬방울이 반짝거렸다. 버너를 켜고 커피 물을 올렸다. 인생은 아름다웠다. 여기서 돌아간다 해도 우리 집 서재가 아니라 바닷가 오두막일 테니 말이다.

그날 오후 나는 오두막으로 돌아갔고 전날 중단했던 바로 그곳에서 휴가를 이어갔다. 전날과 똑같았다. 아예 자리를 비운 적이 없었던 것 같았다. 트루데와 아이들은 내가 왔는지도 몰랐다. 나는 다시 아빠와 남편의 역할로 미끄러져 들어갔다.

하루하루가 흘렀다. 나는 점점 더 오두막 인간으로 변해갔다. 걱정이 있다면 보트가 떠내려가지 않을까 하는 것이었다. 고민 끝에 보트를 감시할 수 있는 기가 막힌 장소를 발견했다. 오두막 바로 밑의 바위였는데, 나뭇잎 틈으로 작은 구멍이 생겨서 보트를 매어둔 곳이 잘 보였기 때문에 보트를 감시하면서 누워서 뒹굴뒹굴할 수도 있었다. 유일한 걱정거리도 그렇게 해결되었다.

날씨가 예상 밖으로 좋았던 것만 빼면 의외의 일은 전혀 없었다. 우리 식구도 다른 식구들도 다 그랬다. 휴가를 떠날 때는 다들 어느 정도의 기대를 품는다. 가족은 (같이 밥을 먹고 같이 놀고 등산을 하고 늦잠을 자겠다는) 집단의 기대를 품고 각자는 (나무를 깎아 의자를 만들고 상추를 심고 우주선을 제작하겠다는) 개인의 기대를 품는다. 기나긴 겨울 동안 쌓았다 허물기를 반복했던 구체적인 기대지만 정작 휴가지에 도착하는 순간 언제 그랬냐는 듯 기대는 허공으로 흩어지고 만다. 오두막 생활의 속도가 그런 구체적 소망을 허락하지 않는 듯 까맣게 잊히거나 그냥 스르르 사라져버린다. 며칠만 지나면 모두들 각자의 속도로 이리저리 돌아다닐 뿐, 원래 무엇을 하려고 했는지 통 기억을 못 한다. 누가 와서 여기 오기 전에 무슨 일을 했느냐고 묻는다면 아마 얼른 대답이 튀어나오지 않아서 생각할 시간을 달라고 했을 것이다. 일체의 시간 감각이 소실되는 시점이다. 휴가를 마치고 뒤를 돌아보면 처음 며칠은 기억이 잘 난다. 도착해서 짐을 풀고 보트를 타고 바다로 나가고 처음 그릴 파티를 하고 바다에 뛰어들어 헤엄을 쳤다. 하지만 시간이 더 흐르면 어제가 오늘 같고 오늘이 내일 같아서 도무지 기억이 나지 않는다.

시간의 흐름을 몸으로 느끼고 싶다면 자연에서 눈을 떼면 안 된다. 우리가 도착했을 때가 7월 초였다. 초여름이었고 온 세상이 푸르렀다. 빌베리가 익더니 곧바로 라즈베리가 익었고, 대서양고등어가 해안으로 다가오더니 동갈치에게 바통을 넘겼다. 열대 물고기처럼 이상하게 생긴 그 기다란 은색 물고기 말이다. 밤이면 물속에서 청어를 쫓아다니는 동갈치가 보였다. 동에 번쩍 서에 번쩍, 녀석은 늘 분주했다. 그 무렵이면 알에서 깨어난 갈매기 새끼들이 첫 비행길에 나섰다. 처음에는 조심조심 오두막 위를 떠다니지만 금세 평생을 하늘에서 보낸 녀석들처럼 대담한 모습으로 하늘을 갈랐다. 꽃이 만발했다. 제비 새끼들은 여전히 부모의 보살핌을 받으며 옹기종기 모여 있었지만 하루가 다르게 쑥쑥 자랐고, 부모는 점점 새끼들에게 신경을 덜 썼다. 작은 바위섬 틈새에서 자라는 푸른 풀들이 서서히 누런빛을 띠었다.

이 모든 일이 너무나 천천히 일어났기에 우리는 전혀 알아차리지 못하다가 어느 날 문득 저 아래쪽에 초록보다 노랑과 빨강이 더 많다는 사실을 깨닫고 저게 언제부터 저랬을까 곰곰이 생각에 잠겼다. 마가목은 특유의 오렌지색으로 변했고, 저 아래 남쪽에선 주렁주렁 매달려 익은 노간주나무 열매가 눈에 들어왔다. 아침 이슬이 보석처럼 반짝거렸다. 이제는 늦여름이구나! 이런 생각이 들면 문득 서글펐다.

휴가가 끝나갈 무렵의 어느 날 밤에 나는 보트를 지켜보던 그 바위로 내려갔다. 밤 10시쯤이었다. 어쩌면 10시 반이나 11시였을지도 모르겠다. 물이 고요해서 보트는 묶지 않았더라도 가만히 제자리에 있었을 것이다. 어두웠지만 이곳에 처음 왔을 무렵과는 다른 어둠이었다. 더 빨리 찾아왔을 뿐 아니라 농도도 더 짙었다. 그것 역시 누렇게 바랜 풀과 긴 그림자처럼 늦여름이 왔다는 또렷한 신호였다. 여치는 목숨을 걸고 울었다. 나는 작년과 똑같은 다짐을 했다. 집에 가면 여치 책을 사서 왜 우는지, 초여름에는 어디에 숨어 있다가 이제야 나타나는지 찾아봐야지. 7월의 끝자락에 그 바위에 서 있을 때는 여치에 관한 책을 사는 것이 너무나 당연한 듯 보였지만, 작년에도 똑같은 생각을 하고서 책을 사지 않았다. 집에 도착하자마자 여치 따위는 까맣게 잊고 살다가 다시 한 해를 넘기고 올해가 되어서야 겨우 다시 여치를 떠올렸다. 다른 곤충들도 같은 운명을 겪는다. 우리가 이곳에서 보낸 짧은 몇 주 동안만 내 관심을 끌었다. 온갖 곤충들이 목적도 없이 비틀비틀 돌아다니면서 가을을 예고했다. 그중 제일은 역시 나방이었다. 밤이 되면 녀석들이 빛을 향해 달려왔다. 달리 어쩔 도리가 없었을 것이다. 유전자에 깊이 뿌리박힌 무언가가 녀석들에게 소리쳐 대니까. 나방아! 빛을 향해 날아가! 쉬지 말고 달려들어! 밤새 그렇게 미친 듯 돌진을 해대니 아침이 되면 온 나방들이 지쳐 너부러져서 꼼짝도 못하고 오두막 벽에 달라붙어 있다가 시간이 좀 지나 겨우 정신이 들면 날개를 펴고 수풀이나 덤불로 비틀대며 날아갔다.

그러다 마침내 보름달이 떴다. 저번 달보다 더 노란빛을 띠었고, 다가올 날들을 생각하니 문득 가을이 그리워졌다.

하지만 일단은 남은 여름을 즐기고 싶었다. 여름이 더 오래 머물기를 바랐고, 가능하다면 이 여름이 가기 전에 다시 한 번 오두막으로 오고 싶었다. 그러나 짐을 꾸려 집으로 달려와 우편물을 확인하고 잔디를 깎고, 아이들이 그새 까먹었던 놀이를 다시 시작하고 나자 나는 생각이 났다. 아차! 보트를 안에 들여놓아야 하는데 잊고 온 것 같아!

8
월

유산

상당히 젊은 나이에 이곳에 처음 왔다. 그 후로도 여러 번 이곳을 다시 찾았다. 대부분은 상상 속이었다. 다툼이 있을 때나 잠 못 드는 밤이면 나는 눈에 잘 띄지 않는 오솔길을 걸어 아무도 모르는 빈터와 고요한 숲속 호수로 가는 나를 상상했다. 사람이라고는 그림자도 없지만 생명이 넘쳐나는 곳. 새와 곤충이 우글대고 여름 숲의 소음이 귀를 찢는 곳. 말벌과 파리가 붕붕 날고, 하늘을 나는 보석처럼 커다란 자줏빛 딱정벌레가 우중충한 나무줄기 사이를 가르며 부글대는 웅덩이와 습곡 위를 떠다니는 곳. 분명 그곳에 신비한 분위기의 늙은 고라니 한 마리가 서서 짙푸른 잡목을 우물우물 씹고 있을 것이다. 큰 새의 꿀럭대는 울음소리가 멀리멀리 메아리칠 것이다. 여름은 가을로 기울어 시든 바늘꽃에 서리가 내리고 첫 얼음이 얼었을 것이다. 나는 그 모든 광경을 또렷이 볼 수 있었다. 이른, 정말로 이른 겨울 아침에 그 숲에 내리는 눈. 봄을 반기며 졸졸 흐르는 시냇물 소리. 구애 춤을 추는 뇌조. 나는 침대에 누워 생각했다. 나이를 먹으면 그곳으로 가리라. 혼자서, 절대 누구랑도 아닌 혼자서.

_ 잉바르 암뵈른센(Ingvar Ambørnsen), 『밤은 낮을 꿈꾼다』

기억에 남은 것이 너무 적어서 깜짝 놀랄 때가 많다. 물론 어느 때 무엇을 했고 어디에서 살았는지, 어디서 공부를 했고 어디로 여행을 갔으며 어디로 이사를 했고 거기서 무슨 일을 했다는 것쯤은 문제없이 재구성할 수 있다. 그 모든 경험들이 내 머리에 잘 저장이 되어 있지만, 놀랍게도 선명한 기억은 무척 적다. 더구나 감정이나 분위기가 같이 연상되는 경우는 더욱 드물다. 그래서 그런 경험들을 떠올릴 때는 내 인생의 이력서를 쓰는 기분이고 떠올릴 때마다 매번 새로운 기분에 젖지도 않는다.

하지만 세월이 흐르지 않은 것마냥 그 일을 경험한 그날처럼 생생한 순간이, 장면이 있다. 어쩌면 그것이 진짜 기억일지 모르겠다. 진짜 기억이란 과거의 단순한 저장과 달리 한 사람에게 특별한 의미가 있고, 그 사람의 인생에 결정적인 영향을 미친 과거의 순간들이다. 그리고 그런 기억이야말로 우리가 마음 깊은 곳에서는 어떤 사람이며 어떤 사람이 되기를 바라는지를 알려준다고 생각한다. 그런 기억은 절대 의지로 불러낼 수 없다. 전혀 예상치 못했던 순간에 불현듯 떠오른다. 나의 경우 예외 없이 자연과 관련된 감각 경험이 그런 기억을 떠올린다.

…

여름휴가가 끝났다. 우리는 해변과 바위와 보트와 갈매기에게 작별을 고하고 일상이 기다리는 집으로 돌아왔다. 7월 초에 휴가의 더딘 리듬에 적응하기까지는 온전히 1주일이 걸렸지만 일상의 속도에 다시 적응하는 데에는 딱 하루면 충분했다. 균형은 회복되었고 서글프던 마음도 금세 털어버렸다. 여름이 괴로웠던 것은 아니다. 더 오래 여름을 붙들고 싶었다. 그래도 나는 다시 열정을 다해 8월의 탐험 계획에 매진하였다. 이제 금방 자연이 달라질 테니까.

밤이 되면 제법 쌀쌀했다. 어둠도 달랐다. 한여름에 비해 훨씬 어둠이 농밀하고 진했다. 달은 크고 환했다. 초록은 노랑과 빨강에 자리를 내주었고 습기를 머금은 상쾌한 대기는 메말라갔다.

...

여름 내내 아들이 숲에 데리고 가달라고 졸랐다. 1월부터 탐험을 했으니 아이도 당연히 내 장비를 제 눈으로 확인했고 나한테서 여우와 고라니 이야기도 들었다. 아들은 다섯 살이었다. 그리고 다섯 살배기가 다 그렇듯 실제 능력과 자기가 감당할 수 있다고 믿는 능력의 격차가 무지막지했다.

자기가 무척 용감하고 씩씩하다고 생각했지만 우리 아들은 특별히 용감하거나 끈기가 있는 아이가 아니었다. 그래서 나는 아이를 보호하는 차원에서 내년에 여섯 살이 되면 그때 데리고 가겠다고 달랬다.

하지만 다섯 살배기에게 그건 아무 짝에도 쓸모없는 대답이다. 내년에 데려가겠다는 말은 절대로 안 데려가겠다는 말과 같다. 내년은 내세와 같은 것, 자기랑 아무 상관 없는 것, 참을 수 없는 추상적 개념이었다. 결국 나는 아이의 소원을 들어주기로 했고, 개학을 한 첫 주말에 우리는 함께 쪼그리고 앉아서 지도를 들여다보았다.

토요일 새벽이었다. 여자들은 아직 자고 있었다. 아들은 베름으로 가고 싶다고 말했다. 친구가 거기로 이사를 갔다고 했다. 나는 그곳도 좋지만 거기는 다음번에 가자고 설득했다. "오늘은 노르마르크카로 갈 거야. 송스반 호수 옆에 있는 그 숲 말이야. 유치원에서 소풍도 몇 번 갔었잖아."

나는 큰 배낭을 꾸렸고 아들은 작은 자기 배낭을 꾸렸다. 우리는 부엌 식탁에 쪽지 한 장을 남겼다. 물론 여자들은 우리가 언제 출발하며 어디로 가서 얼마나 있다 올 것인지 다 알았다. 하지만 쪽지를 남기니까 왠지 대단한 일을 하러 가는 사람들 같은 기분이 들었다. 새벽에 탐험을 떠나면서 쪽지를 남겨 집에 남은 가족을 안심시키는 두 남자! 괜히 으쓱했다.

우리는 차에 올라 시내를 빠져나갔다. 뒷좌석에서 아들이 어디로 가냐고 물었다. 나는 호수와 그 호수로 가는 길을 설명했다. 백미러로 슬쩍 보니 아이는 어느새 잠이 들었다.

내 어릴 적 기억은 거의 모두가 새벽이나 늦은 밤의 것이고, 그 모든 기억에는 냄새가 곁든다. 그래서 지금도 코로 들이마신 향기가 가장 강렬한 기억을 불러온다. 기억의 냄새와 닮은 냄새를 들이마시는 순간 놀랍도록 또렷한 기억이 불쑥 치밀어 오른다. 그럼 나는 예전 그곳으로 돌아가고 순식간에 그 순간의 모든 것이 되돌아와서 그때 느꼈던 감정을 그대로 불러낸다. 내가 일부러 '감정'이라는 말을 쓴 이유는 그런 기억은 생각과는 전혀 관련이 없기 때문이다. 기억은 정말로 말이 필요 없는 감정이다. 아주 잠깐, 정말 짧은 순간 머물렀다 이내 다시 사라지지만, 설사 사라졌다 해도 그 경험이 지워지는 것이 아니라 몸이 느끼는 기억만이 사그라지는 것이다. 코로 숨을 한 번 더 들이쉬면 나는 그 향기를 인식하게 되고, 그러면 그 향기는 더 이상 내 마음을 흔들지 못한다. 더 이상은 그 상태로 되돌아갈 수가 없다. 기억은 같은 방식으로 떠오르지 않는다. 의도적으로 불러내지 못한다. 바로 그것이 이런 기억의 가장 또렷하고 가장 강력한 특징이다. 기억은 예기치 못한 순간 불쑥 왔다가 다시 불쑥 가버린다.

...

한 시간을 달리니 목적지가 가까웠다. 나는 길가에 차를 세우고 아들을 깨웠다. 아이가 눈을 뜨더니 당황한 표정으로 둘레둘레 살폈다. 여기가 어디인지, 왜 여기로 왔는지 도통 모르겠다는 표정이었다. 나는 아이에게 다 왔다고 설명했다. 이제부터는 걸어서 가야 한다고.

"베룸에 왔어요?" 아이가 물었다.

"아니, 노르마르카야." 내가 대답했다.

아침에 지도를 열심히 살폈기 때문에 준비가 완벽하다고 생각했다. 미리 적당한 장소도 찾아두었다. 나는 아이에게 뭐든 억지로 시켜야 한다고 생각하는 종류의 아빠가 아니다. 그럴 만한 위인도 못 된다. 그래서 나중에 우리 아이들이 자라서 프로 축구 선수나 국립극단

배우가 못 되었다는 사실에 실망하여 나한테 원망을 할지도 모르겠다. 시간이 촉박한데 아이들이 꼼지락거려서 얀 볼스루드를 들먹일 때만 빼면 나는 아이들에게 무슨 일도 강요하지 않는다. 또 아이들은 자연을 자주 접해야 훌륭한 사람이 된다고 믿는 아빠도 아니다. 사람들이 그런 주장을 늘어놓을 때, 또는 네 살짜리 아이가 2킬로미터나 되는 길을 불평 한마디 없이 스키를 신고 달렸다고 자랑하는 소셜 미디어의 글을 읽을 때면 괜스레 마음이 울적하고 서글퍼진다. 그런 주장이 옳지 않기 때문이다. 그런 글이나 말은 그저 가족은 어때야 한다는 고정 관념에 사로잡혀 그렇게 되기 위해 필사적으로 애쓰는 가족들이 많다는 소리일 뿐이다. 튼튼하고 의지가 강하며 똘똘 뭉치는 가족이 올바른 가족이라는 고정 관념 말이다.

우리는 그런 가족이 아니다. 우리가 뭉치는 때는 여름휴가철 오두막에서 고기를 구워 먹거나 근처 숲에서 수영을 하거나 산딸기를 딸 때가 전부다. 게다가 아이를 데리고 너무 깊은 숲속으로 들어가면 문제가 생길 수도 있다. 아이가 지치고 어둠이 무서워서 안 걸어가겠다고 울고 떼를 쓰면 결국 차가 있는 곳까지 내가 아이를 업고 와야 한다.

그래서 나는 주차한 장소에서 멀지 않은 작은 호수를 선택했다. 2킬로, 기껏해야 3킬로미터 거리이고 길도 평지였다. 우리는 마지막으로 지도를 한 번 더 살피고 배낭을 둘러멘 후 출발했다.

"이제 탐험 시작하는 거야. 준비 됐지?" 내가 물었다.

"준비 됐어요." 아들이 대답했다.

…

8월의 앞자락은 7월의 끝자락과 같았다. 덥고 건조했으며 자연은 하루가 다르게 물이 들었다. 며칠 전 큰비가 내렸다. 갑자기 기온이 떨어졌고 4월부터 느낄 수 없었던 상쾌한 기운이 대기에 섞여 들었다. 아들과 나는 나란히 숲길을 걸었다. 자갈길을 빠져나와 목적지 호수로 향하는 오솔길로 접어들었다. 여전히 시간은 일렀고 우리는 여유만만이었다. 아이가 차를 타고 오면서 꾸었던 꿈 이야기를 들려주었다. 낚시 미끼로 쓰려고 가져온 지렁이를 저녁밥으로 먹었다고 했다. 그런데 갑자기 칼처럼 생긴 나무 막대를 하나 찾았는데 금방 또 칼처럼 생긴 나무 막대를 하나 더 찾았고, 살펴보니 온 사방에 나무 막대가 널려 있는데 다 칼처럼 생겼다고 했다.

길가에 빨간 칼루나 꽃이 만발했다. 빌베리와 라즈베리 열매는 말라 쭈글쭈글했다. 아들이 병뚜껑 두 개를 주워 기분 좋게 호주머니에 넣었다. 그러고는 좀 힘들다고 말했다. 그 말과 동시에 길이 뭔가 이상하다는 생각이 들었다. 우리는 걸음을 멈추고 지도를 살폈다. 지역은 맞는데 뭔가가 이상했다. 한참을 살핀 후 결국 길을 잘못 들었다는 결론을 내렸다. 2킬로미터 간격을 두고 거의 비슷한 오솔길이 두 개가 있었는데 우리가 잘못 고른 것이다. 이 길은 아무리 걸어도 호수가 안 나온다. 혹시 야영을 할 만한 물가가 있나 부지런히 살폈지만 아무리 걸어도 지형은 비슷했고 길도 계속 오르막이었다. 하다못해 분지도 없었고 물도 없었다.

"길을 잘못 들었네." 내가 말했다. 그 말을 뱉는 순간 나의 단어 선택이 잘못되었다는 사실을 깨달았다. 아들의 얼굴에 놀라움과 불신과 공포가 뒤섞인 표정이 떠올랐다. 아이는 TV 만화 영화에서 길을 잘못 든 사람을 수백 명은 더 보았을 것이다. 물론 다 해피엔딩이었겠지만 그 전에 주인공은 수많은 도전을 받았을 것이고 때로 불을 뿜는 용과도 싸워야 했을 것이다.

아이의 눈빛에서 근심이 점점 짙어졌다. 나는 얼른 선수를 쳤다. "걱정하지 마. 왔던 길을 되돌아가면 되니까. 그리고 지금까지 많이 걸었으니까 이제부터는 아빠 목말 타고 가자."

어깨에 태우니 아이의 공포도 사라졌다. 아이는 목말을 타고 나무 막대를 칼 삼아 휘둘렀다. 아이가 큰 소리로 외쳤다. 나는 무서울 것 없는 기사다. 그리고 나는 기사를 태운 말이 되었다. 가자! 돌격! 용감한 기사 돈키호테가 로시난테를 타고 달렸다. 로시난테는 짐이 너무 무거워 인대가 끊어지고 연골이 닳을까 봐 조마조마했지만 기사는 용맹하게 전진했다. 기사만 좋으면 됐지 뭐.

...

마침내 목적지에 도착하자 나는 지쳐 널브러졌다. 일단 가지고 온 돔 텐트를 쳤다. 폴대를 고정한 후 곧바로 칼루나 수풀로 벌러덩 나자빠지면서 아들에게 말뚝을 박고 배낭을 풀어서 정리하라고 시켰다. 아이는 내가 시킨 숙제를 차근차근 다 했다. 큰 돌로 말뚝을 박았고 배낭에서 물건을 하나하나 꺼내 텐트로 들고 가서 가지런히 놓았다.

나는 누워 아이를 가만히 바라보며 어릴 적 아버지와 같이 갔던 야영을 떠올렸다. 자주 가지는 못했고 서너 번이었던 것 같은데 정확한 횟수는 기억이 잘 나지 않았다. 나는 낚시를 무척 좋아했지만 아버지는 가만히 앉아 기다리는 것을 잘 못했다. 그래도 우리는 갈 때마다 낚시를 했다. 우리 텐트가 기억난다. 빛바랜 초록 면 텐트였는데 습기를 모조리 빨아들였다. 정말 최악의 텐트였지만 아버지는 성능이 아주 좋다고 생각해서 절대로 새것으로 바꾸지 않았다.

…

노르마르카의 호수에 오후가 찾아왔다. 밥을 먹고 게임도 하고 걷기도 하고 나무를 조각하기도 했다. 저 아래 물가로 내려가서 낚싯바늘에 지렁이를 매달아 낚싯대를 던졌다. 그리고 텐트에 누워 휴식을 취했다.

아들이 다시 물가로 가서 물고기가 물었는지 보고 싶다고 말했다. 나는 좋은 생각이라고 칭찬했다. 한참 전에 낚싯대를 던졌으니까 지금쯤이면 물고기가 물었을지도 모른다고. 농어나 송어가 걸렸을지도 모른다고. 나는 텐트에 누워 보고 있을 테니까 혼자 가서 보고 오라고. 아들은 대답하지 않았지만 우리의 마음이 통했다고 생각하는 것 같았다. 아이가 몸을 돌려 칼루나 수풀 사이로 걸어갔다. 그 걸음이 아침에 어린이집에 갈 때처럼 억지로 발길을 떼어놓거나 쭈뼛대지 않았고, 마트에서 집으로 올 때처럼 목표도 없이 우왕좌왕하지도 않았다. 아이의 동작은 전과 달랐다. 확신에 차 있었고 자부심이 넘쳤다. 아이의 몸은, 채 1미터도 안 되는 이 금발의 아이는 스스로를 대단하다고, 전보다 더 대단해졌다고 느끼는 꼬마의 모습이었다. 아이는 허리를 굽혀 물에서 낚싯대를 꺼내서 조심스레 줄을 말더니 지렁이를 살펴보고는 다시 줄을 던지고 낚싯대를 내려놓고 돌로 잘 받쳐 놓았다.

그 모든 장면을 텐트 입구에 누워 쳐다보면서 나는 여기서 아들을 쳐다보고 있으니 기분이 참 묘하다는 생각을 했다. 하지만 그게 맞았다. 그게 정상이었다. 이제 점점 아이는 내가 없는 곳에서 더 많은 시간을 보낼 것이다. 지금처럼 늘 곁에서 아이를 지켜볼 수 없을 것이다. 아이는 다섯 살이고 나는 마흔둘인 지금, 노르마르크카의 텐트 안에서 하듯.

7시가 되자 아이가 졸리다고 했다. 피곤하기도 했지만 침낭에 누워보고 싶었던 것이다. 아이는 작은 파란색 테디 베어 한 마리와 『101마리 달마시안』을 들고 왔다. 반전이 많은 책이었다. 우리는 그 책을 네댓 번 읽었다. 아이는 또 읽겠다고 했지만 나는 싫다고 하고 대신 노래를 불러주겠다고 했다. 노래를 중간까지 부르기도 전에 아이는 잠이 들었다. 무척 고단한 하루였을 것이다. 많이 걷기도 걸었지만 무엇보다 낯선 경험과 인상을 소화하기가 힘에 부쳤을 것이다.

...

나는 밖으로 나가 텐트 앞에 앉았다. 아이를 볼 수 있게 텐트를 살짝 열어놓았다. 내 나이가 되면 아이는 오늘을 나와는 다르게 기억할 것이다. 나에게 오늘은 수많은 여정 중 하루였다. 나는 그동안 많은 경험을 했고 그 모든 경험을 정리 정돈하여 머릿속 파일에 착착 집어넣을 수 있다. 하지만 아이는 달랐다. 아이의 머릿속은 가구가 없는 방과 같았다. 오늘의 등반은 무언의 직관적 인식 활동이었다. 아들은 우리가 어디에 있는지도 몰랐다.

그렇게 밖에 앉아 있으려니 내가 아들과 같은 상황이었을 때가 까마득한 옛일처럼 느껴졌다. 처음 가보는 곳으로 어른과 함께 한 등반.

나는 좁은 나무 침상에 깔린 침낭 안에 누워 있다. 가을이다. 9월 아니면 10월. 오두막엔 전기도 안 들어오고 외풍도 세다. 나는 습기의 흔적을 머금었지만 바람과 벽난로의 열기에 바짝 마른 잿빛 벽을 쳐다보고 있다. 밤이다. 아이는 나 혼자뿐이다. 방 안에서 두런두런 어른들 말소리가 들린다. 문은 빼끔 열어놓았다. 석유 등잔의 따스한 불빛이 나무 벽 위에서 펄럭거린다. 바람이 휘파람 소리를 내며 불어온다. 바깥의 공기는 차갑고 놀랄 만큼 상쾌하다. 한 번도 이런 오두막 속 공기를 느껴본 적이 없다. 몇백 년 전부터 이 안에 있었던 것마냥 공기가 예스럽다.

진짜 산에, 이렇게 수목 한계선 위까지 올라온 적은 난생처음이다. 그래서 이 순간이 뭔가 특별한 일처럼 느껴진다. 어른들은 하루 종일

여기가 얼마나 멋진지 큰 소리로 외쳐댔다. 그러느라 정말로 하나 마나 한 미사여구를 계속 늘어놓았지만 정작 이렇게 나무 침상에 누운 나는 아무도 모르고 나만 아는 경험을 하고 있다.

다음 날 아침에 일어나 밖으로 나가다가 문지방 대용인 석판을 밟는다. 크고 납작하며 초록색 이끼로 뒤덮인 돌, 꺼칠꺼칠하고 차가운 감촉이 맨발에 닿는다. 나의 가장 강렬한 기억은 이 순간과 하나다. 그날 아침 처음으로 들이켠 상쾌한 공기, 산과 가을과 습기. 70년대에 오두막 화장실에서 사용했던 파란색 방부액에서 흘러나온 것이라 생각되는 냄새가 거기에 섞여 든다. 아마 버드나무 수풀과 오두막 바로 밑을 흐르던 차가운 물과 당시엔 미처 몰랐던 몇 가지도 그 냄새의 원인이었을지 모르겠다. 1977년 아니면 1978년의 그날 아침에 들이마신 첫 숨. 그와 비슷한 냄새를 맡을 때마다 나는 두 번 다시 간 적 없는 그 작은 산속 오두막으로 어느새 돌아가 있었다.

…

밖에 앉아 있으려니 남쪽에서 먹구름이 호수 위로 몰려왔다. 수면은 여전히 잿빛이고 고요했지만 이제 곧 달라질 것이다. 밤새 바람이 불고 비가 올 것이라는 일기 예보가 있었다. 아니나 다를까 채 30분도 못 가 돌풍이 불었다. 그 돌풍으로 호수의 수면에 V자 모양의 작은 파동이 일더니 놀라운 속도로 퍼져나갔다. 어릴 적엔 그런 물결을 보면 물고기가 수면 바로 밑에서 움직이는 것이라고 생각했다. 그래서 돌을 던졌지만 한 번도 제대로 맞힌 적은 없었다. 바람이 그렇게 한정된 곳에서 뚜렷한 윤곽을 그리며 작게 불 수 있다고 생각할 수가 없었다. 지금은 그게 가능하다는 것을 안다. 이 작은 돌풍은 큰 대기의 움직임을 이끌고 올 선봉대다.

쌀쌀했다. 나는 모자와 재킷을 텐트에서 꺼내 걸쳐 입고 기다렸다. "나는 물에서 바람의 형태를 본다." 『말도둑 놀이』에서 퍼 페터슨은 말했다.

10시가 되자 어두웠다. 파도가 호숫가 돌을 때렸다. 춥고 피곤했다. 비에 꺼질까 봐 가문비나무 가지 몇 개를 꺾어 모닥불을 가렸다. 그리고 물건을 전부 텐트 안으로 들였다. 정리를 하고 치우고 내일 입을 옷을 꺼냈다. 플리스 티셔츠, 레깅스, 방수 바지와 방수 재킷. 아침도 미리 준비해두었다. 내가 마실 커피 물과 아이가 마실 요구르트.

...

평소처럼 아들이 먼저 일어났다. 아이는 얼마 안 되는 평생 동안 6시 넘어 일어난 적이 없었다. 밤에 아무리 늦게 자도 아침이면 6시 전에 눈을 떴다. 몇 번이나 조금 더 자라고 말해보았지만 그때마다 아이는 자기가 그렇게 일찍 일어나는 것은 자기 잘못이 아니라고 대답했고, 그럼 나도 딱히 반박할 말이 없었다.

아이가 팔꿈치에 힘을 주고 상체를 일으켜 침낭 너머를 쳐다보았다. 휘둥그레진 눈, 햇볕에 그을린 매끈한 피부. 이번에도 아이는 여기가 어딘지 깨닫기까지 조금 시간이 필요했다. 마침내 상황 파악이 되었는지 놀란 표정으로 텐트 천장을 쳐다보았다. 아마 이 시끄러운 소리가 저기 위쪽에서 나는 소리일까 속으로 묻는 것 같았다. 내가 말했다. “비가 와. 이제부터 무엇을 할지 차근차근 계획을 세워야 해.”

…

비가 내린다는 것은 모든 일을 제때에 순서대로 처리해야 한다는 뜻이다. 우리는 아침을 먹고 짐을 꾸린 후 방수 옷을 껴입고 쓰레기를 치웠다. 그리고 밖으로 나갔다. 이제 텐트만 접으면 되었다. 그 일은 같이 했다. 아이는 텐트 줄을, 나는 폴대를 맡았다. 우리는 텐트를 접어 내 배낭 덮개 밑에 넣었다. 그리고 출발했다.

비가 퍼부었다. 주차장까지 절반도 못 가 온몸이 홀딱 젖었다. 아이가 또 힘들다고 했다. 이번에도 목말을 태워주겠다고 하자 다시 기운을 차렸다.

배낭 무게가 25킬로, 아이가 배낭과 입은 옷을 합쳐 20킬로그램이었다. 그러니까 내 어깨에 45킬로그램의 짐이 얹혔다. 옷은 완전히 젖었고 등산화는 물이 들어가 철벅거렸다. 이 모든 짐을 진 채 젖은 숲길을 걸었다. 나 같은 책상머리 샌님이 말이다. 하지만 이 순간만큼은 힘이 불끈 솟았다. 피곤을 모르는 강철맨이 된 기분이었다.

나는 숲에 뜬 방주였다. 따뜻한 비가 조용히 하늘에서 떨어졌다. 나무에서 무럭무럭 김이 솟았다. 차를 세워둔 곳이 가까웠다. 오두막과 경작지를 지나갔다. 길옆으로 널빤지 울타리가 둘러쳐져 있었다. 갑자기 나무 사이로 뭔가 움직였다. 100미터쯤 떨어진 곳에서 회갈색의 건장한 몸이 눈에 띄었다. 나는 걸음을 멈추고 조용히 그쪽으로 다가갔다.

"고라니야." 내가 속삭이며 허리를 굽혀 아이를 땅에 내려놓았다. 그러고는 나무를 가리키며 아이에게 조용히 하라는 신호를 보냈다. 아이가 홀린 듯 그쪽을 쳐다보았다. 그러더니 휙 몸을 돌려 크고 낭랑한 목소리로 말했다.

"아빠, 저 말 보라고?"

9
월

숲속 야영지

이 세상 그 무엇도 빛나는 이 청명한 가을날과 비교할 수는 없었다. (…) 나는 마음 가는 대로 걸었다. 서두를 일이란 없었다. 앉아서 담배 한 대 피우고 싶으면 그렇게 했다. 먼 산등성이로 오르고 싶으면 올라서 너머에 무엇이 있는지 살폈다. 밤이 찾아오면 꼬챙이에 고기를 꿰어 구워 먹고 그 자리에서 잠을 잤다.

_헬게 잉스타드, 『야생의 삶』

가을은 9월 18일 수요일 새벽에 찾아왔다. 아침에 우편함의 신문을 가지러 밖으로 나갔을 때 그 사실을 깨달았다. 이런 일상의 행위가 얼마나 감동적인 자연 체험이 될 수 있는지, 사람들을 잘 모르는 것 같다. 아직 잠이 덜 깬 몽롱한 상태로 문을 열고 밖으로 발을 내딛는 순간 공기가 잠을 깨운다. 혹은 자연이. 겨울에는 눈이, 여름에는 지저귀는 새소리가. 그 9월의 수요일 아침에는 비가 잠을 깨웠다. 차갑고 굵은 빗방울이 남쪽에서 비스듬한 방향으로 얼굴을 때렸고 도로가의 우편함에서 신문을 집어 자갈길을 걸어오는 동안 노란 낙엽이 어깨에 내려앉았다. 가을이구나! 나의 뇌가 말했다. 어쩌면 내 몸도 똑같이 말했는지 모른다. 나는 걸음을 멈추고 차가운 공기와 썩어가는 식물, 온갖 것들에서 풍겨 나온 우리 집 정원의 냄새를 들이마셨다. 그런데 이건 벽난로 불 냄새? 이웃집에서 벽난로를 피운 것 같았다. 내내 이 순간만을 기다리다가 드디어 오늘 아침 불을 지핀 것이다.

사흘 후 추분에 나는 숲으로 들어갔다. 숲속이 어떻게 변했을까 무척 궁금했다. 물론 트루데는 속이 아니라 밖이라고 부르지만. 그러니까 세상만사는 관점의 문제인 것이다. 나는 혼자였고 그 혼자만의 시간을 음미했다. 이번에는 그 야영지로 가고 싶었다. 남은 네 번의 밤을 모두 그곳에서 보내자고 마음먹었다. 무슨 특별한 계획이나 꼭 보고 싶은 것이 있는 것도 아니었고 약속이나 스케줄이 있는 것도, 동행이 있는 것도 아니었다. 그저 그곳에서 남은 여정을 마무리하고 싶었다.

저번에 갔던 그 언덕을 올랐고 같은 강과 같은 호수를 지났으며 같은 임로를 걸었다. 예전에 몇 번 왔었다는 사실이 거슬리기는커녕 더욱 흥미를 돋웠다. 몇 번 왔다고 벌써 눈에 익어서 어디에 뭐가 있는지 훤했다. 커브를 돌 때마다 눈에 익은 장면이 나타났다. 불퉁한 바위 등이나 특이하게 휘어진 강, 이제 다시 자연의 품으로 돌아간 낡은 목재 창고. 그리고 나무들. 사방의 나무들이 지난번에 오가며 보았던 나무들이었다. 물론 모습은 지난번과 많이 달랐다.

나는 유난히 크고 삐쩍 마른 나무 두 그루를 지나갔다. 땅에 영양도 많고 물도 많고 햇볕도 잘 들어서 성장 조건이 워낙 좋다 보니 친구들과 달리 빠르게 성장한 것 같았다. 한 그루는 소나무였고 다른 한 그루는 자작나무였다. 2월에는 상고대에 덮여서 파란 하늘을 배경으로 유난히 반짝였다. 지금은 하늘에 구름이 자욱했다. 소나무는 여전했지만 자작나무는 많이 달라졌다.

처음 보는 것들도 많았다. 6월과 8월에는 이곳으로 오지 않았고 7월에는 다른 길을 택해 숲으로 들어갔기 때문이었다.

5월에는 이 자작나무가 막 고개를 내민 여린 잎들로 가득했다. 지금은 초록의 색깔이 많이 바랬다. 노랗게 변한 것도 있었고 아예 떨어진 것도 많았다. 나무가 겨울을 나기 위해 잎에서 서서히 엽록소를 뽑아내버린 것이다. 나무는 그 양분을 줄기나 뿌리에 저장해두었다가 기온이 영하로 떨어지면 그것으로 추위를 막을 것이다. 그러니까 가을의 색은 생산품이 아니라 초록의 엽록소가 빠진 결과물이다. 엽록소가 물러나면서 드러나는 색깔은 나뭇잎의 진짜 색소를 보여준다. 노랑, 빨강, 갈색, 때로는 검정. 자작나무는 보통 노랑이다.

빌베리 덤불은 빨갛게 물이 들었다. 마가목도 곳곳에서 눈에 띄었다. 주렁주렁 달린 빨간 열매의 송이가 어찌나 큰지 가지가 무게를 못 이기고 휘청 휘었다. 길가에 핀 꽃은 많이 줄었지만 그건 8월에도 그랬다. 온 산이 단풍으로 물이 들고 아침이면 서리가 내리는 전형적인 가을의 풍경은 10월에만 해당한다. 9월은 이도 저도 아니다. 9월은 3월처럼 두 계절을 잇는 결체 조직이다.

…

임로를 벗어나 자갈이 깔린 가파른 언덕을 올랐다. 산등성이를 따라 쭉 걸어갈 작정이었다. 배낭을 지고 가파른 산을 오르자니 무척 힘들었지만 그래도 무사히 꼭대기에 도착했다. 거기 서서 잠시 숨을 골랐다. 물도 마시고 땅콩도 먹었다. 사방이 탁 트였다. 하늘엔 구름이 자욱했지만 비가 내릴 것 같지는 않았다. 기온은 지난 한 주 동안 다시 10-12도로 올랐다. 바람 한 점 없었다.

아직은 가을보다는 여름에 더 가까웠다. 새 계절은 여태 옛 계절을 앞지르지 못했다. 아침에는 공기에 습기가 많고 차가웠지만 해가 뜨면 금방 습기가 가시고 기온이 올랐다. 물론 9월도 해마다 달라서 늘 올해 같지는 않다.

산등성이를 따라 걸었다. 노르마르카의 숲은 종류가 다양하다. 남쪽은 가문비나무가 주종이다. 이 나무들은 대부분 언젠가 사람이 심은 것들이다. 서 있는 모양만 봐도 알 수 있다. 체계적으로 수량과 위치를 잘 조절한 것이 호모 사피엔스의 손길이 물씬 느껴진다. 그래도 노르웨이에는 사람의 손이 닿지 않은 자연이 많다. '원시림'이라 부를 수 있을 보호림들이다. 그런 자연을 맛보려면 더 북쪽으로 가야 한다. 하지만 굳이 그런 곳이 아니더라도 노르웨이에는 상대적으로 보존이 잘 된 자연이 많다. 내가 지금 서 있는 이곳만 해도 그렇다. 여기까지 오는 동안 길이 없었다. 노르마르카를 비롯한 여러 숲에는 그런 장소가 수십만 곳은 된다. 높은 산봉우리, 강이나 호수처럼 사람들의 인기를 끌 만한 것이 없어서 사람의 발길이 닿지 않은 땅이다. 이곳 역시 그러했으므로 나는 사람이 이곳에 발을 디뎠을 가능성이 얼마나 될까 점쳐보았다. 아마 거의 없었을 것이다. 몇백 년 전에 이런저런 사냥꾼들이 짐승을 잡기 위해 이곳을 지났을 수도 있겠다. 사냥 추억담으로 유명한 노르웨이 작가 베른하르드 헤레(Bernhard Herre, 1818-1849)도 지나갔을지 모르겠다. 하지만 지금 내가 서 있는 이 지점은 아무도 안 지나갔을 수 있다. 그런 상상을 하니 기분이 좋았다. 이런 생각을 어디다 써먹을 수 있을지는 모르겠지만 왠지 '모든 사람은 위대한 생각을 품는다'는 내 탐험의 기본 사상을 응원하는 것만 같았다.

탐험을 떠나는 모험가들은 누구도 해본 적 없는 일을 하고, 누구도 밟아본 적 없는 땅을 밟고자 한다. 늘 거대한 계획과 넓은 지역을 머리로 그리기에 작은 것에는 관심이 없다. 하지만 작은 것으로 눈길을 돌리는 순간, 마이크로 차원으로 발을 내딛는 순간 노르마르카의 대부분은 여전히 사람의 발길이 닿지 않은 모양새라는 사실을 금세 확인하게 될 것이다. 그 사실을 몸으로 느껴보기 위해 필요한 것은 그리 많지 않다. 길을 벗어나 20미터만 숲으로 들어가서 걸음을 멈추고 사방을 살피면 절로 알게 될 것이다. 사람의 손길이 닿지 않은 온전한 자연이 눈앞에 펼쳐질 것이다.

사방이 탁 트인 등성이를 계속 걸었다. 듬성듬성한 소나무와 여기저기 널린 바위, 지천에 깔린 빌베리 덤불. 이런 숲은 역사가 오래되었을 것이다. 소나무는 정말 느리게 자란다. 더구나 흙도 거의 없고 바위뿐이다. 이런 곳을 상업적으로 이용하자는 생각을 할 사람은 없

다. 이제부터 누가 내게 어떤 종류의 숲이 좋으냐고 묻는다면 나는 바위 많은 구릉지의 듬성한 소나무 숲이라고 대답할 것이다. 구름이 자욱한 날에도 사방에서 빛이 비쳐 드는 그런 숲을 걷노라면 뭔가 숭고한 기분이 든다.

…

점심 무렵에 야영지에 도착했다. 그사이 사람들이 다녀간 흔적이 곳곳에서 눈에 띄었다. 사실 당연한 일이다. 여름 동안 숲은 사람들로 넘쳐난다. 특히 이런 장소는 사람들이 좋아하는 곳이다. 누군가 모닥불을 피우고 그 옆에 맥주 깡통 세 개를 던져놓았다. 찌그러진 통조림 깡통 한 개, 낚싯줄 한 움큼, 스칸디나비아에 흔한 입담배 스누스 깡통도 하나 보였다. 나는 못마땅했다. 하긴 따지고 보면 나랑 상관도 없다. 몇 밤 잤다고 이곳이 내 땅이 되는 것도 아니다. 그래도 싫었다. 매달 숲에 들어올 때마다 야영 장소에서 쓰레기를 보았다. 그렇게 많은 사람들이 아무렇지도 않게 자연 한가운데에다 쓰레기를 던지고 가버리는 현실이 나는 심각하게 걱정스러웠다. 내 눈엔 인간이 저지를 수 있는 가장 한심하고 무책임한 행동이다. 이런 행동이 자연을 망가뜨리고 다른 사람의 기분을 망친다. 아무 이득도 없다. 쓰레기를 가까운 쓰레기통까지 가져가는 수고를 더는 것 말고 아무 득 될 것이 없는 행동이다. 솔직히 낚싯줄 한 움큼은 짐이 되지도 않는다.

그 정도 쓰레기를 가까운 쓰레기통으로 가져갈 수도 없는 인간들이 무슨 일을 할 수 있을까? 쓰레기를 모아서 모닥불 자리의 축축한 재 밑으로 밀어 넣으며 생각했다. 시든 잎이 달린 짤막하고 가는 가지들이 야영지 전체에 널려 있었다. 20미터 떨어진 작은 늪지 가장자리에 두 그루 자작나무가 잘려서 0.5미터 키의 그루터기만 남아 있었다. 보아 하니 이 나뭇가지들은 저 자작나무의 것이었다. 자루가 짤막한 작은 도끼로 나무를 팬 것 같았다. 그런 도끼가 요즘 아웃도어 판매점에서 인기가 높은 모양인데 막상 써보면 아무 짝에도 쓸모가 없다. 자루가 너무 짧아서 힘이 영 들어가질 않는다. 그루터기는 지름이 사람 팔뚝 두께 정도밖에 안 되었다. 그런데도 수백 번은 더 도끼로 찍은 것 같았다. 장비가 안 좋았는지 사람의 기술이 안 좋았는지 아니면 둘 다였는지 나무의 꼴이 참혹했다. 비버가 너무너무 심심하고 따분한 나머지 나무를 향해 돌진하여 마구 긁어놓은 것 같은 꼴이었다.

가는 가지를 다 끌어모았고 긴 것은 맞춤 크기로 부러뜨렸다. 여름을 나는 동안 가지가 잘 말라서 부러지기도 잘 부러졌고 이때 불을 피우면 활활 잘 탈 것이다. 일단 불을 지피고 나서 타프와 텐트를 쳤다. 이번에는 텐트 위로 타프를 쳐서 지붕 겸 테라스로 쓸 생각이었다. 텐트를 치는 사이사이 불을 살폈고 규칙적인 간격을 두고 나뭇가지를 불에 얹었다. 다 끝낸 다음에는 야영지 청소에 나서서 침입자들의 흔적을 싹 치우고 낚싯줄과 스누스 깡통을 뜨거운 재에 넣어 녹였다. 집에 갈 때까지 밤에 한 번, 다음 날 아침에 한 번, 두 번 더 불을 지필 테니까 맥주 깡통과 통조림 깡통도 태워 없앨 수 있을 것이다.

물건을 꺼내고 얇은 매트에 바람을 넣고 그 위에 침낭을 펼쳤다.

이번에는 울트라 라이트 침낭으로 가져왔다. 물론 속으로 쓸 플리스 침낭도 잊지 않고 챙겼다. 온도를 5-7도 높여준다고 설명서에 쓰여 있었다. 헤드램프와 책을 꺼내고 냄비와 식량도 꺼내 타프 아래나 텐트 안으로 정리를 했다. 그리고 소시지 한 팩과 감자전 한 팩을 꺼내 둘을 방금 꺾은 가지에 끼워 꼬치를 만들었다.

마침 불이 완벽한 그릴 온도에 도달했다. 나는 꼬치 다섯 개를 먹고 물을 1리터 마셨다. 그리고 커피 물을 끓였다. 숲에 다닐 때는 항상 냄비는 한 개만 들고 다닌다. 그것만 있으면 못 할 것이 없다. 프라이팬과 커피 냄비 이외에 다양한 크기의 냄비 3-4개까지 갖춘 아웃도어 취사도구 세트가 나와 있지만 난 관심 없다. 냄비는 한 개만 있으면 된다. 앞에서도 몇 번 말을 했는지 모르겠지만 냄비와 타프는 아무리 말을 하고 또 해도 질리지 않는 내 인생의 양대 주제다.

냄비에 그을음이 앉았다. 불에 바로 물을 끓이려면 어쩔 수가 없다. 그래도 커피 맛은 죽였다. 다 마신 후 불길이 모닥불 가장자리의 돌을 넘어가지 않는지 살폈다. 그리고 낚싯대에 릴을 끼우고 물고기가 있나 보려고 호수 쪽으로 슬슬 걸어갔다.

…

오후 3시였다. 이제 네 시간만 있으면 어두워질 것이다. 낮과 밤의 길이가 같은 추분은 천문학적으로 특별한 날이다. 그런 특별한 날들이 적지 않다는 사실에서 우리는 계절을 정돈하고 변화의 와중에서 특

정 지점을 정하고 싶었던 옛사람들의 욕망을 읽을 수 있다. 해에 따라 9월 22일이나 23일에 해당하는 추분이 특별한 이유는 1년에 두 번 밤과 낮의 길이가 같은 날이 있고, 추분이 바로 그중 하루이기 때문이다. 더 정확하게 말하면 태양이 지평선을 사이에 두고 위와 아래에 같은 시간을 머무른다는 뜻이다. 그 이유는 태양의 위치와 적도의 관계 때문이고, 기울어진 지구의 축과 자전의 관계 때문이며 그 밖에도 여러 가지 이유가 있지만 나는 몇 번이나 듣고도 여태 완벽하게 이해를 하지 못했다. 한번은 이론천체물리학 교수가 직접 그림까지 그려가면서 설명을 해주었고 나는 연신 고개를 끄덕이며 이해를 한 척했지만 사실은 그때도 이해를 못 하기는 마찬가지였다.

가을에 추분이 있다면 봄에는 춘분이 있다. 정확히 6개월 후인 3월 22일이나 23일이 바로 그날이다. 춘분과 추분은 빛의 비율이 동일하지만 다음 날부터는 정반대 방향으로 흘러간다. 3월에는 날마다 밝아지고 9월엔 날마다 어두워진다. 또 3월이 9월보다 훨씬 춥다. 이유는 단순하다. 3월은 겨울의 끝을, 9월은 여름의 끝을 알리는 신호이기 때문이다.

…

나는 늪의 노란 가장자리를 따라 조심조심 걸었다. 그 순간 늪이 가을과 가장 잘 어울리는 장소라는 생각이 들었다. 늪은 계절에 관계없이 가을을 떠올린다. 노랗고 축축한 것이 근본적으로 가을스럽다. 내 생각이 맞는다면 이제 늪은 완전히 제 세상을 만난 셈이다. 억지로 꾸미지 않아도 되는, 온전히 자신이 될 수 있는 시간이 가까워진 것이다.

낭만파 시인이 된 것 같은 기분이었다. 노르마르크카의 바이런 경. 나는 숲속 호수의 가로 면에 움푹 들어간 만에서 혼자 우뚝 자란 날씬한 소나무 밑 돌에 엉덩이를 걸쳤다. 수면은 고요했다. 호수 한가운데에서 송어 한 마리를 발견했다. 낚싯대가 닿지 않을 거리였다. 미세한 움직임으로 작은 물결을 일으키지 않았더라면 나도 전혀 몰랐을 것이다. 송어는 깔따구를 노렸다. 누가 봐도 그랬다. 깔따구는 크기가 너무 작기 때문에 그것을 잡아먹으려면 수면으로 천천히 올라와서 녀석을 물과 함께 입 안으로 빨아들이는 수밖에 없다. 깔따구가 많을 때는 송어가 수면 바로 아래까지 바짝 다가와서 한 마리씩 낚아챈다. 따라서 가끔은 송어가 어느 방향으로 움직일지 어느 정도 정확하게 예측을 할 수 있다. 물밑으로 송어가 지나갈 길이 그려지는 것이다. 그럼 미리 앞질러 가서 송어가 올라올 법한 곳에 미끼를 던지면 된다. 그래서 정말로 스릴이 넘치지만 그게 또 말처럼 쉬운 일은 아니다. 물고기가 일정한 방식으로 움직인다고 해도 낚싯대에 걸려 무게를 가늠할 수 있기 전에는 녀석이 얼마나 큰지도 알 수가 없다. 정말 미세한 움직임에도 어마어마하게 큰 송어가 걸릴 수 있다. 물론 이 숲속 호수에 사는 송어는 다 크기가 작다.

나는 미끼가 든 성냥갑을 꺼내 제일 작은 깔따구 가짜 미끼 하나를 꺼냈다. 하루살이와 날도래처럼 깔따구 역시 몇 번의 성장 단계를 거치고, 유충, 변태 중인 곤충, 성충 등 모든 단계가 송어의 먹잇감이 된다. 나는 성충 모양의 미끼를 택했다. 털이 빳빳한 작은 물건으로, 물 표면에 둥둥 떠 있으면 진짜 깔따구가 떠 있는 것과 똑같아 보인다. 낑낑거리며 미끼를 끼우고 있는데 진짜 곤충 모기가 날아왔다. 녀석이 왼쪽 중지에 앉아서 피를 빨기 시작했다. 따끔했지만 미끼를 고정하느라 손가락을 움직일 수가 없었다. 여기서 움직였다가는 다시 처음부터 시작해야 할 판이었다. '가짜 곤충을 낚싯줄에 묶느라 진짜 곤충에게 물리다.' 이 정도면 지역 신문 헤드라인으로도 손색이 없겠다는 생각이 들었다.

…

송어가 탁한 수면으로 연신 올라오면서 원을 그렸다. 녀석이 방향을 바꾸어 내 쪽으로 다가오기를 기대하며 나는 낚싯줄을 들고 기다렸다. 수면에 다른 곤충은 없었고 다른 송어도 보이지 않았다. 물고기라고는 녀석밖에 없었기에 초여름과 달리 괴로운 선택의 기로에 놓이지 않아서 좋았다.

6월에는 모든 일이 한꺼번에 일어난다. 너무 많은 하루살이가 동시에 변태를 하기 때문에 어디로 낚싯대를 던져야 할지 몰라 허둥댄다. 7월과 8월에는 다양성이 폭발한다. 물 위로 온갖 곤충이 날아든다. 개미, 날도래, 모기, 나방, 각다귀. 9월은 다시 선택 사항이 줄어드는 달이다. 플라이낚시꾼에겐 진정한 행복의 시작이다. 이제는 웬만큼 사태 파악이 가능하다. 곤충의 수도 적고, 그마저 녀석들이 송어의 메뉴판에 오를 시간도 점차 줄어든다. 그러다 보니 송어가 미끼에 유혹당할 확률도 높아진다. 적어도 나는 그렇게 생각한다. 이런 경향은 가을이 깊어가면서 점점 더하다가 11월을 기점으로 다시 하락한다. 11월이 되면 낚시를 할 수 있는 시간이 낮 동안의 몇 시간밖에 안 되고 그마저 바람이 자고 해가 쨍쨍해야 한다. 그런 날엔 추위가 닥치기 전 마지막으로 곤충들이 세상 구경에 나서고, 약간의 행운이 도와준다면 그 곤충을 잡아먹으러 온 송어가 입질을 해줄 수도 있다.

나는 여름부터 이 가을의 단순함이 그리웠다. 나 같은 사람에겐 너무 많은 가능성이 오히려 벅차다. 그래서 나 같은 사람에겐 가을이 필요하다. 상대적으로 사건이 적다는 것이 참 좋다. 숲에 드리운 종말의 분위기가 좋다. 겨울잠을 자러 가는 이 분위기가. 가을은 중요한 심리 정화 기능이 있는 것 같다. 적어도 나 같은 사람에겐 그렇다. 가을은 물러나 모든 것을 곰곰이 생각할 수 있는 시간이다. 천천히 휴식을 취하며 삶을 정돈하고 틀린 것을 바로잡는 시간이다. 그렇게 다시 몸과 마음이 충분히 쉬고 나면 다가올 여름을 위해 새로운 계획을 세울 수 있다.

깔따구는 작지만 튼튼한 생명체다. 흐르는 물에서도 고인 물에서도 변태를 하고, 얼지 않은 물만 있으면 세상 무서울 것이 없다. 3월에 강가의 얼음 위를 노닐던 흰가슴물까마귀도 그 곤충을 잡아먹는 중이었다. 지금 9월의 어느 하루 호수에서 송어의 먹잇감이 되어주는 것도 역시 그 녀석들이다.

30분이 지나자 송어가 다가왔다. 운이 좋았다. 녀석은 서너 번 수면으로 올라왔고 그럴 때마다 점점 나와 가까워졌다. 다섯 번째 올라온 다음엔 녀석의 행로가 대충 짐작이 갔다. 나는 낚싯줄을 던졌다. 미끼가 원했던 지점에 잘 안착했다. 정확하지는 않았지만 그 정도면 잘될 수 있으리란 예감이 들었다. 송어가 또 한 번 수면으로 올라왔다. 이번에는 더 가까웠다. 그러다 내 미끼를 덥석 물었다.

다시 한 번 강조하지만 그런 일은 잦지 않다. 깔따구 미끼를 고요한 물에 띄워 물고기를 낚기란 생각처럼 쉬운 일이 아니다. 송어는 진창의 탁한 물속에서 사투를 벌였지만 미끼를 단단히 물었다. 차츰 송어의 힘이 약해졌다. 나는 송어를 물 밖으로 끌어냈다. 크기는 크지 않았고 무게는 300그램쯤 나갈 것 같았다. 피부는 검은 갈색이었고 빨간 점 대신 검은 점만 찍혀 있었다. 탁한 늪지 호수에 사는 종의 송어였다. 녀석을 기절시켜 옆의 돌에 놓았다. 한참 앉아 있었지만 송어는 더 보이지 않았다.

나는 큰 날도래 미끼를 매단 후 일어서서 마구잡이로 던지기 시작했다. 수면에 물고기가 보이지 않아도 아무 데나 던졌다. 딴짓을 하던 송어도 수면에 큰 곤충이 보이면 관심을 보일 수 있다. 호수를 한 바퀴 빙 돌면서 계속해서 늪가에서 낚싯줄을 던졌고 조심스레 다시 거두어들였다. 날도래는 수면에서 급하게 움직이기 때문에 일부러 그런 동작을 흉내 내기도 했다. 호수를 거의 한 바퀴 돌았을 무렵 송어가 튀어 오르는 소리가 들렸다. 날도래를 잡아먹을 때는 송어가 깔따구를 먹을 때와는 다른 행동을 한다. 날도래를 향해 몸을 던져서 철

퍼덕 소리를 일으킨다. 그 소리가 어찌나 크고 센지 막상 녀석을 잡고 보면 너무 작아서 실망을 하기 일쑤다. 이 녀석도 그리 크지는 않았지만 어쨌든 처음 잡은 녀석보다는 컸다. 바늘이 위턱에 단단히 박혔다.

물가에 두었던 송어 두 마리를 집어 들고 터덜터덜 야영지로 돌아갔다. 해가 졌고 배가 고팠다. 불을 지피고 식량을 꺼냈다. 잡은 물고기를 얼른 먹어치워야 한다는 생각은 들었지만 웬일인지 식욕이 돌지 않았다. 내일 아침에 먹을 요량으로 비닐봉지에 송어를 집어넣었다. 저녁은 평소대로 햄과 감자 퓌레로 때웠다.

…

서쪽 하늘은 여전히 환하고 청명했지만 8시가 되자 어두웠다. 구름이 걷혀서 별이 떴다. 플리스 재킷만 걸치고 텐트 앞에 앉았다. 이틀 전만 해도 추웠는데 오늘은 따뜻했다. 10도가 넘을 것 같았다. 그래도 밤이 되면 기온이 떨어질 것이다. 다음번에 여기 올 때는 완연한 가을이 찾아왔을 테고 전혀 다른 모습의 숲이 나를 기다릴 것이다.

나는 모닥불 앞에 앉았다. 밤을 날 준비는 다 마쳤다. 더 할 일도 없었다. 혹시 몰라 주변을 살폈다. 이것도 당연히 벌써 한 일이라 새로울 것이 없었다. 우리 두뇌는 구체적이고 실용적인 일만 남고 다른 할 일이 하나도 없을 때 그때 비로소 진짜 일을 시작한다. 숲속 야영지에서가 바로 그런 때다. 숲속에선 실용적인 일밖에 할 일이 없다.

아마 사람들이 숲에 끌리는 이유도 그 때문일 것이다.

우리 뇌는 기가 막힌 속도로 새로운 환경에 적응한다. 평소에는 온갖 사무를 처리하며 전화를 하고 메일을 쓰던 뇌가 여기 오자마자 언제 그랬냐는 듯 오직 야영지의 환경 개선에만 열을 올린다. 갑자기 청소를 하고 싶은 강렬한 욕구가 솟구쳐 타프 밑에 떨어진 침엽수 잎과 이런저런 쓰레기를 대충 쓸어냈다. 배낭과 냄비를 치우고 바로 옆 가문비나무 가지를 부러뜨려 빗자루 삼아 바닥이 반짝반짝해질 때까지 쓸고 닦았다. 배낭과 냄비를 제자리에 갖다놓았다. 그리고 다시 불가에 엉덩이를 붙이자마자 건조대를 하나 만들면 좋겠다는 생각이 떠올랐다. 젖은 옷이 있는 것도 아닌데 그런 생각이 들었다.

왜 그런 생각이 들었는지 모르겠다. 그냥 가만히 앉아서 타는 불꽃을 바라보며 영원을 생각하고 시를 지어야 했을 터이다. 바이런 경처럼, 요한 볼프강 폰 괴테처럼, 헨리크 베르겔란(Henrik Wergeland, 1808-1845. 덴마크 문화를 배척하고 민족적인 국민 문화에 힘쓴 노르웨이 독립기의 낭만파 시인-옮긴이)처럼. 하지만 가만히 있을 수가 없었다. 그래서 벌떡 일어나 칼로 마가목의 긴 가지 몇 개를 잘라 깨끗하게 껍질을 벗겨냈다. 이 가지를 아래위로 수평이 되게 나무에 묶었더니 그럴싸한 건조대가 완성되었다. 그러자 이번엔 모닥불 피우는 자리를 손봐야겠다는 생각이 들었고 납작한 돌을 찾아서 내일 아침 송어를 구워 먹을 때 식탁으로 쓰면 좋겠다는 생각이 들었으며 둥근 나무 그루터기를 찾아서 의자로 쓰면 어떨까…….

잠이나 자면 좋으련만 마음이 영 불안했다. 기본 욕구가 스멀스멀

치밀어 올랐다. 그 욕구를 무작정 외면해버릴 수가 없었다. 나는 수많은 것을 향해 수동적인 태도를 취할 수 있다. 하지만 이 숲속 야영지에만큼은 그럴 수가 없었다. 눈 닿는 곳마다 손볼 곳투성이였다. 모닥불 빛을 받으며 거기 앉아 있으려니 문득 내 뇌의 기본 진리에 한 걸음 다가간 것 같았다. 아마 다른 사람들의 뇌도 크게 다르지 않을 것이다. 내가 이곳에서 한 1년 살고 나면 이 호숫가에 도시 하나가 건설될지도 모르겠다.

텐트로 들어가기 전 마지막으로 오래전부터 해보고 싶었던 일을 실천에 옮겼다. 내일 아침 피울 모닥불 준비였다. 그런데 나무를 쌓는 방식이 평소와 달랐다. 예전에 책에서 읽고 무척 해보고 싶었는데 오늘 드디어 직접 해볼 수 있어서 기분이 좋았다.

아이디어는 곧바로 실천에 옮길 시간이 없어서 오래오래 묵힐 때 왕창 발전하는 법이다. 그동안은 아이들이 어려서 떠오르는 아이디어를 바로바로 실천에 옮길 시간이 부족했다. 그러는 사이 아이디어는 머릿속에서 크게 자라 멋진 모습으로 성장했다. 그리고 마침내 오늘, 잠이 오지 않는 9월의 이 밤에 나는 적당한 나뭇가지를 찾아서 모닥불을 최대한 합리적으로 설치해보기로 했다.

보통 모닥불은 그을음이 심하고 열기가 사방으로 뻗쳐서 물을 끓이려면 시간이 많이 걸린다. 그러나 내가 만들 특수 모닥불은 가스버너처럼 열기가 곧바로 냄비 바닥으로 향한다. 방법은 매우 간단하다. 곧은 나뭇가지 네 개를 나무에서 꺾는다. 두께는 3-4센티미터, 길이는 50센티미터가 적당하다. 그 자리에서 바로 나무에서 꺾어야 한다. 나무가 마른 상태면 불에 타버려서 안 된다. 가지의 한쪽 끝은 뾰족하게 깎고 반대쪽은 평평하게 다듬는다. 가지 네 개의 뾰족한 쪽을 사각형 모양이 되도록 땅에 박는다. 이때 사각형의 면적이 커피 냄비의 바닥보다 작아야 한다. 또 가지 네 개를 들쑥날쑥하게 땅에 꽂으면 안 된다. 냄비를 얹었을 때 기울어진다. 사각형이 완성되면 마른 잔가지들을 모아서 사각형 안에 대각선 형태로 쌓는다. 그럼 잔가지들이 사방으로 삐죽삐죽 삐져나온다. 자작나무 껍질 조금이나 잘 타는 물건을 제일 아래 바닥에 까는 것도 잊지 말아야 한다. 잔가지들을 네 개의 나뭇가지 턱밑까지 쌓은 후 제일 아래쪽에 불을 붙인다.

쌓고 보니 제법 그럴싸했다. 가문비나무 가지 몇 개를 잘라 그 위를 덮었다. 혹시 비가 오면 젖을 수도 있으니까. 그리고 텐트로 들어가서 지퍼를 올리고 침낭에 들어가 누웠다.

…

5시에 깼다. 춥고 등이 아팠다. 예상대로 밤에 기온이 떨어졌다. 울트라 라이트 침낭은 얇아도 너무 얇았고, 속으로 쓴 플리스 침낭은 5-7도까지 온도를 높여준다던 약속을 지키지 않았다. 엎친 데 덮친다고 울트라 라이트 매트에 구멍이 났다. 한 번이 아니었다. 밤새 몇 번이나 헤드램프를 켜고 수선을 했다. 벌벌 떨면서 쪼그리고 앉아서 접착제와 패치로 구멍을 때우고 바람을 넣었다. 하지만 소용없었다. 눕자마자 바람은 다시 빠져버렸고, 몇 번 반복한 끝에 결국 포기하고 말

았다. 남은 밤을 등에 큰 돌을 지고 보냈다. 돌이 텐트 전체를 가로질러 놓여 있어서 달리 도리가 없었다.

추위에 곱은 뻣뻣한 손발로 심통이 나서 텐트에서 기어 나왔다. 물과 커피 냄비와 성냥을 꺼내고 어젯밤에 모닥불을 덮어두었던 가문비나무 가지를 치우고 불을 붙였다. 기대했던 대로 불은 잘 탔다. 열기가 곧바로 냄비 밑면을 달구어 금방 물이 끓었다. 시간이 가스버너와 거의 비슷했다. 냄비 물을 덜어 커피를 탔다. 커피를 마시면서 막대기로 모닥불의 잔불을 예전 모닥불 터로 민 다음 마른 가지 몇 개를 얹자 거기서도 불이 활활 탔다. 통조림 깡통과 맥주 캔 두 개는 이미 구멍이 숭숭 났고 잿빛이었다. 이번에 다시 한 번 태우면 완전히 재가 되어 사라질 것이다.

밤새 추웠는데도 엉덩이를 걸친 바위는 아직 온기가 남아서 쾌적했다. 이제 꼬챙이 빵을 만들 차례였다. 밀가루와 소금, 말린 오레가노(요리에 향신료로 쓰이는 꿀풀과의 여러해살이풀로 꽃박하라고도 하며, 톡 쏘는 박하 같은 향기가 특징이다-옮긴이)를 집에서 섞어 비닐봉지에 담아 왔다. 거기에 물을 조금 붓고 반죽을 만들어 꼬챙이에 돌돌 감았다. 요즘엔 인터넷에 들어가면 온갖 레시피가 넘쳐난다. 야구 모자를 쓰고 수염이 성성한 젊은 남자들이 군침 도는 꼬챙이 빵 레시피를 소개한다. 하지만 듣도 보도 못한 재료나 향신료가 많아서 나 같은 사람한텐 그림의 떡이다. 그리고 사실 그런 복잡한 레시피가 굳이 필요하지도 않다. 나는 효모도 안 쓴다. 내 빵은 늘 먹던 대로 김이 모락모락 나고 옆이 살짝 탄 간단한 꼬챙이 빵이다. 나는 소금과 후추를 뿌리고 꼬챙이에 끼워 구운 송어 두 마리를 곁들여 빵을 먹고, 밤새 차가워진 늪의 물을 한 병 마셨다.

7시가 되자 날이 훤했다. 태양이 우듬지 위로 떠서 내가 앉은 바위를 데웠다. 내 옆에서 개미 몇 마리가 부지런히 너도밤나무 침엽을 옮기고 있었다. 침엽은 거의 노랑에 가까운 밝은 갈색이었다. 속도가 너무나 빨라 내 눈에는 엄청 열정적으로 일하는 것 같았다. 침엽 하나를 집으로 끌고 가려던 개미 한 마리가 잎에 걸려 굴렀다. 잎이 너무 딱 달라붙어서 떼어지지가 않는 통에 잔뜩 짜증이 난 모양이었다.

왜 내 눈에는 유독 죽은 친구를 끌고 가는 개미가 자주 띌까? 숲에서 그런 광경을 본 적이 한두 번이 아니었다. 죽은 친구를 들쳐 메고 끙끙대며 앞으로 나아갔다. 녀석들의 사전에 포기란 없는 것처럼 앞으로 돌진하였다. 죽은 친구를 데리고 가서 뭘 하려는 것일까? 장례라도 지내주려는 것일까? 아니면 잡아먹으려는 것일까? 그 두 가지 가능성은 자연을 바라보는 우리의 두 가지 관점을 고스란히 반영한다. 한쪽에는 자연을 선한 것으로 보는 낭만적인 관점이 있다. 동물에게 인간의 특성을 부여하는 경향, 즉 의인화다. 반대편에는 자연을 도덕 너머의 세상으로 보는 생물학적 관점이 있다. 감정이라고는 없는 기계 같은 개체들이 영원히 경쟁하고 치열하게 싸우는 현장. 왠지 몰라도 후자일 것이라는 생각이 들었다.

…

모닥불이 꺼지자 나는 짐을 챙겨서 이번 탐험을 끝마쳤다. 올 때보다 더 개선된 상태의 야영지를 떠났다. 그렇게 생각하니 기분이 좋았다.

돌아가는 길에 자전거 타는 사람들을 만났다. 나는 가파른 언덕을 내려가는 중이었고 그 사람들은 올라오는 중이었다. 오렌지색 삼각형 안경을 쓰고 헬멧을 쓰고 라이더 트리코를 입었다. 앞바퀴 바로 앞쪽 바닥만 뚫어져라 보는 얼굴들이 하나같이 똥 씹은 표정이었다. 하긴 가파른 언덕을 페달을 밟아서 최대한 빨리 오르려면 자동적으로 얼굴이 찌푸려지겠지만 일부러 그런 표정을 짓는다는 느낌도 없지 않았다. 목표를 향해 달리는 진지한 개인, 숲을 방랑하는 것보다 훨씬 중요한 일을 하는 사람. 그렇게 보이려는 표정이었다. 그들은 심할 정도로 성과를 향해 달리는 우리의 능률 사회를 상징했다. 머릿속에 오직 한 가지 효율성밖에 없는 진지한 인간. 아무도 내게 인사를 하지 않았고 나를 봤다는 기척조차 내지 않았다. 오직 핏대를 세우고 페달만 밟았다. 그들에게 자연은 성과를 입증하는 경기장에 불과했다. 축구장이나 스케이트장처럼 남과 겨루어 자신의 기량을 뽐내고 자신의 한계에 도전하는 장소일 따름이었다. 기분 좋게 마지막 언덕을 내려가면서 나는 자연에서 시간을 보내는 사람에겐 능률과 성찰의 비율이 정반대라고 생각했다. 능률을 높이면 생각이 줄어든다. 말없이 페달을 밟는 이 라이더들에게선 건질 수 있는 스토리가 없다. 자신의 근육질 몸매 말고는 중요한 것이 없는 사람들이니까.

…

그날 집에 돌아와서 메일을 확인하려고 컴퓨터를 켜면서 나는 메일함이 넘쳐날 거라 기대했다. 봄보다는 한산하지만 가을에도 일거리는 많았다. 하루를 비웠으니 보충을 하려면 남은 오후 시간에 열심히 일해야 할 거라고 각오도 다졌다. 그런데 놀랍게도 메일함이 텅 비어 있었다. 한편으로 좋기도 했지만 또 한편으로는 업계에서 인정을 못 받나 하는 걱정이 밀려왔다. 숲으로 들어간 어제 아침부터 딱 한 통의 메일이 와 있었다. 낚시 장비 인터넷 쇼핑몰에서 보낸 미끼 광고였다. 가을용 미끼를 할인한다는 내용이었다. "깔따구를 잊지 마세요. 가을은 깔따구의 계절이랍니다."

가을

{ Autumn }

10
월

두 계절 이론

여름의 초록 이파리는 가을이면 붉어지고
갈색으로 변하고 누렇게 시들다가
결국 세상과 작별을 고하고야 말지.
변화가 이어지는 시간의 덫에 갇혀서.

_필 옥스(Phil Ochs), 「변화」

자존감이 높은 모험가는 어떤 것에서도 깨달음을 얻는다. 특별한 목표는 없을지라도 나와 같은 마이크로 탐험도 깨달음의 길이 될 수 있다. 그 깨달음이 무엇일지 나는 오래전부터 궁금했다. 이 한 해를 보내며 벌써 아홉 번 숲에서 잠을 잤다. 그리고 크고 작은 일들을 경험했다. 물론 대부분은 작은 일들이었다. 그중에서도 특히 내 관심을 끈 것이 무엇이냐고 묻는다면 나는 자신 있게 빛과 기온의 지속적 변화와 그것이 자연에 미치는 영향이라고 대답할 것이다.

매번 숲에 들어갈 때마다 조금씩 달랐다. 날씨는 당연히 늘 달랐다. 하지만 날씨야 항상 변하는 것이고 그 변화가 체계적이지도 않아서 예측이 불가능하고 계절과도 무관하다. 날씨는 자기만의 스토리가 있다. 그보다 더 내 관심을 끌었으며 내가 가장 벅찬 가슴으로 지켜본 것은 자연의 작은 변화들이었다. 자연에 영향을 미쳐 순식간에 자연을 전혀 다른 모습으로 만들어버리는 미세한 변화들이었다. 도시에 살면 그런 미세한 변화들을 깨닫지 못하기 때문에 그것들이 몰고 오는 결과밖에는 보지 못한다. 겨울의 자연은 하얗다. 그것이 초록으로 변하고 노랑과 갈색과 검정이 되었다가 다시 하얘진다. 그것뿐이다. 그리고 그런 변화마저 하루하루가 바쁜 도시인에게는 너무 급작스럽고 너무 순식간이다. 올해의 나는 달랐다. 아직 10월이었지만 나는 나의 소소한 탐험이 성공적이었다고 자평하였다. 물론 남은 석 달 동안 늑대한테 잡아먹히거나 큰 장애물을 만나지 않는다면 말이다. 나의 소망은 이미 이루어졌다. 나는 계절을 바로 곁에서 관찰하고 미세한 변화를 느끼고 그에 대해 생각할 수 있는 충분한 기회를 얻었다. 그리고 그 생각을 살짝 거만하지만 '두 계절 이론'이라는 멋진 제목으로 요약하였다.

…

7월이 여름의 본보기였듯 10월은 가을의 본보기였다. 올 한 해 나는 날씨 운이 좋았다. 겨울은 쨍하고 추운 날씨였고 여름도 화창하고 따뜻했다. 봄에만 제법 많은 양의 비가 내렸지만 이미 다 지난 일이고 기억도 잘 나지 않는다.

늦여름에도 천둥번개를 동반한 소나기 몇 차례를 빼면 역시 비가 거의 내리지 않았다. 아마도 오래가는 더위 탓이었을 것이다. 하지만 내가 누린 평화로운 전원에 비하면 쉽게 수그러들지 않는 더위쯤의 대가는 충분히 치를 용의가 있었다. 비가 적어서 가을이 완연해질수록 자연의 색이 더 강렬하고 짙어졌다. 그리고 나뭇잎들이 정말로 오랫동안 가지에 매달려 있었다.

9월은 온화하고 화창했고 10월도 그런 날씨로 문을 열었다. 떨어지는 기온을 몸으로 느낄 수 있었지만 하늘엔 구름 한 점 없었고 태양은 가을의 화려한 색을 더욱 빛나게 하여 자연에 고색창연한 분위기를 드리웠다. 이 한 해도 어느덧 무르익었노라 말해주듯.

10월 중순이 되자 가을이 절정에 달했다. 숲으로 갈 날을 손꼽으면서도 겨울을 꿈꾸기 시작했고 첫눈을 숲에서 맞이하는 장면을 눈앞에 그렸다. 그러느라 하루하루 출발을 늦추었다. 책상에 앉아 눈을 꿈꾸었다. 정말 멋질 텐데. 아침에 눈을 떠서 텐트 지퍼를 여는 순간 하늘에서 새하얀 눈송이가 떨어진다. 메마른 땅에 첫눈이 쌓이고 온 세상이 하얗게 변하는 광경을 혼자서 지켜본다. 얼마 전까지만 해도 생명이 우글대던 곳에 아무것도 남지 않았다. 그 모습을 증명할 수 있는 유일한 사람이 바로 나다.

나는 첫눈을 꿈꾸며 일기 예보에 귀를 기울였다. 기온이 오르내렸다. 며칠 춥고 청명한가 싶으면 구름이 몰려왔고 다시 기온이 올랐다. 해마다 그렇듯 하순이 되자 비가 시작되었다. 추위를 몰고 오는 비였다. 5시면 벌써 어둠이 깔렸다. 검은 아스팔트에 가로등 불빛이 비쳤다. 거리에 떨어진 낙엽이 서서히 부서졌다. 인도에 작은 물고랑이 나서 졸졸 흘렀다. 가을이 제일 어두운 면을 보였다. 그러다 언제 그랬냐는 듯 구름이 걷혔고 거리에 물이 마르고 햇살이 환했다. 기온이 올랐다. 10월이 끝나가고 있었다. 나는 하는 수 없이 10월의 설원을 포기했다.

…

7월부터 머릿속에 10월이 가득했다. 나는 10월의 차갑고 청명한 공기와 비스듬히 떨어지는 오후의 햇살을 꿈꾸었다. 긴 그림자를 던져서 자신만의 풍경을 자아내는 10월 오후의 햇살을. 날씨만 화창하다면 10월은 열두 달 중에서 제일 아름다운 달일 것이다. 기온과 공기가 내 머리와 몸에 최고로 적응을 한 것 같았다. 컨디션이 이보다 최고일 수 없었고 정신이 이보다 더 초롱초롱할 수 없었으며 기분이 이보다 더 좋을 수가 없었다.

9월과 똑같은 장비를 챙겼다. 그래도 혹시 몰라 옷은 더 넣었다. 겨울용 침낭도 다락에서 꺼냈으니 추워서 덜덜 떨 일은 없을 것이다.

오전에 일찌감치 집을 나섰다. 아침부터 구름이 자욱하더니 주차를 하고 배낭을 메자 하늘이 맑았다. 시리도록 눈부신 파란 하늘에 황금빛 태양과 한두 점 구름만 떠다녔다. 바람 한 점 없었다. 가을 공기가 청명하고 차가웠다.

늘 걷던 임로를 지나 새로 찾은 오솔길로 접어들었고 처음 보는 호수 두 개를 지나 예전에 한 번 오른 적 있는 언덕을 올랐으며 다시 계곡으로 내려와 몇 번 낚시를 한 적 있는 호수를 지나갔다. 낚싯대는 일부러 가져오지 않았다. 시즌은 끝났다. 다른 것에 집중하고 싶었다.

거기서 잠시 쉬어 가기로 마음먹고 배낭을 풀어서 먹을 것을 꺼냈다. 근처 바위 언덕에 두 60대 남자가 쪼그리고 앉아 점심을 먹고 있었다. 자전거는 나무에 기대놓고서 따사로운 오전 햇살 아래 조용히 앉아 있었다. 흰 바지와 소매를 접은 체크무늬 셔츠를 입은 것이 나무꾼 같았다. 빛바랜 흑백 사진에나 나올 법한 옛 시절의 숲 일꾼들 같았다.

나는 그들을 지나 계속 걸었다. 10월은 숲속 포유동물이 교미를 하는 시기다. 지금 짝짓기를 해서 겨울 동안 새끼를 배 속에 품었다가 봄이 오면 새끼를 낳는다. 노르웨이 같은 타이가 기후대에선 그것이 유일한 생존 방법이다. 몸집이 큰 포유류는 먹이도 많이 먹는다. 지금 짝짓기를 해서 봄에 새끼를 낳아야 그 새끼가 여름을 지나며 열심히 살을 찌워 첫 겨울을 무사히 넘길 수 있다.

큰 포유류는 말할 것도 없고 작은 것들도 보이지 않았다. 대신 새는 많았다. 철새는 이미 남쪽으로 날아갔을 테니 아마 텃새들일 것이다. 볕이 잘 드는 비탈에서 한 번도 본 적 없는 종류의 박새 몇 마리를 만났다. 대여섯 마리가 무리를 이루었다. 녀석들은 큰 바위에서 나무로 폴짝 뛰어올랐다가 다시 폴짝 뛰어내렸다. 날개 가장자리에 흰색과 검은색이 섞여 있고 깃털은 밝은 갈색과 회색이었다. 녀석들이 바

위와 나무를 오르락내리락하며 연신 나를 쳐다보았다. 가까이 왔나 싶으면 어느새 멀찍이 떨어졌다. 겁이 나지만 궁금하기도 할 것이다.

두 계절 이론은 4월부터 서서히 형태를 잡아갔다. 4월에도 낮엔 따뜻했지만 밤이 되면 추웠다. 어떤 달이 4월과 어울릴 만한 짝일까? 1년 중 4월과 같은 모습의 달이 있을까? 나는 궁금했고 고민 끝에 10월이라는 결론에 도달했다. 4월이 더운 계절로 넘어가는 건널목이듯 10월은 추운 계절로 넘어가는 건널목이니까. 9월과 3월도 그렇지 않을까? 잠시 고민을 했지만 그렇지 않다고 결론지었다. 흔히 3월과 9월을 봄과 가을의 첫 달이라고 부르지만 내가 경험한 바로 그 두 달은 다가올 계절보다는 이제 곧 떠날 계절의 식구다. 3월은 겨울의 식구이고 9월은 여름의 식구다. 하지만 4월과 10월은 그렇지 않다.

올해 유독 계절에 대해 생각을 많이 했다. 계절을 이해하고 구분하고 언제 한 계절이 다음 계절로 넘어가는지 알아내려고 노력했다. 노르웨이 사람들은 노르웨이가 봄 여름 가을 겨울 사계절이 뚜렷한 나라라고 자랑을 한다. 그 말 끝에는 항상 불쌍한 유럽 남부 사람들은 계절이란 것을 모른다는 말을 빠뜨리지 않는다.

하지만 많은 고민을 거친 끝에 나는 이런 결론을 내렸다. 노르웨이에는 사계절이 아니라 여름과 겨울 두 계절만 있다. 그리고 그 둘은 정반대다. 겨울에는 기온이 영하 20도이고 여름에는 영상 20도다. 겨울에는 하루의 대부분이 어둡지만 여름에는 하루의 대부분이 환하다. 이 두 계절에 다시 두 번의 또렷한 과도기가 있다. 흔히 우리는 그 과도기를 봄과 가을이라고 생각한다. 하지만 계절이라기보다는 과도

기라고 보는 편이 더 합리적일 것 같다.

물론 그 과도기는 진짜 계절만큼 길다. 겨울은 3월에 끝나지만 6월이 오기 전에는 여름이 시작되지 않는다. 여름은 9월에 끝나지만 겨울은 12월이나 되어야 시작된다. 과도기가 이처럼 긴 이유는 우리가 사는 위도에선 여름과 겨울의 기온 차가 크기 때문이다. 두 계절의 기온 차가 무려 40도나 되기 때문에 영상 20도에서 영하 20도로 떨어지려면 상당한 시간이 필요한 것이다. 계절이라고 말할 때는 뭔가 지속적이고 안정적인 것을 떠올리기 마련이다. 스키를 탈 수 있는 겨울의 여건과 수영을 할 수 있는 여름의 기온 같은 것을 말이다. 그렇게 본다면 우리가 생각하는 계절과 딱 맞아떨어지는 달은 7월과 8월, 그리고 1월과 2월뿐이다. 7월과 8월에 수영을 할 수 있는 3주, 1월과 2월에 스키 타기 좋은 3주만이 우리가 기대하는 계절인 것이다. 그 전과 그 후는 모조리 변화다.

…

호수의 서쪽을 따라 더 걸었다. 거기서 다시 산을 올라 숲으로 들어갔고 더 걸어서 언덕 꼭대기에 도착했다. 가문비나무 사이로 우뚝 솟은 작은 바위 언덕을 지나다가 문득 바위를 만난 꼬마의 심정이 되어 그곳을 기어올랐다. 바위는 이끼와 꽃이끼로 덮여 있었다. 나는 땀을 흘리며 배낭에 걸터앉았다. 볕이 따가워서 플리스 재킷을 벗고 얇은 티셔츠 바람으로 앉아 있었다. 거기서 보니 동쪽 숲이 훤해서 아침에 여기 와서 일출을 보면 좋겠다는 생각이 들었다. 야영지에서 멀지도 않았다. 나는 내일 아침 동이 트기 전에 다시 오자고 마음먹고 장소를 잘 기억해두었다. 10월에는 해가 몇 시에 뜰까? 며칠 전에 시계를 겨울 시간으로 돌렸으니 아마 7시에서 7시 반 사이일 듯했다.

오후 3시까지 걷다가 호숫가 야영지 쪽으로 방향을 틀었다.

…

자연은 순환이다. 그렇게 본다면 유치원에서 만들었던 그 원반은 당시의 내가 미처 몰랐던 많은 것을 담고 있었던 셈이다. 원반의 제일 위쪽과 아래쪽에만 지속성의 희망이 있다. 다른 것은 전부 쉬지 않고 변한다. 그 변화의 특징이 무엇인지 고민하다가, 꾸준한 한 가지가 있다면 바로 빛이라는 생각이 들었다. 빛을 빼면 자연에는 예정할 수 있는 것이 없다. 다른 것들은 전부 제멋대로다.

8월과 2월은 시작을 예고한다. 여전히 여름이고 겨울이지만 처음으로 뭔가 다른 것이 감지된다. 3월과 9월은 유난히 변덕스러워서 닮은꼴이다. 덥다가 춥다가 변덕을 부린다. 공이 어느 쪽으로 튈지 아무도 모른다. 해마다 다르고 주마다 다르고 매일매일이 다르다. 반대로 4월과 10월은 진짜 전환점이다.

게다가 빛과 기온은 손을 맞잡고 등장하지 않는다. 빛이 기온보다 먼저 오기 때문에 빛이 원인이고 기온이 결과인 것처럼 느껴진다. 기온이 오르고 내리려면 땅덩어리와 물이 데워지고 식어야 하는데 그

러자면 시간이 필요하다. 따라서 한 해의 제일 환한 날이 제일 더운 날은 아니다. 제일 더운 날은 한 달은 지나야 찾아온다.

이 모든 것이 탐험 9개월 동안 서서히 자리 잡은 생각들이다. 그리고 그 고민의 결과를 열 번째 탐험에 나선 지금 글로 옮긴다. 두 계절의 전환점에 서 있는 바로 지금에.

...

내가 9월에 다녀간 뒤로 호수에는 아무도 오지 않았다. 사람이 머문 흔적이 전혀 없었고 내가 두고 간 타다 만 나무 막대도 그 자리에 그대로 놓여 있었다. 안도감이 밀려왔다. 오늘같이 캄캄한 밤에 이곳에 머물다 간 사람의 정체와 의도를 고민할 걱정이 줄었으니까 말이다.

지난번처럼 텐트와 타프를 치고 물건을 다 안으로 들였다. 나는 바깥에 앉아서 마지막 볕을 즐겼다. 호숫가의 활엽수는 헐벗었고, 숲 바닥은 썩은 식물이 그득해 축축했다. 비스듬히 비쳐 드는 빛으로 인해 모든 것이 다 무겁고 선명해 보였다. 고요한 수면에는 작은 곤충들이 떠다녔고 고운 거미줄은 늦은 오후의 햇살을 머금었다.

4시 반쯤 되자 벌써 날이 저물었다. 해가 떨어지자마자 기온도 떨어졌다. 마른 가문비나무 가지 몇 개를 주웠다. 나머지 나무들은 젖었고 반쯤 썩었지만 약간의 자작나무 껍질과 완벽한 준비 덕분에 불이 잘 붙었다. 하지만 이 계절의 모닥불이란 것이 늘 그렇듯 불이 잘 붙었다고 안심하는 순간 문제가 발생한다. 마른 가지에만 불이 붙어서 그것들이 다 타고 나면 금방 불이 꺼져버린다. 알면서 늘 까먹는다. 내가 너무 허술했다. 사전 작업이 충분하지 못했다. 여분으로 쓸 마른 나무를 넉넉히 모아놓지도 않고서 성급하게 불부터 지폈다.

그래도 애를 쓴 끝에 어찌어찌 살아난 불이 타닥타닥 소리를 내면서 따뜻한 열기를 뿜었다. 6시밖에 안 되었는데도 모닥불의 불빛이 닿지 않는 곳은 칠흑같이 어두웠다. 눈이 없어서 1월보다 더 깜깜했다. 하늘엔 별이 총총했다. 머리 위로 큰곰자리가 보였다. 왜 매번 머리 위로 저 별자리가 뜰까? 고개를 들어 하늘을 올려다볼 때마다 그 일곱 개의 별이 나를 내려다보았다.

7시에 텐트 안으로 들어가면서 보니 벌써 상고대가 피었다. 일기예보대로 기온이 영하로 떨어진 것이다. 하지만 오렌지색 침낭이 있으니 추위 걱정은 안 해도 되었다. 시간을 때우려고 책 한 권과 운더베르크(독일 약초 술-옮긴이) 두 병도 챙겨 왔다.

…

밤에 자다가 텐트 지붕에 떨어지는 빗소리를 들었다. 예보가 맞았다. 날씨가 어찌나 변덕을 부리는지 도통 정신이 없었다. 자리에 누울 때만 해도 하늘엔 별이 총총했고 추웠다. 그 후 몇 시간 동안은 기온이 더 내려갔다. 하지만 내가 잠이 든 사이 구름이 몰려왔고 기온이 올랐다.

텐트 안에서 아침을 먹었다. 내내 지붕에 떨어지는 빗소리가 요란

했다. 밖으로 나갈 엄두가 나지 않았다. 나는 장비를 정리하여 배낭에 넣고 방수 재킷과 바지를 껴입었다. 그리고 밖으로 나가 텐트를 걷고 어제 발견한 전망대로 향했다.

이 계절에, 더구나 평일 새벽 6시에 노르마르카를 걷는 사람은 나밖에 없을 것이라고 확신했다. 10월의 비는 얼음처럼 차가웠다. 짙은 안개가 가문비나무 위에 무겁게 걸려 있었다. 동이 트는지 좀 밝아졌다. 나는 오기가 나서 꾸역꾸역 그 전망대까지 걸어갔다. 배낭에 늪지물 한 병을 담아 왔고, 배낭 뚜껑 바로 밑에 버너와 성냥도 준비해두었다. 해가 안 나면 커피와 스누스로 만족할 수밖에 없다. 젖은 숲에 깔린 꽃이끼와 이끼를 밟으며 걷는 동안 나는 9월에서 10월로 넘어가는 변화가 예상보다 격하다고 생각했다. 이 비는 피할 수 없는 사실을 예고했다. 이제 곧 추위가 더위를 이길 것이라고, 새 계절이 코앞에 닥쳤다고 외쳤다.

11
월

지상의 마지막 인간

대부분의 감정은 행동을 불러온다. 느끼기 전에는 바랄 수 없다. 향수와 향수의 친척뻘인 감상벽, 우수와 우울 같은 감정은 사람의 발길을 붙든다. 과연 이렇게 감정을 생물학적 도식에 끼워 맞출 수 있을까?

_다그 O. 헤센(Dag Olav Hessen), 『자연: 어떻게 할 것인가?』

11월에 숲에 갔던 기억이 나지 않았다. 만약 갔다면 뭘 하러 갔을까? 그 계절에만 볼 수 있는 자연 현상이 있어서? 아니면 11월에 제일 잘 할 수 있는 활동이 있어서? 아무리 고민해봐도 적절한 답이 떠오르지 않았다. 11월의 자연에선 아무 일도 일어나지 않는다. 따라서 나의 마이크로 탐험 역시 별 사건이 없을 것이고 남들이 하지 않는 이상한 짓이 될 것이다.

...

마음을 다잡으려고 애를 썼다. 11월은 어느점과도 같다. 가을은 이미 문을 닫고 영업을 마쳤다. 우리 눈에 보이는 변화는 다 끝났다. 나무는 잎을 버렸고 철새는 남쪽으로 날아갔다. 곤충은 사라졌고 물고기는 수면으로 오르지 않으며 포유동물의 교미기도 지나갔다. 식물은 시들고 파충류는 겨울잠에 들어갔으며 새들은 도시의 인가 근처로 이동했다.

박새가 다시 우리 집 정원에 모습을 드러냈다. 달력에는 아직 두 달이 남았지만, 나는 그것을 한 해의 마침표로 해석했다. 추리소설 작가 스벤 엘베스타드(Sven Elvestad, 1884-1934. 노르웨이 기자이자 작가로, 추리소설이 유명하다-옮긴이)는 제일 어두운 두 달 11월과 12월을 "위협처럼 들리는" 이름의 달이라고 불렀다.

11월 11일 새벽에 처음으로 얼음이 얼었다. 아이들은 계단 난간에 혓바닥을 갖다 댔고, 그 모습을 보면서 나는 인간의 습관이란 참 안 변한다고 생각했다. 아스팔트에도 얇은 얼음이 덮여 도로가 졸지에 빙판으로 변했다. 한 주 동안 영하의 날씨가 이어지더니 다시 푹했다. 해가 뜬 지 불과 몇 시간 만에 얼음이 녹아 온 길이 질척거렸다.

짧아지는 낮과 떨어지는 기온을 보며 솔직히 엄두가 나지 않았다. 열한 번째 밤을 위해 숲으로 나설 의욕이 통 샘솟지 않았다. 이럴 땐 그저 집에서 벽난로에 불이나 지피고 차나 마시고 책이나 읽고 TV나 보는 것이 상책이다. 추운 숲으로 나설 생각을 하니 절로 몸이 움츠

러들었다. 올해 초의 열정이 이제 많이 식었다. 1월에는 지금보다 더 추웠고 눈이 키 높이로 쌓여 있었지만 의욕에 불탔었다. 1월엔 나 자신과 주변 사람들에게 입증을 해 보여야 했다. 하지만 지금은 그 숲에서 무엇이 나를 기다리고 있을지 너무나 잘 알았다. 더 이상 호기심도 없었고 10월과 다른 풍경이 펼쳐질 것이라는 기대도 없었다. 나를 기다릴 것이라고는 어둠과 불편뿐이었다.

눈이 내리지 않는다면 12월도 역시나 음울할 것이다. 자연에선 이 두 달이 크게 다르지 않다. 할 일은 다 마쳤고 한 해는 끝난 것이나 다름없었다. 이제 기다릴 것은 온 세상을 덮어버릴 흰 눈밖에 없었다. 하지만 눈이 언제 내릴지는 아무도 모른다.

박차고 나설 엄두가 나지 않았지만 내 심정을 아무한테도 털어놓지 못했다. 당연히 그럴 수가 없었다. 점점 더 문의가 늘어났다. 어디서 어떻게 자면 제일 좋은지 묻는 사람이 많았고 필요한 장비를 묻는 사람들도 많았다. 몇몇은 나를 뒤쫓아 작은 탐험을 시도해보겠다고 했다. 자기들이 모르는 것을 나는 안다고 생각하여 나를 존경의 눈길로 바라보는 사람들도 만났다. 어쩌다가 나도 모르는 사이 새로운 해방 운동의 지도자가 된 것 같아 슬슬 걱정도 되었다. 하긴 다 내 착각인지도 몰랐다. 왜 그런 짓을 하는지 모르겠다는 불안과 의문의 시선을 존경으로 착각했을 수도 있다. 설령 그렇다고 해도 나는 사람들 앞에서 최대한 당당한 모습을 보여야 한다고 생각했다. 내가 먼저 의심이나 약한 모습을 보여서는 안 될 것이다. 그래서 나는 내 탐험이 어땠냐고 묻는 사람들에게 무조건 정말 좋다고, 11월에도 춥고 깜깜

할 테니 흠뻑 기대가 된다고 말하고 다녔다.

월말이 다가왔다. 정말 내키지 않았지만 결국 적당해 보이는 날로 하루를 골랐다. 온 세상이 어두침침했다. 아침에 유치원이나 학교에 가는 길도 그리 밝지 않았고, 저녁에 식구들이 식탁에 둘러앉을 때면 창밖은 이미 깜깜했다. 구름이 많았지만 기온이 다시 영하로 떨어졌다. 그리고 마침내 기다리던 눈이 내렸다. 양이 많지는 않았다. 그러나 땅이 꽁꽁 얼어 내린 눈이 그대로 쌓인 덕분에 2센티미터 두께의 하얀 양탄자가 깔렸다. 길에도, 이웃집 정원의 잔디에도 보드라운 눈이 덮여서 온 세상이 환하고 밝아졌다. 더러워진 신발과 젖은 재킷 때문에 짜증을 낼 이유가 없어졌다. 무엇보다 이 작은 기상학적 사건이 내게도 필요한 힘을 선사했다. 나는 벌떡 소파에서 몸을 일으켜 열한 번째 탐험에 나섰다.

...

임로는 핸드볼 경기장 바닥처럼 딱딱했다. 집을 나서기 전, 다락에서 아이디타로드 방한 등산화를 꺼내서 소리가 나나 신어보았다. 소리가 나지 않았다. 딱딱한 바닥에 닿은 등산화가 불에 녹은 버터처럼 부드러웠다. 다락에 6개월 동안 두었더니 기적이 일어났는지 이번에는 큰 배낭도 소리를 내지 않았다.

한눈팔지 않고 앞만 보고 걸었다. 이번에는 곧바로 쉼터로 가서 거기서 한숨 돌리면서 11월의 풍경을 감상한 다음 나의 호숫가로 갈 예정이었다. 가서 얼른 텐트를 치고 얼른 잠을 잘 생각이었다. 그래서 일부러 오늘 아침에 평소보다 더 일찍 일어났다. 그래야 피곤해서 얼른 잠이 들 테니까. 이번 탐험은 어떻게든 얼른 해치우고 싶은 마음뿐이었다.

이번에도 평일이었다. 사람이 있을 것이라고 기대하지도 않았고, 실제로도 없었다. 온 세상이 고요했다. 적으나마 쌓인 눈이 회색 일색의 음울한 풍경을 조금 밝혀주었다. 여름의 폐허에 온 기분이었다. 재앙이 일어나 불타버린 세상을 하염없이 걸어가는 코맥 매카시의 소설 『더 로드』의 주인공이 된 기분이었다. 나는 지상의 마지막 인간이었다. 소리도, 움직임도, 생명의 신호도 없었다. 물론 11월의 자연도 분주하고 바쁘기는 마찬가지다. 내년 봄을 위한 준비, 중요한 기초 작업을 해야 하는 시간이다. 특히 대부분의 싹이 이 시기에 만들어진다. 그 싹이 겨울 동안 대기를 하고 있다가 빛과 온도가 적절한 때를 알리는 순간 한꺼번에 터져 나온다. 그러니 내가 숲을 걷는 동안에도 생명은 분주히 내년을 준비할 것이다. 다만 내 눈에 띄지 않으니 내가 그 신호를 보고 걸음이 가벼워질 일은 없는 것이다.

쉼터는 조금 달라졌다. 호수는 아직 얼지 않았다. 작은 강의 가장자리에도 언 흔적이 없었다. 겨울에 여기서 놀던 흰가슴물까마귀들도 없었다. 대신 건너편 물가의 헐벗은 자작나무에 까마귀 몇 마리가 앉아 있었다. 몇 차례 풀쩍 뛰었다가 다시 내려앉기를 반복하며 까악까악 까마귀 특유의 울음을 울었다. 보아 하니 싸우는 것 같았다. 희뿌연 하늘을 배경으로 울어대는 까마귀가 종말과 몰락의 분위기를 더했다.

나는 일어나 걸음을 재촉했다. 숲속 호수로 이어지는 오솔길로 접어들 지점에서 의외의 장면을 만났다. 눈이 내린 지 이틀이나 지났건만 사람은 물론이고 짐승 발자국 하나가 없었다. 사실 생각해보면 놀랄 일도 아니었지만 그 순백의 길이 무척 반가웠다. 그래서 3월에 했던 것과 똑같은 짓을 했다. 발자국을 숨기려고 힘껏 뛰어 아름드리 가문비나무 밑으로 내려간 다음 거기서 꽁꽁 언 숲 바닥을 넘어 울창한 숲속으로 들어갔다.

숲속 호수도 반가운 얼굴로 나를 맞았다. 꽁꽁 언 호수에 흰 눈이 살짝 덮여 있었던 것이다. 그 모습을 보니 금세 기분이 좋아졌다. 호수가 지난번보다 훨씬 긍정적으로 발전한 셈이었으니까. 11월에 숲속 작은 호숫가에서 밤을 보내는 사람에게는 꽁꽁 언 호수 위로 새하얀 눈이 덮여 있는 것과 기름이 둥둥 뜨는 우중충한 물이 고여 있는 것은 정말로 하늘과 땅 차이이다.

…

집에서 생물학 교수 다그 O. 헤센의 책 『자연: 어떻게 할 것인가?』를 읽다가 배낭에 넣어 가져왔다. 자연과 우리의 관계를 대단히 흥미로운 시각에서 바라보는 책이다. 물론 최우선 메시지는 자연 보호다. 헤센은 자연을 보호해야 하는 근본적인 이유를 납득하기 쉽게 설명한다. 자연이 식량과 자원을 제공하기도 하지만 멋진 체험을 선사하기 때문이라는 것이다. 그러니까 책의 저자는 학자이지만 자연인이기도 해서, 한마디로 자연과 정서적 관계를 맺는 학자라 부를 수 있을 것이다. 또 바로 그것이 그가 이 책을 쓴 가장 중요한 이유이기도 하다. 경험적 자료를 이론의 전제 조건으로 삼는 엄격한 과학 교육을 받은 사람임에도 그는 자연을 감정과 결합한다. 그래서인지 자연과 자연의 다양한 현상에 매력을 느끼는 그의 이유가 매우 인상적이었다. 특히 내 가슴에 와 닿은 구절은 감정의 3대 지존, 우수와 향수와 우울에 대해 설명한 부분이었다.

> 향수는 흥미로운 감정이다. 합리적인 원인이 없기 때문이다. 대부분의 감정은 바른 결정을 내리기 위한 진화의 나침반 역할을 한다. 공복감, 욕망, 분노, 두려움, 사랑, 공격성. 이 모든 감정은 뇌가 진화의 입장에서 올바른 선택을 내리겠다는 목표로 호르몬과 신경 물질을 통해 지휘하는 신경학적 과정이다. (…) 그러나 향수는 누가 봐도 확실한 이득이 없다. 우울도 마찬가지다.

진화에 유익한 기능이나 목적이 없다면 이런 감정들은 왜 존재하는 것일까? 헤센은 이렇게 묻는다. 셋 다 생산적인 감정이 아니다. 행동을 유발하기는커녕 행동을 가로막는다. 우울에 빠진 사람은 근본적으로 아무것도 하지 않는다. 어차피 바꿀 수 없는 과거에만 머물러 있다. 생물학의 관점에서 본다면 이것은 아무 결과도 낳지 못하는 행위다. 풀을 뜯어 먹어서 겨울에 필요한 지방을 만들어야 할 고라니가

11월 어느 날 가만히 드러누워서 하염없이 찬란했던 지난여름만 떠올린다면 어떻게 되겠는가? 좋았던 옛날을 떠올리면서 무엇 하러 풀을 뜯어 먹어야 하나 자문한다면? 존재의 이유를 묻고, 더 나아가 존재의 무의미함을 되새긴다면? 그 고라니는 순식간에 자연의 대열에서 추방되고 말 것이다. 굶어죽거나 잡아먹힐 것이고 이듬해 봄이 오기도 전에 영원히 잊히고 말 것이다.

...

나는 같은 자리에 텐트를 쳤다. 하지만 9월에 매트를 괴롭혔던 그 작은 바위는 피했다. 물건을 다 텐트 안으로 넣고 헤센의 책은 머리맡 작은 주머니에 넣었다. 침낭과 새로 산 저렴하고 두꺼운 구식 합성 솜 매트도 챙겼다. 잘 준비를 마치고는 얼음을 보러 아래로 내려갔다. 늪에선 4월처럼 얼음 갈라지는 소리가 났다. 살포시 내린 마른 눈이 얼음을 덮었다. 누렇게 변한 풀줄기가 여기저서 얼음을 뚫고 삐죽 솟았고 새나 쥐가 남겼을 법한 작은 발자국 몇 개도 보였다. 텐트로 돌아와 집에서 가져온 마른 자작나무 장작을 배낭에서 꺼냈다. 2시였다. 4시면 어둠이 내릴 것이다.

시간이 빠듯했다. 글을 써본 사람이라면 행복한 일보다 슬픈 일을 소재로 삼는 쪽이 더 수월하다는 것을 잘 알 것이다. 노트를 품에 안고 앉아 있으려니 이 모든 상황이 성찰을 강요한다는 느낌이 들었다. 나는 모닥불가에 쪼그리고 앉아서 뭔가 그럴싸한 글귀를 떠올리려고 애를 썼다.

아직 해가 있었지만 너도밤나무 숲은 깜깜해 보였다. 빛이 얕고 힘이 없었다. 청명한 가을날과 달리, 해가 있기는 했지만 그 무엇도 명중하지 못했고 그림자를 던지지도 않았으며 심오한 감정을 선사하지도 못했다. 우수에 젖지 않을 수가 없었다. 혼자 숲에 있는 것이 무섭지는 않았지만 외로웠고 마음 한구석이 휑했다. 말을 할 수야 있겠지만 들어줄 사람이 없었다. 물론 휴대전화가 안 되는 지역만 아니면 아무한테나 전화를 걸 수는 있겠지만 어차피 잘 들리지도 않을 것이고 자꾸 끊길 것이다.

나의 야영지는 결코 흥겨운 곳이 아니다. 평범한 장소, 더 심하게 말하면 따분한 장소다. 그래도 이곳이 선사 시대부터 이 모습은 아니었을 것이다. 이곳도 나름의 역사가 있을 것이다. 지난 9월에 미끼로 송어를 잡았던 그 호숫가의 소나무도 오랜 세월을 살며 서서히 나이를 먹었을 것이다. 어쩌면 100년이 넘는 긴 세월을 살았을지도 모를 일이다. 어느 날 씨앗이 호수를 떠다니다가 육지로 올라왔을 것이다. 스웨덴-노르웨이 연합 왕국이 해체되던 시절이었을 수도 있고 나폴레옹 전쟁이 한창이던 시절이었을 수도 있다. 어쩌면 근처에 서 있던 다른 나무에서 떨어진 씨앗이었을지도 모르겠다. 씨앗을 떨어뜨린 엄마 나무는 오래전에 죽어 부식토가 되었지만 씨앗은 자라 초록의 아기 나무가 되었고 그 녀석도 쉬지 않고 자라 늠름한 청년 나무로 성장했으며, 더 나이를 먹어 이제 100살이 넘는 할아버지 나무가 되었을 것이다. 한 해가 하고 또 한 해가 찾아와도 꼼짝도 하지 않고 조용히 서서 이곳 호숫가를 지켰을 것이다.

…

향수가 아무 기능도 없다지만, 그렇다면 왜 가을이 되면 사람들은 슬픔을 느끼는 것일까? 일조량이 줄어서일까? 비가 많이 내려서일까? 생명은 결국 시들어 죽고 만다는 만고의 진리를 새삼 절감하기 때문일까?

생물학 교수 헤센은 향수가 진화론적으로 설명이 불가능한 감정이라고 말했다. 그의 주장을 반박할 뜻은 없다. 그럼에도 나는 우울한 기분 역시 뭔가 쓸모가 있을 것이라고 믿는다. 나도 그런 기분을 느껴본 적이 있고, 특히 가을이면 그런 기분에 젖을 때가 많다. 우울은 과거에는 있었지만 지금은 없는 것을 향한 아득한 그리움이다. 추억과도 관련이 깊고, 또 내가 지금은 누구이며 과거에는 누구였는지에 대한 상념과도 관련이 있다. 그리고 바로 이 지점이 아까 그 가상의 고라니는 물론이고 자연의 다른 생명체들과 나의 차이점이다. 자신과 자신이 차지하는 자리를 생각할 수 있는 능력은 인간만의 것이다. 어느 정도의 기억은 동물들에게도 있지만 동물과 다르게 인간에게는 심리학에서 말하는 자아가 있다. 우리 인간에게는 우리가 누구인지에 대한 생각이 있다. 고립된 생물학적 존재로서만이 아니라 인간은 물론이고 자연까지 포함하여 주변 모든 것과의 관계 속에서 자신을 생각할 수 있다.

“자연은 풍경이 무엇인지 모른다.” 문예학자 헨닝 호블리드 베르프(Henning Howlid Wærp)는 말했다. 전나무 씨앗을 부리로 쪼는 박새는 지금 자신이 전나무 씨앗을 부리로 쫀다는 생각을 하지 않는다. 세계의 일부로서 자신을 생각하지 않고 자신을 외부의 시선으로 관찰할 수 있는 능력도 없다. 박새에겐 성찰의 능력이 없고 따라서 자유 의지도 없다. 그저 무엇을 언제 어떻게 해야 하는지 알려주는 본능의 말대로 행동한다. 그것이 전부다.

그런 삶에는 향수가 비집고 들어갈 자리가 없다. 그래서 향수는 인간만이 느끼는 감정이다. 우리는 자아가 있고 자유 의지가 있다. 언제라도 선택을 한다. 이걸 해야 할까, 말아야 할까? 선택을 통해 우리는 삶의 진로를 정하며, 그 진로는 언제라도 다시 달라질 수 있고 또 달라져야 한다. 답은 없다. 수천 개의 질문만 있을 뿐이다. 의혹은 최고의 성장 조건이며 가을은, 특히 11월은 그런 의혹을 표현할 수 있는 완벽한 무대다. 의혹과 더불어 향수도. 그리고 우울도, 우수도. 프랑스 철학자 르네 데카르트의 명언 “나는 생각한다. 그러므로 나는 존재한다”는 “나는 후회한다. 그러므로 나는 존재한다”로 바꿀 수 있을 것이다. 혹은 “나는 그리워한다. 그러므로 나는 존재한다” “나는 아쉬워한다. 그러므로 나는 존재한다”로 바꾸어도 좋을 것이다.

…

4시가 되자 어두웠다. 구름은 많은데 기온이 낮았다. 자연의 광원은 모조리 꺼졌지만 그나마 흰 눈이 있어 암흑을 조금 덜어주었다. 나는 불길이 잦아들 때까지 불가에 앉아 있었다. 화재 위험이 없는 계절이었으므로 잔불을 그대로 둔 채 텐트로 들어갔다. 침낭에 누워 헤센의 책을 꺼내 눈이 절로 감길 때까지 네 시간 동안 읽었다.

호두를 씹으며 향수에 대해 쓴 글을 읽었다. 이 감정이 우리 감정 레퍼토리의 중심이라는 사실은 곧 나름의 역할이 있다는 의미다. 일반적으로 그렇다고 주장할 수는 없지만 텐트에 누워 책을 읽는 동안 나의 경우 그 감정이 추억과 관련이 있다는 생각이 들었다. 흐르는 시간을 인식하기 때문에 생기는 감정이라고 말이다. 11월은 자꾸만 흐르는 시간을 상기시킨다. 그렇게 본다면 11월은 향수의 완벽한 무대인 셈이다. 하지만 생물학적으로 볼 때 향수의 기능은 무엇일까? 우리 인간에게 일종의 성찰을 강요하는 기능, 지금까지의 삶을 반추하고 앞으로의 삶을 준비하게 만드는 기능일 것이다. 이듬해에 내려야 할 선택을 미리 준비하여 기초를 튼튼히 다지고 그를 통해 우리 종의 보존을 보장하는 기능 말이다. 향수는 사고다. 사고는 생존 투쟁에서 인간이 가진 최고의 강점이다.

9시쯤 책을 머리맡 텐트의 작은 주머니에 집어넣고 헤드램프를 껐다. 추웠다. 모자를 쓰고 침낭을 머리끝까지 뒤집어썼다.

나는 잠자리에 드는 시간과 관계없이 항상 일찍 일어난다. 그래서 초저녁부터 졸린다. 11월 밤에 혼자 텐트에서 잘 때는 그 습관이 정말 유익하다.

10시에 잠이 들었다가 몇 시간 후에 깼다. 빛이 돌아왔기 때문이

었다. 상관없었다. 어쨌거나 아침이고, 세상이 환하면 만사가 수월한 법이니까. 우수도 우울도 싹 사라진다. 어젯밤에 미리 커피 마실 준비를 해두었다. 옆으로 몸을 돌려 텐트 지퍼를 열고 불을 피웠다. 스누스와 커피. 다시 침낭에 누워 잠시 더 졸았다. 그러다 벌떡 일어나 옷을 입고 밖으로 나와 찬바람을 쐬었다. 온몸이 뻣뻣하고 무거웠다. 하지만 몇 번 뛰었더니 다시 정상으로 돌아왔다.

어제 도착했을 때 그 모습대로 야영지를 남겨두고 발길을 돌렸다. 이제 하룻밤이 남았다. 그러고 나면 이 마이크로 탐험도 역사가 될 것이다. 우수와 우울과 짝을 지어 되새길 수 있는 옛이야기가.

열을 내려고 걸음을 재촉했다. 아직 동이 트지 않았다. 아무것도 보이지 않았고 내 발소리 말고는 아무 소리도 들리지 않았다. 집 생각이 간절했다. 어서 집에 가고 싶었다. 그곳이 따뜻해서가 아니라 밝아서였다. 향수도 조금씩 음미하는 건 정말 좋다. 꼭 필요한 일이다. 하지만 그런 울적한 감정은 금세 마음을 잠식한다. 자칫 우울에 잡아먹힐 수도 있다. 그래도 다행이다. 우울은 세상이 환하면 잘 자라지 못하는 음지 식물이니까.

12
월

끝과 시작

인간이여, 여기서 너를 생각한다. 이 세상 온갖 생명체 중 너만은 천명이 없다. 너는 선하지도 악하지도 않으며 정한 목표도 없다. 너는 안개에서 와서 다시 안개로 돌아간다. 그렇게나 너는 몹시도 미흡한 것이다.

_크누트 함순, 『잡초 무성한 오솔길에서』

자연은 순환이다. 시작도 끝도 없다. 가야 할 곳도 없고, 와야 할 곳도 없다. 빛은 어둠을 먹고 더위는 추위를 쫓는다. 봄, 여름, 가을, 겨울. 그리고 다시 봄.

자연은 자기만의 변치 않는 논리가 있고 그 순환의 한가운데서 인간이 살아간다. 몇 년을 그렇게 살다가 죽고 나면 다른 사람들이 우리 자리를 차지한다. 우리는 자연과 싸운다. 자연을 막아내고 자연을 우리의 도시와 집과 몸에서 멀찌감치 떨어뜨려놓는다. 그럼에도 우리는 자연을 꿈꾸고 자연에 발을 내딛는다. 온화하고 예측할 수 있을 때는 자연을 사랑하지만 자연이 화를 내며 미쳐 날뛸 때는 겁에 질려 몸을 숨기고 어떻게 하면 자연의 화를 잠재울 수 있을지 고민한다.

…

12월 말의 어느 금요일이었다. 1년 중 밤이 제일 긴 날들 중의 하루. 11월에 내린 눈은 남아 있지 않았다. 숲에서 자고 온 지 며칠 만에 비가 내렸고 기온이 올랐다. 그리고 내내 눅눅하고 음울한 날씨가 이어졌다. 텐트에서 하룻밤을 자기에 이보다 나쁜 조건이 없었다.

…

아침이다. 나는 노르마르카의 남동쪽 구석에 박힌 큰 돌에 앉아 있다. 올해 열두 번째이자 마지막으로 숲에서 잠을 깼다. 이제 이것으로 끝이다. 마이크로 탐험은 끝났다. 늘 그랬듯 나는 곧 집으로 달려가 트루데와 아이들에게 인사를 할 것이고, 추웠냐고 묻는 그들의 질문에 호들갑을 떨 것이며, 텐트와 침낭을 널어 말릴 것이다. 그러고 나면 그것들을 다른 장비들이 보관되어 있는 다락에 올려둘 것이다. 조각을 하기에도 불편하고 썰 때도 잘 안 썰리는 엄청나게 큰 칼, 이마를 짓눌러 자국을 남기고 자꾸 아래로 미끄러져 내려와 내 배만 비추는 헤드램프. 내가 너무너무 아끼는 울 제품과 플리스 제품들, 물에 젖어도 따뜻한 솜바지와 한 번도 쓴 적 없는 각반. 프리마로프트와 고어텍스와 텀블러와 방풍 라이터. 걸을수록 신기 편한 아이디타로드 등산화와 그 빌어먹을 놈의 매트, 형광 노란색에 생긴 것도 번지르르하고 엄청 가볍고 엄청 얇지만 계속 돌아가면서 구멍이 나는 매트.

이 모든 물건과 1월에는 꼭 쓸 것이라 믿었지만 한 번도 배낭에서 나온 적 없는 온갖 다른 물건들. 무슨 생각으로 그것들을 샀을까? 앞으로도 영원히 숲을 드나들 거라 믿었을까? 이런 장비가 필요할 정도로 위험한 상황이, 생명이 위태로운 상황이 닥칠 거라 믿었을까? 결혼식 날에도 물 묻은 손을 바지에다 닦았던 내가 이런 극세사 손수건을 뭐 하러 샀을까?

내 머리에 대답이 있겠지만 지금은 그 대답을 찾을 수가 없다. 아무래도 좋다. 이제 이것들은 다른 장비들과 나란히 다락에 올라가서 언젠가 내가 다시 꺼내는 순간까지 조용히 그곳에서 잠을 잘 것이다.

...

9시지만 여전히 어둑어둑하다. 비가 내리고 기온은 0도다. 바람이 세차다. 볼 수는 없어도 바람에 흔들리는 우듬지 소리가 들린다. 밤새 비가 내려 다 젖었다.

어제 오후 작은 숲속 호숫가 야영지에 도착했을 때는 이미 시간이 촉박했다. 한 시간도 안 있어 날이 저물 것 같았다. 비는 얼음처럼 차가웠다. 의욕이 샘솟지는 않았지만 지난 한 해 동안 나는 교훈을 얻었다. 숲에서는 아무도 도와주지 않는다. 미룬다고 절로 해결될 일은 하나도 없다. 아무리 하기 싫어도 모든 일은 제때에 제 순서대로 해치워야 한다.

나는 "중요한 것부터 먼저"라고 중얼거리면서 언 손을 호호 불고는 내가 정말로 아끼는 타프를 꺼냈다. 타프는 장소를 가리지 않고 사용할 수 있고 비와 바람을 막아준다. 내가 가진 장비 중에서 제일 간편하고 제일 성능이 좋다. 그리고 제일 값이 싼 것이기도 하다. 이 타프는 정말 오랜 세월 동안 어디든 가지고 다니며 썼지만 여태 찢어진 데 하나 없이 멀쩡하다. 위험할 정도로 불 옆에 가까이 두었는데도 구멍 하나 안 생겼다.

타프를 가문비나무 네 그루에 붙들어 맨 후 텐트를 쳤다. 내 텐트는 먼저 이너 텐트를 치는 구조인데, 비가 내리면 골치가 아파진다. 벌써 몇 번이나 텐트에 물이 고여서 퍼낸 경험이 있다. 물이 한번 고이면 퍼내는 작업도 괴롭지만 다 닦아내도 쾌적하지가 않다.

타프가 비를 가려주어 무사히 텐트를 쳤다. 바닥이 딱딱하고 얼어서 말뚝을 박을 수 없었다. 그래도 내 것은 셀프 스탠딩 텐트라 괜찮았다. 이런 돔 텐트가 일상 야외 활동에선 최고인 것 같다. 말뚝을 박을 필요도 없을 뿐 아니라 요즘 인기인 터널 텐트보다 공간도 더 넉넉하다. 무엇보다 천장이 높아서 텐트 안에서 깨어 있는 시간이 많을 때 특히 좋다. 그래서 12월에 숲에서 하룻밤을 잘 생각이라면 돔 텐트가 제격이다.

불은 지펴봤자 소용없을 것 같았다. 이렇게 비가 오고 바람이 부는 날엔 불을 피워봤자 얼마 가지도 못한다. 3시가 되자 벌써 어스름이 밀려왔다. 나는 텐트로 들어가서 젖은 물건들과 여벌 옷을 꺼냈다. 물이 배낭까지 들어가서 물건들이 죄다 젖었다. 다행히 여벌 옷은 비닐 봉지에 넣어 왔다. 내일도 비가 온다는 예보이니 젖은 옷을 말려야 했다. 텐트 천장에 옷을 걸고 이따 잘 때 침낭에다 몽땅 집어넣기로 마음먹었다. 팬티도 젖었다. 내 팬티는 면이었다. 젖은 팬티 바람으로 앉아 있으려니 그렇게 숲을 많이 다녀놓고 잘 마르는 팬티 한 장 준비하지 않은 나 자신이 한심했다. 돌아가거든 당장 남은 인생을 위해 울 팬티를 장만하리라 단단히 결심했다. 젖은 면 팬티를 벗어 텐트 앞 바깥에 펼쳐놓았다. 어차피 안 마를 것이다. 내일 아침에 모닥불에 말려 볼 수는 있겠지만 그것도 밖에서 불을 지필 형편이 될 때 말이다.

…

3시 반이 되자 헤드램프를 안 켤 수 없을 만큼 어두웠다. 도시에선 아직 일을 하고 있을 시간인데 나는 황량하기 이를 데 없는 추운 숲에서 어둠을 견디며 혼자 쪼그리고 앉았다. 혼자 텐트에 있는데 아직 잘 시간이 일곱 시간이나 남았다면 뭘 할 수 있을까? 책을 읽는다. 먹는다. 또 읽는다. 이것저것 정리를 하고 더 먹고 더 읽는다. 치울 것이 더는 없어도 처음부터 다시 시작한다. 올 한 해 숲에서 나는 한 번도 따분하다는 생각을 해본 적이 없었다. 오히려 이상하리만치 시간이 빨리 갔다. 아마 시간이 조금 더 주어진다면 나는 아무 일도 일어나지 않는 이 조용한 삶에 기가 막히게 적응할 것 같다.

…

열두 번을 숲에서 밤을 보내며 몇 권의 책을 지참했었다. 모두 다 읽지는 못했다. 봄과 여름에는 책이 아니어도 할 일이 많았고 텐트나 타프에서 몇 시간 보내지도 않았다. 그마저 잠을 잘 때를 빼면 거의 바깥에 있었다. 지금은 사정이 다르다. 12월에는 집이었다면 꼬박 이틀이 걸렸을 책도 너끈히 다 읽을 수 있다.

마이크로 탐험의 마지막 순번을 위해 나는 야외 생활을 주제로 쓴 책의 백미를 아껴두었다. 바로 헨리 데이비드 소로의 『월든』이다. 자연낭만주의자들의 경전과 같은 책이어서 세상에 나온 지 150년이 넘었지만 여전히 판을 바꾸어가며 출간되고 있다. 『월든』은 소로가 고향 매사추세츠 주 콩코드 근교의 월든 호숫가에 손수 지은 작은 오두막에서 보낸 2년의 기록이다. 전에도 한 번 읽었지만 벌써 몇 년 전이었다.

침낭에 들어가서 헤드램프를 켜고 텐트 천장과 타프에 떨어지는 빗소리를 들으며 『월든』을 읽기 시작했다. 기온은 0도 정도였다. 11월의 눈은 다 녹아 자취를 감추었다. 운이 좋으면 밤새 기온이 떨어져서 차갑고 단단한 비가 부드러운 가루눈으로 바뀔 수도 있을 것이다.

…

10시에 불을 끄고 침낭을 머리끝까지 뒤집어썼다. 소로에 대해선 많은 말을 할 수 있을 것이고 또 이미 많은 사람들이 정말 많은 말들을 했다. 책에 실린 몇 구절은 지금도 곳곳에서 인용이 된다. '소박하게' 살고 싶은 그의 소망을 표현한 구절이 대표적이다. 많은 사람들이 공감하는 멋진 생각이고 소망이다. 물론 책을 처음부터 끝까지 다 읽는 사람은 잘 없다. 그러기엔 너무 호흡이 길고 구구절절하다. 그래도 이해하기가 쉽고 메시지가 명확하기 때문에 여전히 많은 사람들의 심금을 울린다. 돈과 소유를 향한 탐욕이 우리를 망가뜨린다. 우리는 엉뚱한 것을 잘 사는 인생이라 착각하고 그 뒤를 좇느라 정작 진짜 삶을 놓친다. 함부로 낭비하는 지금 이 생이 우리에게 주어진 유일한 생이라는 진리를 잊고 사는 것이다.

'임금 노예'라는 말을 쓰지는 않았지만 만약 그 말을 들었다면 소로는 옳다고 고개를 끄덕였을 것이다. 소로가 혼자 숲으로 들어간 이유도 자본주의 체제를 벗어나기 위해서였다. 그것이 그의 가장 중요한 의도였다. 그는 자기 나름의 소박한 경제에 맞춰 살고 싶었다. 정해진 시간을 일해서 받은 돈으로 차표를 사서 기차를 타고 원하는 목적지로 가는 대신 그냥 걸어서 그곳까지 가려고 했다. 일을 하지 않아서 시간을 벌면 일을 해서 기차를 타고 가는 것보다 더 빨리 목적지에 도달할 수 있다. 그는 또 최대한 돈을 아껴서 돈에 종속되지 않으려 했다. 덕분에 일을 할 필요가 없었고 남은 시간에 정말로 하고 싶은 일을 했다. 사색을 하고 글을 쓰고 자연에 머물렀다.

소로는 사실 좀 별종이다. 전형적인 자연낭만주의자들과 달리 자신의 경제 상황을 엄청나게 고민했다. 소로가 콩코드의 이웃들에게

던진 주요 메시지도 그들이 삶을 낭비한다는 것이었다. 그들이 돈을 더 벌어 물건을 더 많이 사려고 하루 종일 일을 했기 때문이다. 소로의 표현을 빌리면 그들은 상업화의 노예였다. 자신은 도덕적이고 자족적인 사람이었다. 그는 심지어 오두막을 짓는 데 들어간 비용을 모조리 기록하였다. 자부심에 불타서 그가 밝힌 총 비용은 28달러 12센트다. 비용 항목에는 '초크: $0.01'도 들어 있다. 소로가 내 오렌지색 배낭이 얼마인지 모른 채 세상을 떠서 얼마나 다행인가 하고 잠들기 직전 생각했다.

...

아침에 눈을 떴을 때도 어제 잠이 들 때와 똑같이 어두웠다. 비도 여전히 텐트 지붕을 때렸다. 밤사이 기온이 떨어지지 않은 것 같았다. 하얀 아침이 아니었다. 휴대전화로 시간을 확인했다. 4시 30분이었다. 그래도 머리가 맑고 몸이 가뿐했다. 나는 버너와 물통을 꺼내 헤드램프 불빛으로 커피를 끓였다.

『월든』을 식탁으로 썼다. 아마 소로도 잘했다고 했을 것이다. 책이 밤새 우글쭈글해졌다. 텐트 안의 모든 것이 축축했다. 침낭도 젖었지만 바깥쪽만 그랬다. 자기 전에 침낭에 집어넣었던 젖은 옷가지들은 조금도 마르지 않았다.

이런 계절에 텐트에서 잠을 잘 때는 결로가 제일 큰 문제다. 탐험가들과 텐트 제조사들은 오래전부터 이 문제를 고심했다. 이너 텐트가 있으면 좀 도움이 된다. 한번은 극지탐험가 뵈르게 오우슬란(Børge Ousland)과 이 문제에 대해 이야기를 한 적이 있었다. 그는 그냥 쓰레기봉투 안에 들어가서 잔다고 했다. 그럼 그 안은 축축하지만 침낭은 젖지 않는다. 입고 잔 얇은 울 팬티만 젖을 테고 그건 입고 있으면 금방 다시 마른다. 오우슬란은 그 분야라면 최고의 전문가다. 아마 현재 살아 있는 노르웨이 사람 중에서 그보다 더 많은 밤을 추운 텐트에서 보낸 사람은 없을 것이다.

아직 날이 밝으려면 한참 남았다. 평일 반나절 정도의 시간은 더 있어야 할 것 같았다. 커피를 다 마시고 다시 소로를 읽었다. 그와 나는 잘 통하는 사이는 아니었을 것 같다. 대충 지금 내 나이였을 그가 싱글로 살았던 이유도 아마 그 때문이었지 싶다. 나 같으면 그렇게 사사건건 물고 늘어지는 비판적인 태도가 견디기 힘들었을 것이다. 빵에 꼭 치즈를 두 장이나 얹어야겠어? 한 장이면 충분하다고 생각지 않아?

소로는 작은 오두막에서 혼자 살기를 고집했다. 반드시 하루 최소 네 시간은 자연에 있어야 한다고 주장했다. 그건 자신이 제일 먼저인 사람들만 할 수 있는 말이다. 소문을 들어보면 오두막 지척에 어머니가 살면서 아들의 빨래를 해주었다고 한다.

소로는 어느 정도 사명감에 불탔던 것 같다. 『월든』을 쓸 당시 그는 나보다 젊은 나이였다. 하는 말은 무슨 다 산 노인 같지만 그럼에도 잘 들어보면 부족한 연륜이 느껴진다. 젊은 사람만이 가질 수 있는 자신감이 뿜어져 나온다. 통계를 보아도 문명과 담을 쌓고 자유로운 삶을 살기 위해 자연으로 떠난 이들은 전부 젊은이들이었다. 존 크라카우어가 쓴 『인투 더 와일드』의 주인공 크리스 매캔들리스가 그랬고 베르너 헤어초크의 영화 〈그리즐리 맨〉의 주인공 티머시 트레드웰이 그랬다.

…

네 시간이 지나자 텐트도 소로도 신물이 났다. 나는 젖은 장비를 모아서 손에 잡히는 대로 배낭에 처넣었다. 어차피 집에 가서 다 씻어 말려야 할 판이었다. 마지못해 어제 입었던 젖은 옷을 다시 입고 밖으로 나와 텐트를 접었다. 그리고 큰 돌로 올라가 날이 밝기를 기다렸다.

돌에서 내려다보니 작은 호수가 잘 보였다. 여전히 꽁꽁 얼었지만 그사이 얼음 위에 얇게 물이 고였다. 물가에만 군데군데 채 녹지 않은 눈이 쌓여 있었다. 맞은편은 울창한 너도밤나무 숲이다. 내가 서 있는 쪽은 나무가 많지 않았다. 키가 껑충한 소나무와 자작나무만 여기저기 서 있었다.

구멍 같은 작은 늪과 떠다니는 이탄이 호수를 에워쌌다. 여름과 가을에는 그곳에 황새풀이 자라고 더러 호로 딸기도 눈에 띄었다. 하지만 지금은 아니다. 지금은 아무것도 없었다.

내가 앉은 돌은 둥근 모양에 윗면이 납작한 것이 지름이 대략 1.5미터 정도였다. 무게는 0.5톤? 아니면 더 나갈까? 어쩌다 이 녀석은 이곳으로 왔을까? 이런 평지에 뜬금없이 박힌 큰 돌이 영 어울리지 않았다. 근처에 산도 없어서 굴러올 만한 곳도 없었다. 아마 마지막 빙하기 때 여기로 온 모양이었다. 잘은 모르겠지만 그럴 것이라고 추측했다. 지난 1년 동안 내가 배운 것이 하나 있다. 이상한 지형을 만나 설명이 필요할 때는 빙하기를 끌어대면 만사형통이라는 것!

…

마지막으로 야영지를 굽어보았다. 내년 여름이나 그 후에라도 꼭 이런 식은 아니더라도 자주 이곳에 오고 싶었다. 살짝이라도 마음이 슬퍼야 정상일 텐데 그렇지가 않았다. 추운 날씨에 홀딱 젖은 상태이다 보니 그런 감정이 끼어들 여지가 없었다. 나는 인사의 뜻으로 모자를 툭 한 번 친 다음 몸을 돌려 귀갓길에 올랐다.

걸으면서 아리스토텔레스를 생각했다. 이 책을 쓰기 시작할 무렵 조만간 이 그리스 철학자를 언급하게 되리라 예상했다. 어쨌든 12월까지 참고 기다릴 수 있어서 기뻤다. 올 한 해 나는 아리스토텔레스를 자주 떠올렸다. 사실은 상당이 많이, 심지어 라르스 몬센보다도 더 많이 그를 생각했다. 아리스토텔레스는 철학자이지만 자연학자이기도 했다. 그는 큰 것 못지않게 작은 것에도 관심을 기울였고 항상 우주가 어떻게 만들어졌고 어떻게 작동하는지 큰 호기심을 품었다. 그리고 눈으로 관찰한 사실을 물리 법칙과 추상적 이론 모델에 따라 설명하였다.

이때 그가 사용한 개념이 '텔로스(telos)'이다. 이 말을 이용해 그는 살아 있는 모든 생명에게는 목적이 있고, 생명은 그 목적을 추구한다는 자신의 사상을 설명하였다. 이 목적은 사물의 실질적 실현이다. 우리 모두는 결국 죽는다. 나도 죽고, 9월에 낚시를 할 때 나를 물었던 모기도 죽을 것이고, 6월에 보았던 비버도 죽을 것이다. 하지만 그 전에 우리는 자신을 실현하고, 우리가 이곳에 온 이유, 지상의 목표를 달성하기 위해 노력할 것이다. 모기와 비버와 나, 우리 셋. 큰 맥락에서 보면 정말 하찮은 존재이고 각자의 종을 대표하기에도 너무나 변변치 못한 존재이지만 우리는 지금 이 순간 이곳에서 각자의 목적에 맞게 행동한다. 모기를 피를 빨고 비버는 나무를 쏠아 댐을 짓는다. 여름에 보았을 때 비버는 의욕이 넘쳐 보였다. 병적이라 할 정도로 힘이 넘쳤다. 한시도 가만히 있지 못했다. 더 벨 나무가 없는지, 더 고칠 데가 없는지, 댐에 새는 구석은 없는지, 입구를 조금 높이고 넓히면 어떨지 본능이 쉬지 않고 조잘대는 것 같았다. 그런 자연의 목소리가 비버를 충동질한다. 자연이, 그의 텔로스가 쉬지 않고 외친다. 비버야, 더 헤엄쳐! 나무를 갉아서 끌고 와! 물속으로 들어가! 쉬는 건 겨울에 해도 늦지 않아.

서서히 날이 밝아왔다. 벌써 9시가 넘었다. 숲에서 보낸 마지막 날은 일곱 시간 동안 환했고 열일곱 시간 동안 깜깜했다. 작은 호수로 강이 흘러드는 나의 쉼터를 지나 계속 걸었다. 여러 번 만났던 장소를 지날 때는 살짝 내 땅을 밟는 기분도 들었다. 저 아래 계곡으로 막힘없이 흘러가는 강을 건넜다. 자연엔 이 강처럼 하루 안에 순환이 끝나지 않고 한시도 멈추지 않는 것이 많지 않다. 물에게도 텔로스가 있다. 물은 쉬지 않고 더 낮은 지점을 향해 나아간다. 목표는 균형이요, 평형이다. 이곳을 계속 걸어가면서 나는 어쩌면 그것이 자연의 지상 목표인지도 모르겠다는 생각을 했다. 완벽한 조화의 상태에 도달하는 것! 순환하는 대기, 떨어지는 빗물, 모락모락 피어오르는 수증기, 쩡— 어는 얼음, 녹는 눈, 모든 것은 쉬지 않고 움직이며 균형을 추구한다. 하지만 그 균형은 가끔씩만 모습을 보일 뿐 결코 지속될 수 없다.

…

나는 나의 마이크로 탐험을 오스트레일리아 원주민들의 성인식 워커바웃과 비슷한 훈련으로 생각했다. 정한 방향도, 정한 목적지도, 정한 임무도 없이 숲을 방랑하는 시간. 나는 지난 한 해 동안 그렇게 했고 앞으로도 그럴 것이다. 남들에게도 권하고 싶으냐고 누가 묻는다면 한 치의 망설임도 없이 "네"라고 대답할 것이다. 열두 번의 밤은 내 이론을 입증했다. 동화의 주인공이 되기 위해 필요한 것은 그리 많지 않다. 세상 어디에나 숲은 있다. 그냥 걸어서 가기만 하면 된다.

목표가 없다고 힘주어 말했지만 그래도 탐험의 마지막 날이니만큼 약간의 정리는 필요할 것 같았다. 차가 서 있는 주차장까지 마지막 몇 미터를 걸어가는 동안 몇 마디 멋진 말이라도 떠올려야 하는 것은 아닌가 고민도 되었다. 신비의 경험담을 이 책의 독자에게 들려

주어야 할 것 같았다. 뭔가 살면서 득이 될 만한 정보를, 홀로 숲을 방랑한 사람만이 알 수 있는 지혜의 작은 구슬을 건네야 할 것 같았다.

혹여 그런 것이 있다면 그 지혜의 음성은 이러할 것이다. 지금 우리는 예전보다 훨씬 우리가 가치 있는 존재라는 말을 많이 듣는다. 우리가 중요한 존재이며 특별한 존재라고 모두가 외친다. 어디서나 개인을 이상화하고 자아실현의 중요성을 떠들어댄다.

그런 세상에선 쉽게 객관적 관점을 잃어버릴 수 있다. 개인적으로 나는 숲이나 산이나 바다 같은 자연이 항상 우리를 에워싸고서 개인에게 초점을 맞춘 문화 바깥의 세상을 바라보게 만들기에 매력적으로 다가온다고 생각한다. 우리에겐 이런 자연이 필요하다. 따라서 당연히 우리에겐 자연을 보호할 의무가 있다.

문화는 우리 모두가 유일무이한 존재라고 주장한다. 하지만 자연은 그 반대의 세상을 우리에게 들이민다. 그러므로 더욱 자연은 꼭 필요한 수정 답안이다. 자연은 말한다. 너는 그렇게 대단한 존재가 아냐. 세상만사가 너한테 달린 게 아냐. 네가 태어나기 전에도, 네가 죽고 난 후에도 우린 여기 있었고 있을 거야. 그러니까 너무 중요한 존재인 척하지 않아도 돼.

이런 생각을 하니 살짝 위안이 되었다. 뜻깊기도 했다. 그러니까 마이크로 탐험을 마치고 숲에서 1년을 보낸 내가 집으로 가져갈 수 있는 유일한 선물은, 어디서 주워들었을 수도 있고 내 머리에서 나왔을 수도 있는 바로 이런 지혜인 것이다. **때로는 자신이 얼마나 하찮은 존재인지 알 수 있을 만큼 위대해질 필요가 있다.**

책상머리 샌님이 알아야 할 야생 정보

숲에서 혼자 사는 사람의 이야기를 기록한 책들이 있다. 대부분이 현실을 미화하고 작가들도 굳이 자신들의 경험 부족을 고백하지 않는다. 또 어떻게 하면 자연에서 무사히 살아 돌아올 수 있을지를 다룬 책들도 있다. 온갖 문제에 잘 대처할 수 있는 실용적인 정보가 가득하다. 어떤 옷을 입어야 할지, 어떤 생필품과 장비가 필요한지, 어떤 물건이 유용한지를 가르쳐주는 책들이다.

이런 책의 저자들 역시 자연 경험이 풍부하고 야외 생활을 많이 했음을 자처한다. 겪어보지 못한 일이 없고 해결하지 못한 문제가 없었노라 자랑을 한다. 쉽게 쓰고 쉽게 파는 이 시대의 책들이다. 나도 많이 읽어봤다. 마이크로 탐험을 준비하면서도 읽었고 그냥 재미 삼아서도 읽었다. 트루데는 문학상을 받은 소설이나 중요한 주제를 다룬 실용서를 좋아하지만 나는 주로 『불 잘 피우는 법』『텐트의 습기 제거법 세 가지』 같은 제목의 책을 열심히 파는 유형이다.

숲에서 열두 밤을 보내고 나자 은근히 내 어깨를 짓누르는 기대가 느껴진다. 이제는 내가 직접 나서서 야외 생활의 정보를 독자들에게 전달해야 하는 것은 아닐까? 그래서 책을 마무리하는 이 지점에서 지금까지 이 책을 읽고 혼자서 혹은 여럿이서 숲을 찾아 밤을 지내보자고 마음먹은 독자들에게 몇 가지 실용적인 충고를 드리고 싶다.

모든 충고는 올 한 해 숲에서 겪은 내 경험에서 나온 것이며, 경험을 통해 배운 지식이 그러하듯 순서 없이 생각나는 대로 적었다.

먼저 가장 일반적인 충고부터 한마디 하자면, 숲 생활은 기본적으로 체험에 기반한 활동이다. 숲에서 직접 생활을 해봐야 교훈을 얻는다. 숲에서 자는 것도 일단 하룻밤 자보면 예상보다 훨씬 많은 것을 배우게 된다. 미리 세운 계획이 완벽하고 미리 산 장비가 흠잡을 데 없으리라고 기대해서는 안 된다. 계속해서 바꾸고 수정해야 할 것이고, 사실 그것이야말로 체험의 가장 중요한 부분이다.

○ 텐트, 침낭, 배낭, 매트

이 기본 장비 네 가지는 구입하는 것 자체가 이미 탐험이라 부를 만큼 선택 사항이 무궁무진하다. 게다가 직접 써보기 전에는 자신에게 잘 맞는지 알 수가 없다. 따라서 여러 가지 텐트를 미리 설치해두고 손님이 직접 안으로 들어가 누워볼 수 있는 가게를 찾는 것이 제일 좋은 방법이다. 침낭은 기온이 영하 10도까지 떨어져도 안심하고 쓸 수 있는 사계절용 다운 제품을 권하고 싶다. 다운은 가볍고 압착이 가능해서 자리를 적게 차지한다. 또 사실상 기온이 영하 10도 이하로 떨어지는 날 밖에서 잠을 잘 일은 거의 없기 때문에 1년 내내 사용이

가능하다. 7월에도 많은 지역에선 밤이 되면 춥다. 그래서 내 경험상 여름용 침낭은 남부 유럽 인터레일 투어나 집 안에서 쓸 때 말고는 쓰잘머리가 없다.

현대식 매트는 정말로 얇고 바람을 넣을 수 있다. 바람을 빼서 접으면 자리도 적게 차지한다. 하지만 내 매트는 계속 구멍이 났고, 그게 아니더라도 나는 그 위에 누우면 영 편치가 않았다. 울퉁불퉁하고 배기는 데다 몸을 뒤척일 때마다 소리가 시끄러웠다. 그래서 나는 결국 클래식한 합성 솜 매트로 결정을 내렸다. 돌돌 말아서 배낭 밑에 매달고 다녔다. 튼튼하고 가격도 저렴하다.

배낭에 관해선 딱 한 마디만 하고 싶다. 절대 큰 것을 사지 마라! 배낭이 클수록 짐도 많아진다. 큰 배낭을 지고 다니면 체험에 방해만 된다. 나는 키가 1미터 80센티미터이고 내 배낭은 80리터짜리인데 너무 크다. 60, 아무리 많아도 70리터면 차고 넘친다. 배낭이 작으면 아무래도 짐을 더 합리적으로 꾸리게 된다.

○ 옷

숲에 갈 때 나는 항상 라운드 칼라 울 셔츠를 입는다. 솔직히 플리스나 프리마로프트 소재의 옷은 장점이 정말 많다. 플리스는 따뜻하고 잘 마른다. 프리마로프트는 따뜻하고 잘 마르고 자리도 많이 차지하지 않는다. 그래도 나는 숲에서 잘 때 꼭 울 티셔츠를 입고 갔다. 아마 감상적인 이유였을 것이다. 여러분은 전혀 그럴 필요가 없다. 사실 두꺼운 울 티셔츠는 한 개만 넣어도 배낭 절반이 차버린다.

속옷과 양말은 울이 제일 좋다. 하긴 노르웨이에서 나서 자란 사람들이라면 굳이 내가 말하지 않아도 다 알 것이다.

올 웨더 전천후 바지와 재킷은 정말 유용하지만 나는 면이나 흔히 소프트셸이라 부르는 다른 소재의 등산 바지와 같은 소재의 재킷도 자주 애용한다. 비가 오지 않으면 그런 옷이 훨씬 편하고 통기성도 좋다. 하지만 비가 오면 방수 기능성 옷이 필요하다. 내 고어텍스 재킷은 체처럼 빗물이 술술 스며들지만 분명 더 성능이 뛰어난 제품들이 있을 것이다.

배낭에는 늘 방수 재킷과 바지를 챙겨 다닌다. 통기성은 나빠도 방수 기능은 완벽하다. 비가 와서 활동을 많이 안 할 때는 그런 옷이 제일 좋다. 신발도 중요하지만 그건 내가 굳이 말할 필요가 없을 듯하다. 경험상 최신 고어텍스 등산화가 구식 가죽 등산화보다 훨씬 성능이 뛰어나다.

○ 취사 장비

하룻밤을 자면서 프라이팬과 커피 냄비에 크기가 다른 네댓 개의 냄비까지 조리 기구 풀 세트를 끌고 다닐 사람은 없을 것이다. 부피와 무게를 줄이는 것이 최선이다. 나는 뚜껑 달린 높고 좁은 커피 냄비 하나면 충분하다. 몇 번 프라이팬을 들고 가봤는데 결국 한 번도 쓰지 않았다. 냄비에 햄을 넣고 굽거나 익힌 후에 커피 물을 끓이면 커피에서 햄 냄새가 좀 나겠지만 금방 적응된다. 나는 보통 많이 쓰는 가스 버너를 들고 다니는데 가볍고 작아서 좋다. 여러 명이 함께 가면 접시가 필요하겠지만 혼자 가면 그냥 냄비에다 먹어도 된다. 포크, 숟가락, 캠핑 컵도 유용하다. 겨울에 밖에서 자려면 보온 컵을 꼭 챙겨야 한다. 안 그러면 커피가 순식간에 식어버린다. 소금과 후추(나는 이 둘을 미리 섞는다) 통, 버터 통도 필요하다. 강화 플라스틱 물통도 하나 챙겨서 허리끈이나 배낭에 매달고 다니면 필요할 때 바로 쓸 수 있다.

○ 추가 장비

칼은 정말 다용도로 쓸 수 있는 중요한 장비다. 종류가 무척 다양한데 나는 집에서 흔히 쓰는 일반 칼을 추천하고 싶다. 손에 쥐기 편해야 하고 날이 너무 길면 안 된다. 무턱대고 큰 칼을 사기가 쉬운데 우리 같은 일반 등산객들은 긴 칼날을 쓸 데가 없다. 한번은 광고에 속아서 도끼처럼 사용할 수 있다는 칼을 산 적이 있었다. 참담한 실패였다. 물건을 찔러 고정할 때도 쓰기 불편했고 그렇다고 잘 잘라지지도 않았다. 일석이조를 노린 나의 열정은 결국 아무 짝에도 쓸모없는 물건으로 막을 내리고 말았다.

여름에는 머리에 뒤집어쓸 수 있는 작은 모기장을 권하고 싶다. 특히 먹파리가 골칫덩어리인데 정말 참아줄 수가 없다. 모기장은 접으면 부피도 얼마 안 되고 다양한 색상의 제품이 시중에 나와 있다. 나는 초록, 검정, 흰색을 써봤는데 검정이 시야를 가리지 않아서 제일 좋았다.

숲속에선 휴대전화 GPS 기능을 너무 믿으면 안 된다. 갑자기 인터넷이 전혀 안 터질 수도 있다. 나는 GPS 기능은 아예 사용을 안 한다. 사실 필요도 없다. 집을 나설 땐 항상 방수 코팅을 한 지도를 챙겨 다닌다. 길을 잃었을 때는 물론이고 심심할 때도 지도를 보며 모르는 길과 장소를 구경하면 즐겁다. 밤에 자기 전에도, 아침에 눈을 떠서도 텐트에 누워 지도를 보고 있으면 시간 가는 줄 모른다.

○ 짐 꾸리기

체온 유지보다 중요한 것은 없다. 옷, 침낭, 매트는 반드시 챙겨야 하지만 그렇다고 너무 많이 들고 갈 필요는 없다. 옷은 속옷의 경우 여벌을 꼭 챙겨야 하고 잘 마르는 재질을 택하는 것이 좋다. 하나가 젖으면 여벌 옷으로 갈아입고 벗은 것을 말린다. 또 한 가지, 너무 많은 물건을 넣지 않도록 늘 경계하는 마음이 필요하다. 앞에서도 말했듯 배낭이 크면 자동적으로 짐도 늘어난다.

○ 몇 가지 중요한 규칙

밤에 텐트로 들어갈 때는 꼭 물을 챙길 것. 겨울에는 소변을 볼 요량으로 작은 병을 들고 들어가는 야영객들도 많다. 편할뿐더러 한밤중에 텐트에서 나오려면 춥기도 정말 춥다. 성냥이나 라이터는 장소를 정해 반드시 그곳에 두는 습관을 길러야 한다. 제일 좋은 방법은 두 개를 챙겨 들고 가되 한 개를 쉽게 꺼낼 수 있는 배낭 속 정해진 자리에 보관하는 것이다. 나는 항상 배낭 뚜껑 아랫면의 작은 칸에 넣어 둔다. 거기에는 구급 용품과 자동차 키, 노트와 휴대폰도 같이 보관한다. 차콜 스타터도 몇 개 챙기면 좋다. 비가 와서 나무가 젖었을 때도 쉽게 불을 피울 수 있다. 야영 경험이 많거나 이것저것 챙기기 골치 아프다는 사람에겐 그냥 자작나무 장작 몇 개를 집어넣어 가라고 권하고 싶다.

어디서건 마른 자작나무 동강이 눈에 띄거든 몇 개 집어 재킷 주머니에 넣을 것. 필요할 때마다 꺼내 쓰기 좋다. 일기 예보가 비를 예고하면, 불이 잘 붙을 것 같은 가늘고 마른 나뭇가지도 볼 때마다 챙겨야 한다.

○ 하루의 리듬과 계절

올 한 해를 숲에서 보내면서도 나는 이 문제를 많이 고민했다. 수면 시간과 관련해서는 이런 충고를 하고 싶다. 겨울에는 너무 일찍 잠자리에 들면 안 된다. 자꾸 자리에 눕고 싶겠지만 유혹을 이기고 참아야 한다. 안 그러면 아침에 너무 일찍 잠을 깨게 된다. 반대로 봄에는 일찍 자고 일찍 일어나는 것이 좋다. 봄은 밤도 아침도 아름답다. 둘 중 하나를 선택하라면 나는 아침을 택하겠다. 4월부터는 기상 시간이 5시를 넘기면 안 된다. 여름에는 늦게 자고 일찍 일어나는 것이 제일 좋다. 뭐? 늦게 잤는데 어떻게 일찍 일어나? 좀 말이 안 되는 소리 같을 것이다. 나도 안다. 하지만 여름에는 낮에도 피곤하면 언제든지 잘 수가 있다. 가을이 되어 다시 해가 짧아지면 겨울과 같은 규칙이 적용된다.

○ 꼭 챙겨 가야 할 문명의 이기

독서를 위한 것. 겨울에는 빨리 해가 진다. 텐트 안에서 깨어 있을 시간이 너무 많다. 책을 읽자면 헤드램프가 있어야 한다. 독서가 아니더라도 겨울에는 어두워서 헤드램프가 꼭 필요하다. 여분 배터리도 잊지 말 것이며, 정한 장소에 젖지 않게 잘 보관해야 한다. 구급 용품과 여벌 라이터와 같이 보관하면 좋다.

마지막으로 한마디 더 보태자면, 어디에 있건, 어떤 계절이건 야외로 나갈 때는 반드시 모자를 챙겨야 한다.

참고한 책들

이 책을 쓰는 동안 살면서 내게 깊은 인상을 남겼던 많은 책들이 떠올랐다. 몇 권은 지금도 내 책꽂이에 꽂혀 있지만 대부분은 기억에만 남은 책들이었다. 구할 수 있는 것들은 구해 다시 읽었고, 나머지는 기억을 더듬어 애써 불러내보았다. 물론 다 소개할 수는 없었다. 그래도 나름대로 중요한 몇 권을 이 책 곳곳에 언급하고 인용도 했다.

그중에서 특히 중요하다고 생각하는 몇 권은 다시 선별하여 별도로 적어보았다. 자연과 야외 생활을 다룬 대표적인 책이라고는 감히 말할 수 없다. 또 내가 특별히 체계적으로 독서를 하는 사람도 아니기 때문에 그냥 마음 가는 대로 고른 책들이다. 내가 바라는 것도 자연에 관한 거창한 논문이 아니라 나의 경험담을 기록한 소소한 주관적 이야기였다. 그럼에도 나는 이 책들을 통해 자연과 인간의 관계를 바라보는 시야를 한층 넓힐 수 있었다.

그러므로 독자 여러분에게도 이 리스트가 약간의 자극이 되어 자연을 다룬 책을 더욱 가까이하는 데 도움이 될 수 있다면 참 좋겠다.(다음 목록은 노르웨이어 원서에 실린 그대로 실었고, 국내 출간된 번역서가 있는 경우 해당 서지에 이어 붙였다.-편집자)

- Ambjørnsen, Ingvar: *Natten drømmer om dagen.* Cappelen Damm 2012
- Bryson, Bill: *A walk in the Woods.* Black Swan 1998(『나를 부르는 숲』 빌 브라이슨 지음, 홍은택 옮김, 까치, 2018)
- Cappelen, Peder W.: *Alene med vidda.* GyldendalNorsk Forlag 1964
- Cappelen, Peder W.: *Vidda på ny.* Gyldendal Norsk Forlag 1974
- Chatwin, Bruce: *The Songlines.* Vintage Books 1998(『송라인』 브루스 채트윈 지음, 김희진 옮김, 현암사, 2012)
- Clausen, Kristoffer og Gunnar Omsted: *En vill mann. 365 dager som jeger, fisker og sanker.* Cappelen Damm 2010
- Dahl, Johannes: *Nordmarka. Eventyr og Eldorado.* Johan Grundt Tanum 1942
- Dahlby, Frithiof: *Grei deg selv. Små tips for speidere og andre friluftsfolk.* Gimnes Forlag 1949
- *Den Norske Turistforenings Aarbok for 1868.* Det Steenske Boktrykkeri 1868
- Den Norske Turistforening: *Østlandske skogsområder.* Fjellog Vidde nr. 7 – 1994
- Freud, Sigmund: *Ubehaget i kulturen.* J. W. Cappelens forlag 1992(『문명 속의 불만』 지크문트 프로이트 지음, 김석희 옮김, 열린책들, 2004 / 『문명 속의 불만』 지크문트 프로이트 지음, 성해영 옮김, 서울대학교출판문화원, 2014)
- Frislid, Ragnar: *På tur i skog og fjell. Håndbok for friluftsfolk.* J. W. Cappelens

forlag 1967

- Gabrielsen, Bjørn: *Veien ut. En mann. En skog. Et år. Ingen plan.* Kagge 2006
- Gopnik, Adam: *Winter. Five windows on the season.* Quercus 2011
- Grieve, Guy: *Call of the wild. My escape to Alaska.* Hodder 2007
- Herzog, Werner: *Grizzly Man.* Discovery Channel Inc. 2005
- Hessen, Dag O.: *Natur– hva skal vi med den?* Gyldendal 2008
- Holtvedt, Reidar: *Fra Nordmarka og Krokskogen.* Aschehoug 1972
- Humphreys, Alastair: *Microadventures. Local discoveries for great escapes.* William Collins 2014
- Ingstad, Helge: *Pelsjegerliv. Blant Nord-Canadas indianere.* Gyldendal 2010
- Jamie, Kathleen: *Findings.* Sort Of Books 2005
- Jamie, Kathleen: *Sightlines.* Sort Of Books 2012(『시선들』 캐슬린 제이미 지음, 장호연 옮김, 에이도스, 2016)
- Keith, Sam og Richard Proenneke: *One man's Wilderness: An Alaskan Odyssey.* Graphic Arts Center Publishing 2006(『알래스카의 늙은 곰이 내게 인생을 가르쳐주었다』 샘 키스, 리처드 프로네케 지음, 이한중 옮김, 비채, 2006)
- Kent, Rockwell: *Wilderness: A journal of quiet adventure in Alaska.* G. P. Putnam's Sons 1920
- Krakauer, Jon: *Into the wild.* Pan Books 2007(『인투 더 와일드』 존 크라카우어 지음, 이순영 옮김, 바오밥, 2010)
- Lees, J. A og W. J. Clutterbuck: *Tre i Norge ved to av dem.* Andresen & Butenschøn 2003
- Maclean, Norman: *A river runs through it. And other stories.* The University of

Chicago Press 2001(『흐르는 강물처럼』 노먼 F. 매클린 지음, 이종인 옮김, 연암서가, 2014)

- Moland, Tallak: *Historien om Nordmarka gjennom de siste 200 år.* Christiania forlag 2006
- Monsen, Lars: *Villmarkstips.* Larsforlaget 2011
- Næss, Arne: *Økologi, samfunn og livsstil.* Universitetsforlaget 1976
- Næss, Jan Chr. og Bård Løken: *Inn i naturen.* N. W. Damm & Søn 2007
- Pettersen, Marius Nergård: *Oslos nære villmark.* Cappelen Damm 2013
- Proenneke, Richard: *Alone in the wilderness.* Bob Swerer Productions 2003 og 2011
- Snyder, Gary: *The Practice of the Wild.* Counterpoint Berkeley 1990
- Solnit, Rebecca: *A field Guide to getting lost.* Canongate 2006
- Solnit, Rebecca: *Wanderlust. A History of Walking.* Penguin Books 2001 (『걷기의 인문학』 리베카 솔닛 지음, 김정아 옮김, 반비, 2017)
- Stafford, Ed: *Walking the Amazon. 860 days. The impossible task. The incredible journey.* Virgin Books 2011
- Szymborska, Wislawa: *Livet er den eneste måten. Dikt 2002–2012.* Gjendiktet av Christian Kjelstrup. Tiden 2013
- Sørensen, Øystein: *Kampen om Norges sjel 1770–1905. Norsk idéhistorie bind III.* Aschehoug 2001
- Thoreau, Henry D.: *Walden. Livet i skogene.* Pax 2008 (『월든』 헨리 데이비드 소로우 지음 (번역서 다수))
- Trømborg, Dagfinn: *Geologi og landformer i Norge.* Tun forlag 2006

- Wiese, Jan: *Jeg skal til Katnosa i kveld.* J. W. Cappelens forlag 1979
- Zappfe, Peter Wessel: *Barske glæder. Og andre temaer fra et liv under åpen himmel.* Cappelen Damm 2012
- Øverås, Tor Eystein: *I dette landskap. Artikler og essays.* Gyldendal 2012

감사의 글

언제 어디서나 든든한 지원군이 되어주는 하베스트의 삼총사 셰틸, 시멘, 아네르스에게 먼저 감사 인사를 전한다. 이 책과 관련하여 조언을 아끼지 않았던 편집자 스베레에게도 인사를 하고 싶다. 또 사이사이 나와 별 볼일 없는 대화를 나누어준 타리에에게도, 늘 나를 잘 이해해주는 예른과 예이르에게도 인사를 전하고 싶다.

올 한 해 슬쩍 숲으로 사라졌다가 돌아와서는 미주알고주알 수다를 늘어놓는 남편과 아빠를 잘 참아준 사랑하는 나의 가족 트루데, 헬레나, 에우구스트에게도 사랑과 고마움을 함께 전한다.

옮 긴 이
장 혜 경

연세대학교 독어독문학과를 졸업했으며, 같은 대학 대학원에서 박사 과정을 수료했다. 독일 학술교류처 장학생으로 독일 하노버에서 공부했다. 전문 번역가로 활동 중이며, 『강한 여자의 낭만적 딜레마』 『나는 이제 참지 않고 말하기로 했다』 『나는 왜 무기력을 되풀이하는가』 『상식과 교양으로 읽는 유럽의 역사』 『나무 수업』 『숲 사용 설명서』 『처음 읽는 여성 세계사』 등 다수의 문학과 인문교양서를 우리말로 옮겼다.

숲에서 1년

1판 1쇄 펴낸 날 2018년 8월 20일

지은이 | 토르비에른 에켈룬
옮긴이 | 장혜경

펴낸이 | 박경란
펴낸곳 | 심플라이프
등 록 | 제2011-000219호(2011년 8월 8일)
주 소 | 경기도 파주시 문발로 141 M빌딩 3층
전 화 | 031-941-3887
팩 스 | 031-941-3667
이메일 | simplebooks@daum.net
블로그 | http://simplebooks.blog.me

ISBN 979-11-86757-27-7 03850

• 책값은 뒤표지에 있습니다. 잘못된 책은 구입하신 곳에서 바꾸어 드립니다.
• 이 도서의 국립중앙도서관 출판시도서목록(CIP)은 서지정보유통지원시스템 홈페이지(http://seoji.nl.go.kr)와 국가자료공동목록시스템(http://www.nl.go.kr/kolisnet)에서 이용하실 수 있습니다.(CIP 제어번호: 2018020072)